nowledge. 知識工場
Knowledge is everything！

知識工場
Knowledge is everything！

片語有圖

Let's Acquire English Phrases via Pictures.

Free of charge

張翔 / 著

超好記！

超越天生語感的 最強圖記法

精闢解析 + 情境圖解 = 記憶完全拷貝

實力有沒有，一句片語就知道！
文字＋圖像＝英語力Ｎ級跳

1 實用片語，學了用得上

嚴選學英文必備的 600 個片語，不僅聊天用得上，連各種考試都能派上用場。

2 實力充電，詞彙翻倍記

補充片語的相關用法，學會同義與反義表達，英語實力更上一層樓。

3 精闢解析，背了還要會用

針對每個片語，做精闢的說明，了解片語的意義與用法，實用價值最大化。

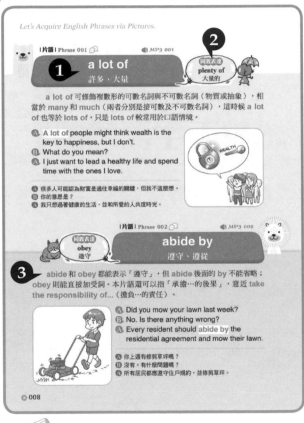

Let's Acquire English Phrases via Pictures.

1 |片語| Phrase 001 　　　🔊 MP3 001

a lot of
許多、大量

2 同義表達
plenty of
大量的

　　a lot of 可修飾複數形的可數名詞與不可數名詞（物質或抽象），相當於 many 和 much（兩者分別是接可數及不可數名詞），這時候 a lot of 也等於 lots of，只是 lots of 較常用於口語情境。

Ⓐ A lot of people might think wealth is the key to happiness, but I don't.
Ⓑ What do you mean?
Ⓐ I just want to lead a healthy life and spend time with the ones I love.

Ⓐ 很多人可能認為財富是通往幸福的關鍵，但我不這麼想。
Ⓑ 你的意思是？
Ⓐ 我只想過著健康的生活，並和所愛的人共度時光。

|片語| Phrase 002 　　　🔊 MP3 002

同義表達
obey
遵守

abide by
遵守、遵從

3 　abide 和 obey 都能表示「遵守」，但 abide 後面的 by 不能省略；obey 則能直接加受詞。本片語還可以指「承擔…的後果」，意近 take the responsibility of...（擔負…的責任）

Ⓐ Did you mow your lawn last week?
Ⓑ No. Is there anything wrong?
Ⓐ Every resident should abide by the residential agreement and mow their lawn.

Ⓐ 你上週有修剪草坪嗎？
Ⓑ 沒有，有什麼問題嗎？
Ⓐ 所有居民都應遵守住戶規約，並修剪草坪。

◐ 008

【本書縮略語】

N 名詞	V 動詞	Ving 動名詞
S 主詞	O 受詞	sb. 某人
sth. 某物 / 某事		

④ 情境分好類，一目了然

將片語按情境分成 5 大章，涵蓋日常、校園、職場、娛樂、人際互動等，各式場合因應自如。

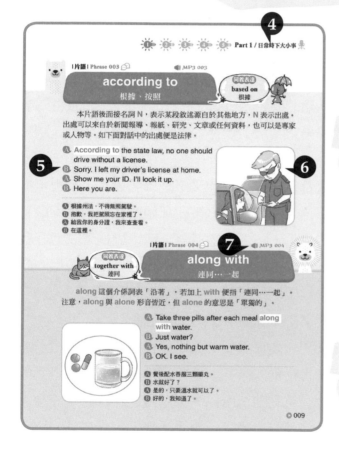

Part 1 / 日常時下大小事 ④

| 片語 | Phrase 003　　　MP3 003

according to
根據、按照

同義表達
based on
根據

本片語後面接名詞 N，表示某段敘述源自於其他地方，N 表示出處，出處可以來自於新聞報導、報紙、研究、文章或任何資料，也可以是專家或人物等。如下面對話中的出處便是法律。

⑤
Ⓐ According to the state law, no one should drive without a license.
Ⓑ Sorry. I left my driver's license at home.
Ⓐ Show me your ID. I'll look it up.
Ⓑ Here you are.

 ⑥

Ⓐ 根據州法，不得無照駕駛。
Ⓑ 抱歉，我把駕照忘在家裡了。
Ⓐ 給我你的身分證，我來查查看。
Ⓑ 在這裡。

| 片語 | Phrase 004　⑦　MP3 004

同義表達
together with
連同

along with
連同⋯⋯一起

along 這個介係詞表「沿著」，若加上 with 便指「連同⋯⋯一起」。注意，along 與 alone 形音皆近，但 alone 的意思是「單獨的」。

Ⓐ Take three pills after each meal along with water.
Ⓑ Just water?
Ⓐ Yes, nothing but warm water.
Ⓑ OK. I see.

Ⓐ 餐後配水吞服三顆藥丸。
Ⓑ 水就好了？
Ⓐ 是的，只要溫水就可以了。
Ⓑ 好的，我知道了。

© 009

⑤ 實境對話，開口最無礙

前進老外日常，學會最口語的道地對話。熟讀輕鬆記，遇到老外 1 秒就反應。

⑥ 插圖聯想，強化記憶

每組對話輔以生動插圖，助於聯想，記憶潛移默化，就此告別屢背屢忘的苦日子，

⑦ 道地發音，會聽更會說

搭配本書附贈 MP3，眼看練閱讀、耳聽增進聽力，教你會認、會聽、更會說。

片語超實用，有圖不再怕記憶！

「老師，雖然我覺得學校英文課很簡單，課本跟講義的單字我也都有背，文法也沒問題，可是每次遇到外國人，老是開不了口、腦袋一片空白，到底該怎麼樣才能把英文學好？」在筆者於補教界任教的日子裡，曾有無數學生問過我諸如此類的問題。事實上，由於國內英語教育為升學導向，因此，即便是大學畢業、出了社會，也很少人能真正通達聽、說、讀、寫四大領域。

講到這裡，大概很多人都會想：「我們又不是母語人士，怎麼可能聽說讀寫樣樣精呢？」非母語人士是真，但後面那個想法，我就不敢苟同了。因為大部分這麼說的學生，多少都抱持著一種「能把考試考好就行了」的心態，因此，雖然檢定考上的分數很不錯，但真正要使用的時候，卻完全用不出來、使不上力，要我說的話，這種只看重「筆上功夫」的做法，才是真正可惜了大家花那麼多年學英文的光陰。

不管是哪一種語言，使用才是最重要的，聽得懂別人說話、給予適度的回應、看懂公告、寫留言給別人……，這些日常生活必定會遇到的情境，難道不該是首要的學習重點嗎？所以，不管我上什麼課，總會教一些常見的片語，當然，每每都會有學生反應：「老師，光是英文單字就已經背不完了，為什麼還要花時間去背這些片語呢？」每次聽到這個問題，我都會告訴他們，片語雖然只是由幾個單字組合而成，但大多數的意思無法由字面推敲，偏偏在英文中（特別是日常對話），片語的實用度遠勝於艱澀單字，不僅說話常用，連文章中也很常見，如果你只死背單字，那麼見到外國人，還是只能講關鍵字，先不管你的考試成績如

何，講話只能丟出單字的人，怎麼樣都不會讓人覺得英文好吧？

不過，無論是多麼認真的學習者，專注力還是有限的，所以，我花了很多心思挑選本書的片語，同時考量了生活常見度 & 考試實用度，因此，只要你能熟讀本書的片語，就會發現在學測、指考、全民英檢、托福、新多益等測驗上，過去讓你傷透腦筋的搭配詞，已不足為慮；寫作文的用字也更多元；閱讀的速度也跟著提升，這可是提升實力的好工具呢！

此外，本書還提供了對話情境的插圖，這麼做的用意，是讓讀者得以用圖片刺激記憶，在閱讀文字的同時，和片語做聯想，進而促進記憶，而非像坊間許多語言學習書，只是一堆冷冰冰的文字。而且每一組片語都提供解析，解說使用時機與文法等，若能與會話的內容比對，相信大家對於片語就能有更深一層的認識，使用起來當然也就更得心應手。

本書最後還附上外籍老師親自錄製的 MP3，建議讀者在閱讀之餘，也進行聽力的加強。很多人會忽略「聽」的重要性，英文絕不單單只有拼字，一定要從模仿母語人士的發音和語調開始，這樣你講出口的英文，對方才聽得懂，也會覺得很自然。

當然，行有餘力的話，別只顧著看書，多利用電影、影集等方式大量接觸英文也是很棒的學習方式。畢竟語言是一門用來溝通的工具，光是搞定單字與文法，卻無法自在開口說英語，豈不是很可惜嗎？

若讀者能夠訂定目標，閱讀完本書內容，並反覆地練習、吸收，長久下來，必能受益良多。考試是一種自我測驗的方式，但能將所學應用在生活中，也是一種自我肯定的方法，因此，希望大家在英語這條路上，不要偏廢，從片語開始，真正感受到學以致用的樂趣。

張翔

CONTENTS

日常時下大小事

生活樂事、瑣事、
新聞時事無處不在，
與老外交流必備的英文說法，
當然得溜得順口，
才不會輸在起跑點！

What's Going On Around Us?

Let's Acquire English Phrases via Pictures.

|片語| Phrase 001 💬　　　　　🔊 MP3 001

a lot of
許多、大量

同義表達
plenty of
大量的

　　a lot of 可修飾複數形的可數名詞與不可數名詞（物質或抽象），相當於 **many** 和 **much**（兩者分別是接可數及不可數名詞），這時候 **a lot of** 也等於 **lots of**，只是 **lots of** 較常用於口語情境。

Ⓐ **A lot of** people might think wealth is the key to happiness, but I don't.
Ⓑ What do you mean?
Ⓐ I just want to lead a healthy life and spend time with the ones I love.

Ⓐ 很多人可能認為財富是通往幸福的關鍵，但我不這麼想。
Ⓑ 你的意思是？
Ⓐ 我只想過著健康的生活，並和所愛的人共度時光。

|片語| Phrase 002 💬　　　　　🔊 MP3 002

同義表達
obey
遵守

abide by
遵守、遵從

　　abide 和 **obey** 都能表示「遵守」，但 **abide** 後面的 **by** 不能省略；**obey** 則能直接加受詞。本片語還可以指「承擔⋯的後果」，意近 **take the responsibility of...**（擔負⋯的責任）。

Ⓐ Did you mow your lawn last week?
Ⓑ No. Is there anything wrong?
Ⓐ Every resident should **abide by** the residential agreement and mow their lawn.

Ⓐ 你上週有修剪草坪嗎？
Ⓑ 沒有。有什麼問題嗎？
Ⓐ 所有居民都應遵守住戶規約，並修剪草坪。

| 片語 | Phrase 003 🔊 MP3 003

according to
根據、按照

同義表達
based on
根據

本片語後面接名詞 **N**，表示某段敘述源自於其他地方，**N** 表示出處。出處可以來自於新聞報導、報紙、研究、文章或任何資料，也可以是專家或人物等。如下面對話中的出處便是法律。

Ⓐ **According to** the state law, no one should drive without a license.
Ⓑ Sorry. I left my driver's license at home.
Ⓐ Show me your ID. I'll look it up.
Ⓑ Here you are.

Ⓐ 根據州法，不得無照駕駛。
Ⓑ 抱歉，我把駕照忘在家裡了。
Ⓐ 給我你的身分證，我來查查看。
Ⓑ 在這裡。

| 片語 | Phrase 004 🔊 MP3 004

同義表達
together with
連同

along with
連同…一起

along 這個介係詞表「沿著」，若加上 **with** 便指「連同…一起」。注意，**along** 與 **alone** 形音皆近，但 **alone** 的意思是「單獨的」。

Ⓐ Take three pills after each meal **along with** water.
Ⓑ Just water?
Ⓐ Yes, nothing but warm water.
Ⓑ OK. I see.

Ⓐ 餐後配水吞服三顆藥丸。
Ⓑ 水就好了？
Ⓐ 是的，只要溫水就可以了。
Ⓑ 好的，我知道了。

|片語| Phrase 005 💬　　　　　　　🔊 MP3 005

as a result of
由於

同義表達
owing to
由於

這裡的 **result**（結果）為名詞。**result** 也可以當動詞用，隨著搭配的介係詞不同，會產生完全不同的語意。如 **result from** 指「起因於…」；**result in** 則表示「導致…的結果」，皆為常見片語。

Ⓐ The backyard is in a mess **as a result of** the typhoon last week.
Ⓑ Are you going to clean it all by yourself?
Ⓐ I think I will. It will save us a lot of money.

Ⓐ 後院因上週的颱風而亂成一團。
Ⓑ 你想要自己打掃嗎？
Ⓐ 應該會吧。這樣可以省下不少錢。

|片語| Phrase 006 💬　　　　　　　🔊 MP3 006

同義表達
as below
如下

as follows
如下

as follows 是慣用語，無論主詞為單 / 複數，**follow** 後面都一定要加 **s**。大家經常誤用的 **The following is/are...** 則須視後面名詞的單 / 複數決定，例如：**The following is an example of...**。

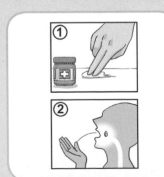

Ⓐ You should do **as follows**: apply ointment and take medicine.
Ⓑ How do I apply the ointment?
Ⓐ Put a thin layer of the ointment on the wound twice a day.

Ⓐ 請按以下步驟處理：塗藥與服藥。
Ⓑ 我該如何塗藥？
Ⓐ 一天兩次，在患部塗抹薄薄一層藥膏。

| 片語 | Phrase 007　　　　　　　MP3 007

as soon as

一…就…

相關補充
ASAP
盡快

　　as soon as 所指涉的兩個動作,為幾乎同時發生的行為,有時候可與當連接詞使用的 **once** 通用(一旦…就…)。本片語前後會連接兩個子句;也能置於句首,但此時兩個子句中間就必須要有逗號。

Ⓐ Danny, come home **as soon as** you leave school.
Ⓑ Why?
Ⓐ Today is your dad's birthday. We're going to eat out and celebrate.

Ⓐ 丹尼,一放學就趕快回家喔。
Ⓑ 為什麼?
Ⓐ 今天是你爸爸的生日,我們要上館子吃飯慶祝。

| 片語 | Phrase 008　　　　　　　MP3 008

反義表達
at second hand
間接地

at first hand

第一手地、直接地

　　at first hand 通常置於句尾,也能表示某樣東西為「第一手得來的」。本片語也可寫為 **firsthand**(可當形容詞或副詞)。

Ⓐ We can provide you with property information to see **at first hand**.
Ⓑ I'd like to know about service charges.
Ⓐ We will charge you 100 dollars per month for the broker service.

Ⓐ 我們會提供您第一手的房產資訊。
Ⓑ 我想知道關於服務費的細節。
Ⓐ 我們每個月收取一百美金的仲介服務費。

| 片語 | Phrase 009 💬   🔊 MP3 009

at issue
爭論中、討論中

同義表達
in dispute
在爭論中

issue 有「問題」之意，所以 **at issue** 表示某件事正倍受討論，甚至引起了爭論，強調眾說紛紜的狀態。另外有個很相似的片語 **in question**，則單純指「在討論中」，並不具爭議的意味。

Ⓐ What do you think about the new retirement policy **at issue**?
Ⓑ Actually, I don't know much about it.
Ⓐ According to the new policy, the retirement age is now sixty.

Ⓐ 你對於目前討論中的退休案有什麼想法？
Ⓑ 事實上，我不太了解。
Ⓐ 根據新的政策，退休年齡為六十歲。

| 片語 | Phrase 010 💬   🔊 MP3 010

相關補充
on the run
仍在逃

at large
逍遙法外；整體而言

at large 除了指「逍遙法外」，還有「整體而言」的意思。與 **large** 相關的常用片語還有 **in (the) large**（大規模地）。

Ⓐ I can't believe that the man is still **at large**.
Ⓑ Who are you talking about?
Ⓐ I'm talking about Jacky Liao, who illegally escaped taxes.
Ⓑ Don't worry. Justice will win in the end.

Ⓐ 我不敢相信那名男子仍逍遙法外。
Ⓑ 你在說誰啊？
Ⓐ 我在說廖傑克，那個非法逃漏稅的人。
Ⓑ 別擔心。正義終將得勝。

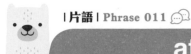

|片語| Phrase 011 🗨 　　　　　　　　🔊 MP3 011

at last
最後、終於

反義表達
at first
起初

at last 為副詞片語，放在句首時用來修飾全句；置於句尾則只修飾動詞。本片語並非單純地表示時間順序，其暗示著經過許多困難才達成目標。

Ⓐ Have you got your driver's license yet?
Ⓑ Yes. After taking the exam three times, I got it **at last**.
Ⓐ I'm glad you finally pulled it off.
Ⓑ Me, too.

Ⓐ 你考到駕照了嗎？
Ⓑ 是的，考了三次之後，我終於考過了。
Ⓐ 我很高興你終於成功了。
Ⓑ 我也是。

|片語| Phrase 012 🗨 　　　　　　🔊 MP3 012

反義表達
at most
最多

at least
至少

at least 為副詞片語，也可以寫成 **at the least** 或 **at the very least**。此片語也可作「反正、無論如何」解釋。與 **least** 相關的片語還有：**not least**（尤其是）、**to say the least**（退一步說）等。

Ⓐ Honey, can you bring me some flour from the grocery store?
Ⓑ Sure. How much do you need?
Ⓐ **At least** two kilograms.

Ⓐ 親愛的，你可以幫我去雜貨店買麵粉嗎？
Ⓑ 可以啊。你需要多少？
Ⓐ 至少兩公斤。

| 片語 | Phrase 013 💬　　　🔊 MP3 013

at length
詳細地、最後

同義表達
in detail
詳細地

at length 為副詞片語，可以置於句首、句中或句尾。在描述詳細的程度時，可用 **some/great** 去修飾（**at some/great length**）。當「最後」解釋時，則與 **at last** 同義，但 **at length** 更正式。

Ⓐ I need you to tell me **at length** about what happened.
Ⓑ I found Mr. Robins dumping garbage into my backyard last night.
Ⓐ That's why you punched him in his face?

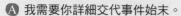

Ⓐ 我需要你詳細交代事件始末。
Ⓑ 我發現羅賓斯先生昨晚把垃圾倒在我家後院。
Ⓐ 所以你就往他臉上揍嗎？

| 片語 | Phrase 014 💬　　　🔊 MP3 014

反義表達
at war
交戰

at peace
處於和平狀態

at peace 特別指無交戰的和平（或和睦）狀態，後面可用 **with** 接對象。另外一個容易混淆的片語 **in peace**，則用來形容安寧的狀態，例如 **sleep in peace**（安穩地睡著）。

Ⓐ Did you watch the news about the Korean nuclear crisis?
Ⓑ Yes. How many years have the two Koreas been **at peace**?
Ⓐ Several decades, I think.

Ⓐ 你看到韓國核子危機的新聞了嗎？
Ⓑ 看到了。南北韓已經休戰多久了啊？
Ⓐ 有好幾十年了吧。

|片語| Phrase 015　　　　　　　MP3 015

at present
目前、現在

present 有許多意思，可當形容詞「在場的、現在的」，例如 **present tense**（現在式）。在本片語中，**present** 則當名詞用，表「目前」，意思相同的片語還有 **at the moment**。

Ⓐ May I speak to Mr. Baker, please?
Ⓑ Sorry, but he isn't available **at present**.
Ⓐ Can you ask him to call me back? It's Jennifer.
Ⓑ No problem.

Ⓐ 我可以與貝克先生通話嗎？
Ⓑ 很抱歉，他目前沒空。
Ⓐ 你可以請他回撥給我嗎？我是珍妮佛。
Ⓑ 沒問題。

|片語| Phrase 016　　　　　　　MP3 016

at random
隨意地、任意地

at random 和 **at will** 有點像，前者是指一個人未經仔細思考就去做某事，也暗示著此行為缺乏條理；後者則形容一個人隨自己高興，愛怎麼做就怎麼做，有「隨心所欲」的感覺。

Ⓐ You should pay more attention to your personal hygiene.
Ⓑ What do you mean?
Ⓐ You shouldn't just throw your clothes **at random** all over the place.

Ⓐ 你應該更注意個人衛生。
Ⓑ 什麼意思？
Ⓐ 你不該把衣服丟的到處都是。

| 片語 | Phrase 017 🗨 　　　　　🔊 MP3 017

at table
在吃飯

相關補充
table manners
餐桌禮儀

　　table 在這裡指「餐桌」。也可以用 **sit at a/the table for dinner** 來表達在吃晚餐，此時 **at** 帶出「在桌子旁」的意思。類似的用法還有 **at one's desk**（坐在某人的桌子前面）。

Ⓐ May I speak to Jessica? It's Kevin.
Ⓑ She's **at table**. I'll get her on the phone.
Ⓐ No, that's fine. Just ask her to call me back.
Ⓑ OK. Bye.

Ⓐ 我可以跟潔西卡通話嗎？我是凱文。
Ⓑ 她正在吃飯，我請她來聽電話。
Ⓐ 不用了，沒關係，請她等一下回撥給我就好。
Ⓑ 好的，再見。

| 片語 | Phrase 018 🗨 　　　　　🔊 MP3 018

相關補充
be mad at
對…惱火

be angry at / with
對…生氣

　　使用本片語的時候，要特別注意介係詞的選擇。如果是針對事情或某人的行為生氣，會用 **at** 或 **about**；但若要表達對某人生氣、發怒，則必須選用 **with**（如以下對話的用法）。

Ⓐ Why **were** you so **angry with** Dave?
Ⓑ He broke my vase. It's the third one he has broken this month.
Ⓐ Calm down. He's just a baby.

Ⓐ 你為什麼這麼生戴夫的氣？
Ⓑ 他把我的花瓶打破了。這已經是這個月打破的第三個了。
Ⓐ 冷靜點，他只是個嬰兒。

|片語| Phrase 019 ● MP3 019

be fond of
喜愛、愛好

相關補充
be keen on
熱衷於

　　be fond of 為形容詞片語，介係詞 **of** 後面要接名詞或動名詞。和 **like** 相比，此片語更能表達自己的熱愛之情。本片語的變化還有 **not so fond of**（沒那麼喜愛），推薦給想委婉表達的人使用。

Ⓐ Little Joe's birthday is next Friday. What should I buy for him?
Ⓑ How about something he **is fond of**?
Ⓐ For example?
Ⓑ He wants a Transformers robot badly.

Ⓐ 小喬下週五生日，我該買什麼給他？
Ⓑ 買他喜歡的東西怎麼樣？
Ⓐ 像是？
Ⓑ 他很想要一台變型金剛的機器人。

|片語| Phrase 020 ● MP3 020

相關補充
let sb. off
使免除

be free from
免於

　　free from 與 **free of** 都有「免於」之意，但 **free of** 著重完全免除的狀態，如 **free of charge**（免費）；**free from** 則有脫離控制、拘束之感（並沒有完全免除的意味），意義上有些許差異。

Ⓐ Do you want to sign up for our new bank service?
Ⓑ What is it?
Ⓐ You will **be free from** service charges each time you make a transfer.

Ⓐ 您想要註冊加入我們銀行的新服務嗎？
Ⓑ 那是什麼？
Ⓐ 您每次轉帳都可享免繳手續費。

Let's Acquire English Phrases via Pictures.

|片語| Phrase 021 💬　　　　🔊 MP3 021

be late for
遲到

相關補充
keep sb. waiting
使某人等候

　　late 是指人或物抵達某地的時間較規定或約定的時間晚,介係詞 **for** 後面接名詞。如果要說明會遲到多久,可以用 **be + (time) + late** 表示,例如 **be ten minutes late** 表示「遲到十分鐘」。

Ⓐ If you don't get up now, you'll **be late for** work.
Ⓑ Alright. Let me go wash up.
Ⓐ Your breakfast is downstairs waiting for you.
Ⓑ Thanks, Mom.

Ⓐ 你再不起床,上班就會遲到。
Ⓑ 好。讓我梳洗一下。
Ⓐ 早餐已經好了,在樓下。
Ⓑ 謝了,媽。

|片語| Phrase 022 💬　　　　🔊 MP3 022

相關補充
distinctive
特殊的

be peculiar to
為…所特有

　　用法寫成 **S + be peculiar to + N**,主詞為後方名詞所特有的特質或物件,切記,兩者的順序不能顛倒。另外,能表示相同語意的片語還有 **be characteristic of**、**be proper to** 等。

Ⓐ You were at Grace Hospital, weren't you?
Ⓑ Yes, I was! How do you know?
Ⓐ Your clothes have the scent of pine trees, which **are peculiar to** that hospital area.

Ⓐ 你去過恩典醫院,對吧?
Ⓑ 沒錯,我是去過!你怎麼知道?
Ⓐ 你的衣服有股松樹味,那是那間醫院附近特有的。

| 片語 | Phrase 023 💬 　　　　　🔊 MP3 023

bite the dust
陣亡、失敗

相關補充
perish
死去

bite the dust 為不正式的用法，可用以表示「死亡」，或在戰場上「陣亡」，另可形容事物以「失敗告終」。

Ⓐ Have you heard the news? Mr. Jackson's son died in Iraq.
Ⓑ Oh, no! He is too young to **bite the dust** on the battlefield.
Ⓐ I can't agree more. War is a terrible thing.

Ⓐ 你聽說了嗎？傑克森先生的兒子死在伊拉克。
Ⓑ 噢，不！他太年輕了，不該死在戰場上。
Ⓐ 就是啊，戰爭實在太可怕了。

| 片語 | Phrase 024 💬 　　　　　🔊 MP3 024

相關補充
lend to
把…借給

borrow from
從…借來

borrow 指「借入」，所以須搭配介係詞 **from**，再接借東西的來源；**lend**（借出）則搭配 **to**，再接借出的對象，方向相反。

Ⓐ I've never seen this shirt before. Did you buy this last week?
Ⓑ No, I **borrowed** it **from** Kevin. We sometimes swap clothes with each other.
Ⓐ Oh, I see.

Ⓐ 我沒看過這件襯衫，你上星期買的嗎？
Ⓑ 不是，這是我跟凱文借的。我們有時會交換衣服。
Ⓐ 原來如此。

| 片語 | Phrase 025 🔊 MP3 025

break one's word
不守承諾

反義表達
keep one's word
遵守諾言

word 和 words 在片語中都很常見，意思卻不同。word 可以指「諾言」，如本片語；words 則指「話」，如 eat one's words 是「收回前言」。

Ⓐ What are you going to buy Dean for Christmas?
Ⓑ Perhaps a dictionary.
Ⓐ But you've promised to buy him a bike.
Ⓑ Then I'd better not to **break my word**.

Ⓐ 你聖誕節要買什麼給迪恩？
Ⓑ 也許是字典吧。
Ⓐ 但你之前答應過要買腳踏車給他。
Ⓑ 那我最好不要失信。

| 片語 | Phrase 026 🔊 MP3 026

相關補充
burst into
情緒爆發

break out
爆發、突然發生

除了「突然發生」之外，本片語還可以用在「言語突然激烈起來」的情況。英文中，形容「爆發」的用語很多，如 burst out 通常用於物品的爆破或突發的情緒，火山爆發用 erupt，突然發怒則用 flare up。

Ⓐ Did you watch the news this morning?
Ⓑ No. Was there anything new?
Ⓐ A fight **broke out** in the federal prison, and two prisoners died.

Ⓐ 你今天早上有看新聞嗎？
Ⓑ 沒有。有什麼新消息嗎？
Ⓐ 聯邦監獄爆發打群架事件，死了兩名囚犯。

|片語| Phrase 027

MP3 027

by means of
用…方法 / 手段

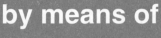

相關補充
in a...manner
以…的方式

means 指「手段、方法、工具」。本片語後面接名詞或動名詞，接動名詞時，可省略 means of，用 by + Ving 表達。與 means 相關的用語還有 by all means（竭盡全力）、by no means（絕不）。

Ⓐ The government is trying to bring in more revenue **by means of** adding taxes.
Ⓑ It looks like they're putting a bigger burden on our shoulders.
Ⓐ You're right. We have to budget our life.

Ⓐ 政府正試著藉由增稅來增加歲入。
Ⓑ 看來我們肩頭上的負擔又更重了。
Ⓐ 說得沒錯，我們必須節儉度日了。

|片語| Phrase 028

MP3 028

相關補充
mention
提及

by the way
順便一提

by the way 當「順便一提」解釋時，有轉換話題的作用（前後所提之事可以完全無關），在書信中常縮寫成 **BTW**。另一個容易和它弄混的用法是 **by way of**（透過某種方式）。

Ⓐ I've sent your suit to the dry-cleaner. **By the way**, you left this in your pocket.
Ⓑ Oh, it's my paycheck! Thank you so much!
Ⓐ You have to be more careful next time.

Ⓐ 我把你的西裝送去乾洗了。對了，你把這個忘在口袋裡。
Ⓑ 喔，是我薪水的支票！真是太感謝你了！
Ⓐ 你下次得更加小心。

| 片語 | Phrase 029 📢   🔊 MP3 029

by way of
經由、透過

相關補充
on the way
在途中

與上一個片語不同，**way** 在此作「道路」或「方法」解，所以 **by way of** 便表示「經由」，介係詞 **of** 後面接名詞或動名詞。此外，這個片語也可以用 **through** 或 **via** 替換。

Ⓐ Dad's birthday is coming. How about giving him a surprise party?
Ⓑ I'm tired of celebrating **by ways of** throwing surprise parties.
Ⓐ Then just enjoy a nice dinner together.

Ⓐ 爸爸的生日快到了，我們來幫他辦個驚喜派對吧？
Ⓑ 老是辦驚喜派對，我覺得很厭煩。
Ⓐ 那就一起享用一頓美好的晚餐就好。

| 片語 | Phrase 030 📢   🔊 MP3 030

相關補充
by choice
出於選擇

cannot choose but
只好、不得不

英文中「不得不…」的說法有很多，含 **but** 的用法有 **cannot (help/choose) but + V** 與 **have no choice but + to V**；不含 **but** 的有 **cannot help + Ving**，須注意片語後接的動詞形態。

Ⓐ Ma'am, the pipes are clogged with lumps of hair and food.
Ⓑ What should we do now?
Ⓐ I am afraid we **cannot choose but** remove part of it.

Ⓐ 女士，水管被毛髮和食物碎塊塞住了。
Ⓑ 那現在該如何處理呢？
Ⓐ 我們別無選擇，恐怕只能移除部分水管了。

|片語| **Phrase 031** 💬 🔊 MP3 031

charge for

為…收費、要價

相關補充
service charge
服務費

for 後面加上需收費的事物（例如服務、餐點、商品等）。本片語中的受詞也可以放在中間，即 **charge sth. for + (price)**。關於表示費用的 **charge**，一般指的是得到某項服務所需支付的錢。

Ⓐ Aren't the prices they **charge for** the mini-bar ridiculous?
Ⓑ Absolutely! Five dollars for a can of soda?
Ⓐ Don't tell me that you did take something from the bar!

Ⓐ 小冰箱裡面的食物也貴得太離譜了吧？
Ⓑ 真的！一瓶汽水就要五元美金？
Ⓐ 別跟我說你有拿裡面的東西！

|片語| **Phrase 032** 💬 🔊 MP3 032

相關補充
cheer sb. on
鼓勵某人

cheer up

振作起來

cheer up 當「鼓舞」時，是及物動詞片語，受詞可放在 **cheer** 與 **up** 中間。祈使句的 **"Cheer up!"** 則常見於口語中，表示「開心點！/ 振作起來吧！」，此時為不及物動詞片語。

Ⓐ You look awful. What's wrong?
Ⓑ I failed the driving test.
Ⓐ **Cheer up!** It's no big deal. Just take another test some time.

Ⓐ 你看起來糟透了，怎麼了嗎？
Ⓑ 我沒通過駕照考試。
Ⓐ 開心點！這沒什麼。改天再考一次就好了。

|片語| **Phrase 033**  〔) MP3 033

clean up
打掃、清理

相關補充
tidy up
收拾

要特別注意 **clean up** 與 **clear up** 的不同。**clean up** 指的是清潔（整理＋打掃乾淨）；**clear up** 則僅表示淨空（可能只是簡單收拾），不過，其實 **clear up** 更常用來表示「澄清」。

Ⓐ Aren't you going to help **clean** this **up**?
Ⓑ Why me? Jason was also part of it.
Ⓐ But Jason is only one person. Can't you be a dear and help, too?

Ⓐ 你不打算幫忙清理嗎？
Ⓑ 為什麼是我？傑森也有份。
Ⓐ 但是他才一個人，你不能幫忙一下嗎？

|片語| **Phrase 034** 〔) MP3 034

相關補充
tip off
通風報信

commit a crime
犯罪

commit 後面可以接 **error**（錯誤）、**suicide**（自殺）等名詞。這個片語是慣用語，因此 **commit** 不可改為其他動詞。

Ⓐ If you **committed a crime**, would you turn yourself in?
Ⓑ It depends.
Ⓐ What do you mean?
Ⓑ I would if I thought I might get caught.

9487

Ⓐ 如果你犯了罪，你會自首嗎？
Ⓑ 看情況。
Ⓐ 什麼意思啊？
Ⓑ 如果我覺得會被抓，就會去自首。

|片語| Phrase 035

MP3 035

compare with
和⋯相比

講到「比較」，最常提到的就是 **compare** 與 **contrast** 兩個單字。**compare** 指的比較，包含相同點與不同點；**contrast** 著重的則是對比，所以看的是不同之處（相同的地方則略過）。

Ⓐ Why do you think we should get a Honda instead of a Toyota?

Ⓑ **Compared with** a Toyota, a Honda is much more economical.

Ⓐ But you spend less on tax and maintenance with a Toyota.

Ⓐ 你為何覺得我們該買本田車，而不買豐田車？

Ⓑ 和豐田相比，本田比較省油。

Ⓐ 但豐田車的稅金比較少，保養費也比較便宜。

|片語| Phrase 036

MP3 036

confine to
把⋯限制在

confine 和 **limit** 皆可以表達「限制」，但依然有差別。**confine** 通常指行動和能力等範圍上的限制；**limit** 則不侷限於此。

Ⓐ I heard Jeff had a car accident. Is it true?

Ⓑ Yes. He's in the hospital now.

Ⓐ That's too bad. How is he?

Ⓑ Not so good. He has been **confined to** a wheelchair since he broke his left leg.

Ⓐ 聽說傑夫出車禍了，是真的嗎？

Ⓑ 是的。他現在在醫院裡。

Ⓐ 太糟了。他還好嗎？

Ⓑ 不太好。自從他左腿骨折後，一直都坐輪椅。

| 片語 | Phrase 037 　　　　　　MP3 037

conform to
符合

同義表達
tally with
符合

　　如果拆解 **conform** 這個字，可以拆成字首 con-（表「共同」）與字根 **form**（表「型態」），兩物若具備共同的型態，就會相符合。使用時須特別注意，這裡的 **to** 是作介係詞用。

Ⓐ I'm afraid your restaurant doesn't **conform to** the regulations on hygiene.
Ⓑ What should I do?
Ⓐ You must fix all the problems within two months.

Ⓐ 您的餐廳恐怕不符合衛生管理條例中的規定。
Ⓑ 那我應該怎麼辦？
Ⓐ 您必須在兩個月內改善這些問題。

| 片語 | Phrase 038 　　　　　　MP3 038

相關補充
cope with
處理

deal with
處理、應付

　　這裡的 **deal** 為不及物動詞，指「處理、應付」，後面可接人或事物。另一個意思與它相近的片語為 **cope with**，也有「處理」的意思，但 **cope with** 往往涉及較棘手的情況，而且後面不能接人。

Ⓐ Why can't you let go and let me **deal with** it on my own?
Ⓑ Honey, are you sure?
Ⓐ Of course I am. I'm already fifteen.

Ⓐ 為什麼你不能放手，讓我自己處理呢？
Ⓑ 親愛的，你確定嗎？
Ⓐ 當然，我都已經十五歲了。

|片語| Phrase 039 　　　　　 🔊 MP3 039

deprive of
剝奪、使喪失

同義表達
rob...of
剝奪

　　本片語有兩種表現法：S（剝奪者）+ deprive sb.（被剝奪者）of + sth. 與 sb.（被剝奪者）+ be deprived of + sth.，句型中的 sth. 為「剝奪的事物」，要注意剝奪者／被剝奪者在兩種用法中的順序。

Ⓐ That's enough! Now you are grounded.
Ⓑ No! You can't **deprive** me **of** my freedom.
Ⓐ I wouldn't if you'd come home by ten last night.
Ⓑ I promise I won't do it again.

Ⓐ 夠了！你被禁足了。
Ⓑ 不！你不能剝奪我的自由。
Ⓐ 若你昨晚十點前到家，我就不會這麼做。
Ⓑ 我保證下次不會再這樣了。

|片語| Phrase 040 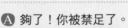　　　　 🔊 MP3 040

相關補充
pass away
去世

die from
因…而死

　　die from 是指由於受傷或意外等原因造成的死亡。此外，有一個與 **die from** 很像的片語是 **die of**，雖然也可以用來表示死因，但通常是由內在因素所導致的死亡，例如疾病、衰老或飢餓等。

Ⓐ I'm sorry. We did our best.
Ⓑ Oh, no!
Ⓐ We believe he **died from** a stroke.
Ⓑ A stroke? How could this be?

Ⓐ 很抱歉，我們盡力了。
Ⓑ 噢，不！
Ⓐ 我們認為他死於中風。
Ⓑ 中風？怎麼會這樣？

|片語| Phrase 041 MP3 041

dig up
挖出、挖掘、發現

同義表達
dig out
發現、找出

dig up 可從「挖掘」延伸至抽象的「發現」。和本片語相關的片語有 **dig up the hatchet**（開戰），休戰則用 **bury the hatchet**。

Ⓐ Mom, look what I found here!
Ⓑ What is it, sweetheart?
Ⓐ I **dug up** a box in the garden. Maybe it's from ancient times.
Ⓑ No. It's my pin money!

Ⓐ 媽，快來看我發現的東西！
Ⓑ 怎麼了，親愛的？
Ⓐ 我在花園裡挖到一個盒子，可能是古時候的。
Ⓑ 不，那是我存的私房錢！

|片語| Phrase 042 MP3 042

相關補充
dine in
在家吃飯

dine on / off
吃…、以…供餐

dine 當動詞使用時，表示「用餐、宴請」，由 **dine** 所衍生的片語有 **wine and dine sb.**（款待某人吃大餐）。使用本片語時，直接於介係詞 **on/off** 後面加上吃的食物即可。

Ⓐ What are we going to have for dinner?
Ⓑ Do you think we can **dine on** the turkey from last night?
Ⓐ I don't think that will be enough for both of us.

Ⓐ 我們晚餐要吃什麼？
Ⓑ 你覺得我們能吃昨晚剩下的火雞嗎？
Ⓐ 我不覺得那夠我們兩人吃。

|片語| Phrase 043 　　　　　　　　 🔊 MP3 043

dip into one's purse
揮霍、浪費

相關補充
squander on
浪費

dip into 是指「探究、涉獵」，當探究的對象為錢包時，就衍生出了「揮霍」之意。若將名詞替換掉，**dip into one's pocket** 則表示「自掏腰包」。

Ⓐ I'm thinking about getting a new car.
Ⓑ Again? That'll really **dip into your purse**.
Ⓐ It's a birthday gift for you.
Ⓑ Really? Thank you, sweetheart.

Ⓐ 我正考慮買輛新車。
Ⓑ 又要買？那實在太花錢了吧。
Ⓐ 是要送你的生日禮物。
Ⓑ 真的嗎？謝謝你，親愛的。

|片語| Phrase 044 　　　　　　　 🔊 MP3 044

同義表達
dish up
把…盛到盤裡

dish out
分到盤子裡

dish out 中的 **dish** 為動詞，其他還有 **dish the dirt**（散布流言蜚語）這種生動的說法。此外，口語表達 **dish it out** 則能形容對他人猛烈地批評，或是施以嚴厲的對待等。

Ⓐ Honey, can you **dish out** the mashed potatoes?
Ⓑ No problem.
Ⓐ Be sure to divide them into six equal parts for everybody.

Ⓐ 親愛的，你可以把馬鈴薯泥分到每個人的盤子裡嗎？
Ⓑ 沒問題。
Ⓐ 記得為大家分成六等分。

Let's Acquire English Phrases via Pictures.

|片語| **Phrase 045** 🔊 MP3 045

divide into
把…分成

相關補充
separate into
區分成…

divide A into B 是指將 A 劃分成 B 的形式（如幾塊、幾堆、幾組等）。
當介係詞 **into** 改為 **from** 時，表示將 A 和 B 分開。

Ⓐ Can you **divide** the cake **into** ten pieces?
Ⓑ Ten? But there are only eight people here.
Ⓐ We have to leave some for Mom and Dad.
Ⓑ Right.

Ⓐ 你可以把蛋糕分成十塊嗎？
Ⓑ 十塊？但這裡只有八個人。
Ⓐ 我們得留一些給爸媽。
Ⓑ 對耶。

|片語| **Phrase 046** 🔊 MP3 046

相關補充
ask for a favor
請求幫助

do sb. a favor
幫某人一個忙

與此片語類似的用法還有 **give sb. a hand**（幫助），不過，說 **give me a hand** 時，說話者是希望對方能與自己共同動作（例如搬重物），但 **do me a favor** 並沒有預設這個立場。

Ⓐ Honey, can you **do me a favor**?
Ⓑ Sure. What is it?
Ⓐ Can you take Linda to school today?
Ⓑ I'd love to.

Ⓐ 親愛的，能幫我個忙嗎？
Ⓑ 當然可以。什麼事？
Ⓐ 你今天可以帶琳達去上學嗎？
Ⓑ 我很樂意。

| 片語 | Phrase 047 🗨 　　　　　 🔊 MP3 047

down and out
窮困潦倒、落魄

相關補充
in poverty
窮困的

　　down 在此為「消沈、低落」之意，**out** 則表示「偏離、出局」。此片語可當形容詞或副詞片語，若用連字號將其連在一起，寫成 **down-and-out**，就成了形容詞，意為「落魄的」。

Ⓐ Do you know Mr. Hall was once broke?
Ⓑ But he is extremely rich now.
Ⓐ He is. It's hard to imagine such a rich man like him used to be **down and out**.

Ⓐ 你知道霍爾先生曾經破產嗎？
Ⓑ 但他現在超有錢。
Ⓐ 沒錯。很難想像他這樣的有錢人曾經落魄過。

| 片語 | Phrase 048 🗨 　　　　　 🔊 MP3 048

相關補充
fail to
未能…

draw a blank
毫無結果、未找到

　　draw a blank 字面上的意思為「抽到空白籤」，後用以表示一件事毫無結果，或一個人想不起事情等意思，也可用在想找什麼東西卻沒找到的情況。

Ⓐ Are you looking for a new house?
Ⓑ Yes, but I've **drawn a blank** on where to buy. Everywhere is so expensive.
Ⓐ Don't worry. I might have something good for you.

Ⓐ 你正在找新房子嗎？
Ⓑ 是啊，但我不知該在哪裡置產，到處都好貴。
Ⓐ 別擔心。或許我有好東西可以給你看看。

| 片語 | Phrase 049   🔊 MP3 049

draw on
接近、穿上

相關補充
on the horizon
臨近的

draw on 用來形容時間時，除了表示「接近、臨近」外，也能表達「漸漸過去」的狀態。另外，本片語雖然有「穿戴（衣物）」的意思，但英文中其實更常用 **put on** 這個說法。

Ⓐ I'm certainly going to miss this house.
Ⓑ Me too. I still remember sitting on the porch with Grandma as evening **drew on**.
Ⓐ It's a house full of our childhood memories.

Ⓐ 我一定會很想念這間房子的。
Ⓑ 我也是，我還記得以前傍晚的時候，會跟奶奶一起坐在長廊上。
Ⓐ 這是間充滿兒時回憶的房子。

| 片語 | Phrase 050   🔊 MP3 050

相關補充
turn the corner
度過難關

drive...into a corner
將…逼入困境

drive 在此並非「駕駛」，而是「驅趕、逼迫」之意。這個動詞用在片語中會有很生動的效果，例如 **drive sb. crazy**（逼瘋某人）、**drive a hard bargain**（努力討價還價）等。

Ⓐ My landlord is **driving me into a corner**.
Ⓑ What did he do?
Ⓐ I asked if I could pay the rent late this time, but he said no.

Ⓐ 我的房東把我逼入困境。
Ⓑ 他做了什麼？
Ⓐ 我問他這次可否遲繳房租，他說不行。

|片語| Phrase 051 🗨 　　　　　　　🔊 MP3 051

dry up
乾涸、枯竭

相關補充
dry out
變乾

dry up 的 **up** 是副詞，有「完全」的意思，所以可以表示「乾涸、耗盡」；若形容一個人的腦袋乾涸，則指其想法枯竭、靈感已耗盡。此外，在口語中，**dry up** 有叫別人「閉嘴」之意，常用祈使句。

Ⓐ The news report said the dam will **dry up** if it doesn't rain in a week.
Ⓑ Oh, that's awful!
Ⓐ Indeed. I hate water rationing.

19.5%

Ⓐ 新聞上說若一週內不下雨，水庫就要乾涸了。
Ⓑ 噢，太糟糕了！
Ⓐ 的確是。我討厭限水。

|片語| Phrase 052 🗨 　　　　　　　🔊 MP3 052

同義表達
because of
因為

due to
由於

due to 較為口語，在正式場合或寫作時要避免使用，可用 **because of**、**on account of** 等。須注意本處的 **to** 為介係詞，需接名詞或動名詞。

ERROR

Ⓐ I am sorry that your check is running late **due to** a system malfunction.
Ⓑ Can anything be done to mend this?
Ⓐ Yes, our technician will fix it.

Ⓐ 很抱歉，由於系統異常，您的支票會延誤。
Ⓑ 那你們會進行任何補救措施嗎？
Ⓐ 會的，我們的技師會進行修復。

| 片語 | Phrase 053 💬   🔊 MP3 053

equip with
替…裝備上

相關補充
equipment
裝備、設備

equip A with B 所指的是「替 **A** 裝備上 **B**」。**equip** 和 **furnish** 都有「裝備」的意思，但 **equip** 可用於人，**furnish** 則專指傢俱、或是建築方面的佈置或配備等。

Ⓐ Can you **equip** the trunk **with** a spare tire?
Ⓑ Sure, but why do we need an extra tire?
Ⓐ Just in case we get a flat tire.
Ⓑ Got it.

Ⓐ 你可以把備胎裝進後車箱嗎？
Ⓑ 當然可以，但我們為何需要另備輪胎？
Ⓐ 以防爆胎。
Ⓑ 明白了。

| 片語 | Phrase 054 💬   🔊 MP3 054

同義表達
swap for
交換

exchange for
交換、兌換

　　這個片語的基礎用法為 **exchange A for B**，表示用 **A** 去交換 **B** 回來；若是想要說明交換的對象是誰的話，則用 **X exchange with Y**（**X** 與 **Y** 交換東西，其中 **X**、**Y** 都是人物）。

Ⓐ The flea market will be open this Sunday.
Ⓑ Cool!
Ⓐ Maybe we can **exchange** our used toys **for** some good stuff!

Ⓐ 跳蚤市場本週日會開市。
Ⓑ 太好了！
Ⓐ 或許我們可以用二手玩具換些好東西！

|片語| Phrase 055 💬　　　　　　　🔊 MP3 055

excuse from
免除

同義表達
exempt from
免除

　　這個片語的「免除」，帶有「得到許可」之意，所以常與免除義務有關，比如因生病不用上課，或體檢未通過而免役等，其他相關的片語還有 **excuse oneself**（為自己辯解、請求對方准許自己離開）。

Ⓐ I thought your brother was in the army.
Ⓑ He was about to join, but he got **excused from** military service.
Ⓐ Why?
Ⓑ They found he has flat feet.

- -

Ⓐ 我以為你哥哥從軍去了。
Ⓑ 他原本要去，但後來免役了。
Ⓐ 為什麼？
Ⓑ 他們發現他有扁平足。

|片語| Phrase 056 💬　　　　　　🔊 MP3 056

相關補充
pardon me
抱歉

excuse me
抱歉、不好意思

　　在使用這個慣用語時，一定要知道，**excuse me** 並非真正的道歉用語，它比較像中文的「不好意思」（要問路、麻煩別人、沒聽清楚對方的話時都可以用），**sorry** 才是用來道歉的用語。

Ⓐ **Excuse me**. Where is the post office?
Ⓑ You go straight down the road for two blocks, and it will be on your right.
Ⓐ Thank you.

- -

Ⓐ 不好意思，請問郵局在哪裡？
Ⓑ 往前直走，過兩個路口之後，就在你右手邊。
Ⓐ 謝謝你。

Let's Acquire English Phrases via Pictures.

|片語| Phrase 057 　　　　　　　　🔊 MP3 057

fall down
跌倒、掉落

相關補充
trip over
被絆倒

　　與跌倒相關的片語很多，但意思略有不同。像 **fall down** 指從正常位置掉落至地面，後面若有名詞，須加 **from**；**fall over** 則表示向前摔倒或被東西絆倒；**fall off** 則為「跌落」，後面直接加名詞即可。

Ⓐ What's wrong with your knee?
Ⓑ I **fell down** from the stairs yesterday by accident.
Ⓐ You must be in so much pain.
Ⓑ I am. I should have been more cautious.

Ⓐ 你的膝蓋怎麼了？
Ⓑ 我昨天不小心從樓梯上摔下來。
Ⓐ 你一定痛死了。
Ⓑ 是啊。我應該要更小心的。

|片語| Phrase 058 　　　　　　🔊 MP3 058

同義表達
fill out
填寫

fill in
填寫

　　fill in/out 有趣的地方在於，雖然介係詞用的是概念相反的 **in** 與 **out**，但意思卻相同。如果硬要區分的話，**fill in** 著重於將空格填滿；**fill out** 則強調填寫整份東西，如申請表、問卷等。

Ⓐ What can I do for you?
Ⓑ I'd like to withdraw forty thousand dollars from my account.
Ⓐ Sure. Please **fill in** the withdrawal slip first.

Ⓐ 有什麼我可以幫您的？
Ⓑ 我想從帳戶裡提四萬元出來。
Ⓐ 好的，請先填寫這張取款條。

| 片語 | Phrase 059　　　　　　　🔊 MP3 059

fill with
充滿

相關補充
stuff with
填滿

　　fill A with B 指的是「用 B 填滿 A」，然而，如果想表示某物體「被填滿的狀態」，則必須使用被動式的 **A be filled with B**，或 **A be full of B**（A 是被 B 填滿著的）。

Ⓐ It smells so good.
Ⓑ I'm preparing some dessert.
Ⓐ Wow! What will we have for dessert?
Ⓑ It's a pie **filled with** blueberries - your favorite!

Ⓐ 聞起來好香。
Ⓑ 我正在準備點心。
Ⓐ 哇！我們點心吃什麼？
Ⓑ 吃你最愛的藍莓派！

同義表達
in general
一般地

| 片語 | Phrase 060　　　　　　　🔊 MP3 060

generally speaking
一般來說

　　「一般來說」這個講法除了 **generally speaking** 之外，還有 **in general**、**in common**、**generally** 可以表示。這個片語所強調的，是廣泛的「情況」，與表示頻率的 **usually**（經常）是不一樣的。

Ⓐ This is your receipt for the transaction.
Ⓑ Thank you. When can the recipient get the money?
Ⓐ **Generally speaking**, the money is transferred into accounts in eight hours.

Ⓐ 這是您的交易收據。
Ⓑ 謝謝你，那受款方何時能收到錢呢？
Ⓐ 一般來說，款項會在八小時內入帳。

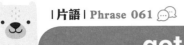

|片語| **Phrase 061** 💬 　　　　　🔊 *MP3 061*

get away
離開、逃脫

相關補充
run away
逃跑

　　get away 可以解釋成字面上的「走開、離開」，也能指「逃走、逃脫」的意思，此時皆當不及物動詞；另外，如果當及物動詞（即 **get sb./sth. away**）用時，則表示「把…送走」。

Ⓐ Oh, my gosh! A crocodile **got away** from the zoo!
Ⓑ Really? When did it happen?
Ⓐ Last night. We'd better watch out when walking on the street.

Ⓐ 天啊！一隻鱷魚從動物園逃脫了！
Ⓑ 真的嗎？什麼時候發生的？
Ⓐ 昨晚。我們上街時最好小心一點。

|片語| **Phrase 062** 💬 　　　　　🔊 *MP3 062*

相關補充
go back
回去某處

get back
回來

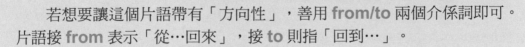

　　若想要讓這個片語帶有「方向性」，善用 **from/to** 兩個介係詞即可。片語接 **from** 表示「從…回來」，接 **to** 則指「回到…」。

Ⓐ When will you **get back** tonight?
Ⓑ By seven as usual.
Ⓐ Can you be home earlier? It's Amanda's birthday today.
Ⓑ Sure. No problem.

Ⓐ 你今晚何時回來？
Ⓑ 跟往常一樣，七點前。
Ⓐ 你可以早點到家嗎？今天是亞曼達的生日。
Ⓑ 當然沒問題。

|片語| Phrase 063 🔊 MP3 063

get up
起床

相關補充
in bed
臥床

可以用來表示「起床」的片語還有 **wake up** 和 **get out of bed**。不過嚴格說起來，**wake up** 是指「醒來」，人可能還躺在床上；另外兩個則是指人已經起床，開始新的一天。

Ⓐ Where is your sister?
Ⓑ She is still in bed.
Ⓐ It's almost time for school. Go and **get** her **up**.
Ⓑ I don't want to. She always kicks me.

Ⓐ 你姐姐呢？
Ⓑ 她還在睡。
Ⓐ 差不多該上學了，快去叫她起床。
Ⓑ 我不想去。她老是踢我。

|片語| Phrase 064 🔊 MP3 064

同義表達
distribute
分發、分配

give out
分發

give out 除了「分發」之外，還能用以表示向外「散發、釋放」；另外也有「公布、發布（消息）」的意思，也能指東西被「用完」。

Ⓐ Could you **give out** the bread for me?
Ⓑ But I don't know how to do it.
Ⓐ It's easy. Just make sure everyone has some to eat.
Ⓑ No problem.

Ⓐ 你可以幫我分麵包嗎？
Ⓑ 但是我不知該怎麼分。
Ⓐ 很簡單，只要確定每個人都吃得到就好。
Ⓑ 沒問題。

|片語| **Phrase 065** 💬　　　　🔊 *MP3 065*

give rise to
引起、導致

同義表達
bring about
引起

A **give rise to** B 指 A 事件導致 B 事件的發生，同義片語有 **bring about**。大家可以將之與 **bring on** 比較，中文意思雖然同樣為「引起」，但 **bring on** 所引發的通常為負面的事物。

Ⓐ It was such a disaster.
Ⓑ What are you talking about?
Ⓐ The earthquake gave rise to a great tsunami in Japan. A lot of people died.
Ⓑ May they rest in peace.

Ⓐ 真是太慘了。
Ⓑ 你在說什麼？
Ⓐ 地震在日本引起巨大海嘯，許多人因而喪生。
Ⓑ 願他們安息。

|片語| **Phrase 066** 💬　　　　🔊 *MP3 066*

同義表達
go on
繼續

go ahead
繼續、開始進行

go ahead 的用法為 **go ahead with + sth.**，等同於 **continue**（繼續）。但此片語較常用於祈使句，可翻作「開始吧！」或「請吧！」。

Ⓐ Can we go ahead with our party plans?
Ⓑ It depends on whether Tina, the birthday girl, will be in town or not.
Ⓐ Right. I'll ask her tomorrow.

Ⓐ 我們可以繼續進行派對的規劃嗎？
Ⓑ 要看壽星蒂娜那天是否在鎮上。
Ⓐ 也對，那我明天去問她。

|片語| Phrase 067 MP3 067

go on errands
跑腿、辦差事

相關補充
gofer
（俚）打雜工

go on errands 是指出去辦事，比如買東西、領 / 繳錢、跑腿等小事。errand 的意思是「差事」，為可數名詞，動詞常用 go on 或 run，注意，go on errands 為慣用語，errands 必用複數形。

Ⓐ What are you doing in the study?
Ⓑ Studying. What else could I be doing?
Ⓐ Can you **go on** some **errands** for me now?
Ⓑ Again? I just did that an hour ago!

Ⓐ 你在書房做什麼？
Ⓑ 當然是唸書，不然還能做什麼？
Ⓐ 你現在可以去幫我跑個腿嗎？
Ⓑ 又要去？我一個小時前才跑過！

|片語| Phrase 068 MP3 068

相關補充
date
和…約會

go out
外出

go out 的字義極廣，最常見的是「外出」（辦事或交際等）。若要表達外出目的，可於片語後加 **for**。

Ⓐ Do you want to go to the movies tonight?
Ⓑ No, I think I'll take a rain check.
Ⓐ What are you going to do tonight?
Ⓑ I'm **going out** with Daniel. He's taking me to go ice skating.

Ⓐ 你今晚想去看電影嗎？
Ⓑ 不，我想改天好了。
Ⓐ 你今晚有什麼事嗎？
Ⓑ 我要和丹尼爾約會，他要帶我去溜冰。

|片語| **Phrase 069** 💬　　　　　🔊 MP3 069

go through
經歷

同義表達
undergo
經歷

　　go through 字面上為「通過」，因此可衍生出「經歷」解釋，通常指的是一段不愉快或艱難的時期；另外，**go through** 也能用以表示法律、法案等正式通過；日常生活中也有「舉行」之意。

A It must be hard for you to **go through** all this.
B Kind of. I'm trying to handle it, though.
A What's your secret to it?
B Just relax and try to make myself happy.

A 要熬過這一切，肯定很不容易。
B 算是吧。然而，我正試著處理。
A 你的祕訣是什麼？
B 就是放輕鬆，試著讓自己開心。

|片語| **Phrase 070** 💬　　　　　🔊 MP3 070

同義表達
turn in
就寢

go to bed
上床睡覺

　　go to bed 和 **go to sleep** 指的是「去睡覺、就寢」的動作，若單獨用動詞 **sleep**（睡覺），表示已處於熟睡狀態。要特別注意的是，**go to bed** 與 **sleep** 後若加上 **with + sb.**，表示和某人發生性關係。

A Time to **go to bed**.
B Come on. Can I wait until the show ends?
A I don't think so, Sweetie. I promised your mom that I would put you to bed by ten.

A 你該去睡了。
B 可以讓我看完這個節目嗎？拜託。
A 親愛的，我想不行。我答應你媽媽十點前讓你上床睡覺。

|片語| **Phrase 071** 🗨️　　　　　　🔊 MP3 071

grow out of

戒除、產生於

> 相關補充
> **abstain from**
> 戒絕

　　本片語字義的分歧來自於 **out of**。若當「離開」解，就產生「隨著成長而戒除」的意思；**out of** 若當「出自」理解，則表示「產生於⋯」。

Ⓐ We should try to **grow** Eva **out of** wetting her bed.
Ⓑ Don't push her. She might get stressed out.
Ⓐ But we have to! She is ten now, and she still wets her bed!

- -

Ⓐ 我們應試著讓伊娃戒除尿床習慣。
Ⓑ 別催她。她可能會壓力過大。
Ⓐ 但我們必須這麼做！她已經十歲了，還在尿床！

|片語| **Phrase 072** 🗨️　　　　🔊 MP3 072

> 相關補充
> **thrive**
> 繁茂生長

grow over

長滿

　　grow over 常使用被動式，用法寫作 **S + be grown over + O**。或者也可直接用動詞 **overgrow**（長滿於、生長過快）。

Ⓐ The vines are **growing over** our window. Can you do something about it?
Ⓑ Do you want me to cut them off?
Ⓐ That would be great!
Ⓑ But I kind of like the shade it gives.

- -

Ⓐ 藤蔓爬滿了窗子。你可以處理一下嗎？
Ⓑ 你想要我砍掉它們嗎？
Ⓐ 那就太好了！
Ⓑ 但我還滿喜歡它的遮蔽效果的。

|片語| **Phrase 073** 💬   🔊 MP3 073

hang over
威脅、延續

相關補充
hangover
宿醉

hang over 可指「威脅」（主詞通常為事物）或「延續」，若寫成 **hangover**，就變為名詞「宿醉」，會說 **have a hangover**（宿醉）。

Ⓐ It seems like the threat of the U.S. recession **hangs over** Asia.
Ⓑ I guess the economy won't get any better in the short term.
Ⓐ Maybe not.

Ⓐ 美國經濟衰退的問題似乎已經蔓延至亞洲了。
Ⓑ 看來短期內，經濟情勢是不可能好轉了。
Ⓐ 應該是吧。

|片語| **Phrase 074** 💬   🔊 MP3 074

相關補充
a living death
生不如死

have one foot in the grave
臨死之際

grave 是「墓穴」。本片語字面上的意思為一隻腳已踏進墳墓，也就是離死期不遠了。和 **grave** 相關的片語還有 **dig one's own grave**（自尋死路）、**be silent as the grave**（寂靜無聲的）等。

Ⓐ I feel as if I **have one foot in the grave**.
Ⓑ What's wrong with you, Ann?
Ⓐ My headache is killing me for a week.
Ⓑ We'd better take you to the doctor.

Ⓐ 我覺得我好像快要死了。
Ⓑ 安，你怎麼了？
Ⓐ 我已經頭痛了一星期，快痛死我了。
Ⓑ 我們最好帶你去看醫生。

|片語| Phrase 075 MP3 075

have to
必須

相關補充
need to
需要

have to 和助動詞 **must** 意義相近。但 **have to** 只是客觀地提出要求，並沒有強制性，常用於提醒、建議的場合；**must** 則顯出說話者的主觀想法，口吻很強烈，表示「一定要、非得」之意。

Ⓐ Son, you **have to** get home by 9.
Ⓑ Please don't say that. The party starts at 8, which means I only have an hour.
Ⓐ But your dad will be furious with you for going out before exams.

Ⓐ 兒子，你必須在九點前回到家。
Ⓑ 拜託別這樣。派對八點開始，那我就只能待一小時耶。
Ⓐ 但你爸爸會很氣你考前跑出去。

|片語| Phrase 076 MP3 076

相關補充
know about
知道

hear of
聽說過

hear of 及 **hear about** 意思相近，只是 **hear of** 中文常譯為「聽說過…」，是指聽過某人或某物的存在（知道有這麼一個人 / 物），**hear about** 翻成「得知、知道」，則表聽說過有關於某人或某物的事。

Ⓐ I've never **heard of** such a thing!
Ⓑ What is it? You seem to be very surprised.
Ⓐ A news report said a monkey in the zoo fell in love with a tortoise.

Ⓐ 我從未聽過這種事！
Ⓑ 什麼事？你好像很驚訝。
Ⓐ 新聞說動物園裡的一隻猴子愛上海龜。

| 片語 | Phrase 077 🗨 　　　　　🔊 MP3 077

hold on
稍候、繼續、抓牢

同義表達
hang on
稍候

　　hold on 除了「繼續、堅持」之意，也可指「抓牢、緊握」，此時 **on** 為副詞用法，所以在受詞前需加介係詞 **to**；**hold on** 還能指「等待」，常用在電話用語，即請對方稍候、不要掛斷電話。

Ⓐ May I speak to Mr. Lin?
Ⓑ Who is this, please?
Ⓐ It's Ms. Chao from Citibank.
Ⓑ OK. Please **hold on**.

Ⓐ 可以請林先生聽電話嗎？
Ⓑ 請問是哪位呢？
Ⓐ 我是花旗銀行的趙小姐。
Ⓑ 好的，請稍候。

| 片語 | Phrase 078 🗨 　　　　　🔊 MP3 078

相關補充
tangle
糾結、混亂

in a mess
亂七八糟

　　mess 當名詞為「混亂、凌亂」，可指具體環境的髒亂或一個人儀容邋遢，也能形容事情一團糟。相關片語還有 **make a mess of**（把⋯弄糟）、**mess up**（弄亂，此時 **mess** 為動詞）。

Ⓐ Your room is **in a** great **mess**. Clean it up now!
Ⓑ Can't I watch TV for ten more minutes? The show is about to end.
Ⓐ No way!

Ⓐ 你的房間亂七八糟的，現在就去整理！
Ⓑ 我不能再多看十分鐘嗎？節目就快要結束了。
Ⓐ 不行！

| 片語 | Phrase 079   MP3 079

in addition
另外、除此之外

同義表達
besides
此外

in addition 在句中常作為轉折語,可與 **additionally** 互換。想接名詞時,用 **in addition to + N/Ving**。這個用法是將人或事物(**N/Ving**)包含在內,與 **except for** 剛好相反。

Ⓐ What else should we get for the party?
Ⓑ We will need more food and drinks. **In addition**, we can get some balloons.
Ⓐ Wow! I can't wait.

Ⓐ 派對還有什麼要準備的嗎?
Ⓑ 我們需要更多食物和飲料。除此之外,還可以買些氣球。
Ⓐ 哇!我等不及了。

| 片語 | Phrase 080   MP3 080

相關補充
in the case of
至於

in case of
萬一、如果

in case 與 in case of 同義,但前者連接句子,後者則接名詞,語意上著重的是「採取預防措施」。**in the case of**(至於)則與 **with regard to**(關於)同義,後方將會提及一件特定的事情。

Ⓐ Bring an umbrella with you **in case of** rain.
Ⓑ Why? There's not even a cloud in the sky.
Ⓐ You never know when it's going to pour, especially during the rainy season.

Ⓐ 帶把傘吧,以免下雨淋濕了。
Ⓑ 為什麼?天上連朵雲都沒有。
Ⓐ 你永遠不知何時會開始下大雨,尤其是雨季期間。

| 片語 | Phrase 081 💬   🔊 MP3 081

in effect
生效、實際上

同義表達
in reality
實際上

in effect 除了可表法律等的「生效」，也可於文章中當轉折語，表「實際上」，等同於 **in fact/truth/reality**、**as a matter of fact** 等。

Ⓐ The government is going to increase the income tax.
Ⓑ That means I'll have to pay more!
Ⓐ When the tax increase is **in effect**, it can help the disadvantaged.

Ⓐ 政府正要增收所得稅。
Ⓑ 那代表我要繳更多稅了！
Ⓐ 當增稅生效後，可幫助社會弱勢。

| 片語 | Phrase 082 💬   🔊 MP3 082

同義表達
that is
也就是說

in other words
換句話說

in other words 是針對前面提及的事，用另一種方式來描述，將它解釋得更清楚，相當於 **that is (to say)**（也就是說）、**namely**（即、那就是）等。注意 **words** 要用複數形。

Ⓐ I'm afraid we have trouble agreeing to your request for an increase in your credit line.
Ⓑ What do you mean?
Ⓐ **In other words**, your loan request will not be approved at this time.

Ⓐ 對於您欲增加信用額度的要求，我們有同意上的困難。
Ⓑ 你的意思是？
Ⓐ 也就是說，您的貸款申請這次不會被核准。

|片語| **Phrase 083** 📣   🔊 MP3 083

in terms of
就⋯而論、在⋯方面

相關補充
speaking of
說到

　　in terms of 指「就⋯方面來說」的意思，表示要從特定角度看待某事，後面須接名詞；**in terms** 則指「談判 / 協商中」。

Ⓐ We only spent 500 dollars remodeling the garage.
Ⓑ That's cheap, but it's very costly **in terms of** the time you've spent.
Ⓐ Right. I spent more than three months.

Ⓐ 這個車庫的改建工程只花了我們五百美金。
Ⓑ 是很便宜，但就你所花的時間而言是很貴的。
Ⓐ 也是，花了超過三個月的時間。

|片語| **Phrase 084** 📣   🔊 MP3 084

相關補充
ultimately
最終

in the long run
長遠來看、最後

　　這裡的 **run** 是名詞「一段時間」，可用 **term** 代替。本片語可放在句首、句中或句尾，意思和 **in the short run**（短期而言）相反。

Ⓐ Congratulations! When is the big day?
Ⓑ The wedding is scheduled for April 1. But I'm worried about our finances.
Ⓐ Don't worry; everything will be fine **in the long run**.

Ⓐ 恭喜！大喜之日是什麼時候？
Ⓑ 婚禮訂在四月一號，但我有點擔心我們的財務狀況。
Ⓐ 別擔心，一切終究會沒問題的。

Let's Acquire English Phrases via Pictures.

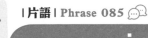

|片語| Phrase 085 💬　　　　　　🔊 MP3 085

in time
及時

相關補充
timely
及時的

　　許多人經常分不清楚 **in time** 和 **on time**。**in time** 的中文為「及時」，也就是在約定的時間前發生，來得及到達；**on time** 則表示「準時、按時」，指事情就在某時刻發生，不早也不晚。

Ⓐ I almost had a car accident this afternoon.
Ⓑ What? Are you all right?
Ⓐ Relax. Luckily, I stopped the car **in time** before we crashed.

Ⓐ 我今天下午差點出車禍。
Ⓑ 什麼？你還好吧？
Ⓐ 別緊張。幸好，我在碰撞前及時剎住車。

|片語| Phrase 086 💬　　　　　🔊 MP3 086

同義表達
seeing that
鑑於

in view of
鑑於、由於、考慮到

　　view 是指「景象、視野」，也可當「觀點」的意思，所以 **in view of** 表示「考慮到、鑑於」，和 **in light of**、**considering** 同義。

Ⓐ **In view of** your asthma history, you'd better start swimming.
Ⓑ Swimming? Why?
Ⓐ Swimming is good for your lungs.
Ⓑ OK. I'll give it a try.

Ⓐ 鑑於你的氣喘病史，你最好開始游泳。
Ⓑ 游泳？為什麼？
Ⓐ 游泳能改善你的肺功能。
Ⓑ 好的，我會試試看。

|片語| Phrase 087 💬 　　　　　　🔊 MP3 087

keep a diary
寫日記

相關補充
keep the accounts
記帳

　　寫日記是一種習慣，所以必須使用動詞 keep（維持），此為慣用語；如果要強調寫的動作，必須講 I write in my diary every day.（我每天都寫日記）。

🅐 Are you in the habit of keeping a diary?
🅑 No. How about you?
🅐 Yes, I keep one. I find it a good way to engage in self-reflection.
🅑 Right! Maybe I should give it a shot.

🅐 你有寫日記的習慣嗎？
🅑 沒有，你呢？
🅐 我有寫，我覺得這是個自省的好方法。
🅑 對耶！也許我該試試。

|片語| Phrase 088 💬 　　　　　　🔊 MP3 088

相關補充
be distant from
遠離

keep away
遠離、避開

　　本片語的用法可以是 keep sth. away（使…遠離），或用 S + keep away from + O（遠離…）。同樣具有「遠離」或「避免」意味的英文還有 prevent from、stop from、prohibit from 等。

🅐 Apples again? Can I have something else?
🅑 Apples are good for your health. An apple a day keeps the doctor away.
🅐 But I've eaten apples straight for more than a week already!

🅐 又是蘋果？我可以吃點別的嗎？
🅑 蘋果對健康很有幫助。一天一蘋果，醫生遠離你。
🅐 但是我已經連續吃超過一星期的蘋果了！

|片語| Phrase 089 💬   🔊 MP3 089

knock against
撞到、碰到、巧遇

同義表達
hit against
碰撞

knock 表「敲」的動作，against 這個介係詞有「逆、對著」之意。因此，**knock against** 指「撞到」；也可以表示「巧遇」某人。

Ⓐ Little Jamie **knocked** her head **against** the doorknob this afternoon.
Ⓑ How did she do that?
Ⓐ She dropped her pen on the floor and then hit her head as she was standing up again.

Ⓐ 今天下午，小潔米的頭撞到門把。
Ⓑ 她怎麼撞到的？
Ⓐ 她的筆掉在地板上，起身時撞到了頭。

|片語| Phrase 090 💬   🔊 MP3 090

相關補充
be short of
缺乏

lack of
缺少、不足

lack（缺乏、缺少）這個字的用法較多元。若當動詞，多為及物動詞，直接用 **lack sth.** 即可；若當不及物動詞，則寫成 **lack for sth.**。本片語的 lack 則為名詞，因此需搭配 of 使用。

Ⓐ Have you heard that Kevin has been accused of fraud two months ago?
Ⓑ No, what was the outcome?
Ⓐ The case was dismissed because of **lack of** evidence.

Ⓐ 你聽說了嗎？凱文兩個月前被控詐欺。
Ⓑ 沒有。結果如何？
Ⓐ 案子由於證據不足而被撤銷了。

| 片語 | Phrase 091 　　　　　MP3 091

look forward to
期待

相關補充
anticipate
期望

forward 是副詞，表示「向前地」，「一直向前看」就引申出期盼的意思。本片語的 **to** 為介係詞，後接名詞或動名詞。

Ⓐ Who called? You look pretty upset.
Ⓑ It's my boss, Simon. He asked me to go on a business trip tomorrow.
Ⓐ Tomorrow? But it's Andy's birthday! He's been **looking forward to** it.

Ⓐ 誰打電話來？你看起來很沮喪。
Ⓑ 是我的老闆，西蒙。他要我明天出差。
Ⓐ 明天？但明天是安迪的生日！他一直很期待。

| 片語 | Phrase 092 　　　　　MP3 092

同義表達
investigate
調查

look into
調查、研究

into 這個介係詞有「到…裡面」的意思。「看到某物的裡面」就代表仔細地「調查、研究」，還可以用 **examine**、**check into** 替換。

Ⓐ We need to **look** further **into** this case.
Ⓑ What can I do to help?
Ⓐ Do you remember seeing any suspicious people last night?
Ⓑ Not really.

Ⓐ 我們需要深入調查這起案件。
Ⓑ 我可以幫上什麼忙嗎？
Ⓐ 你記得昨晚有看到任何可疑人士嗎？
Ⓑ 並沒有。

| 片語 | Phrase 093 🔊 MP3 093

look out
當心、留意

同義表達
watch out
小心

本片語常用祈使句 **Look out!** 表現，是在看見別人即將陷入危機時的用語。若是一般的提醒，可以在後面加 **for sth.**，表示要對方注意某物。

Ⓐ Ma'am, please **look out** for the traffic.
Ⓑ I am sorry, but I need to save my puppy.
Ⓐ You'd better put him on a leash, just in case he runs into the traffic.
Ⓑ I will. Thank you.

Ⓐ 女士，請小心交通。
Ⓑ 很抱歉，但我得救我的小狗。
Ⓐ 您最好把狗拴起來，以免牠跑到馬路上。
Ⓑ 我會的，謝謝您。

| 片語 | Phrase 094 🔊 MP3 094

相關補充
cost a fortune
所費不貲

make a fortune
發財、致富

make 有很多意思，隨後面所接字彙不同而有變化，此處指「賺、得」；**fortune** 在此非指「好運」，而是「財富」，在此為可數名詞。

Ⓐ Wow, the car must have been expensive.
Ⓑ I **made a** small **fortune** recently.
Ⓐ Really? Good for you! How did you make it?
Ⓑ I was so lucky because I won the lottery!

Ⓐ 哇，這輛車肯定很貴。
Ⓑ 我最近發了筆小財。
Ⓐ 真的嗎？恭喜你！你怎麼賺到的？
Ⓑ 我很幸運地中了樂透！

|片語| **Phrase 095**  MP3 095

make out
辨認、理解、填寫

相關補充
recognize
認出

　　make out 的意思很多，有「辨認、理解、填寫」等意思，須視上下文判斷。當受詞為代名詞，可以穿插於 **make** 與 **out** 之間。

Ⓐ Sir, I am sorry, but can you also print your name in the blank?
Ⓑ Is there anything wrong?
Ⓐ No, it's just in case we can't **make out** your signature.

Ⓐ 先生，抱歉，可以請您在空白處以正楷填寫您的名字嗎？
Ⓑ 有什麼問題嗎？
Ⓐ 沒有，只是以防我們無法辨認您的簽名。

|片語| **Phrase 096**  MP3 096

相關補充
fabricate
製造

make sth. from / of...
以…製作某物

　　不管使用的是 **from** 還是 **of**，都指「製造」。但 **make from** 製造出來的成品，已看不出原本的材料（如用葡萄釀酒，成品已看不見葡萄）；**make of** 的成品，則看得出原料性質（如木製傢俱，依然看得到木頭）。

Ⓐ It's the most delicious cupcake I've ever tasted! What's your secret recipe?
Ⓑ Thank you. I **made** it **from** fresh raspberries and bananas.
Ⓐ Oh, I get it.

Ⓐ 這是我吃過最美味的杯子蛋糕！你的祕方是什麼？
Ⓑ 謝謝你。我是用新鮮的覆盆子和香蕉製作的。
Ⓐ 噢，原來如此。

|片語| Phrase 097 💬　　　🔊 MP3 097

manage without
沒有⋯也能應付

相關補充
cope with
應付

manage 有「設法、應付過去」之意，片語 **manage with** 表「用⋯設法應付過去」，若改成 **without**，則變成「沒有⋯也能應付」。

Ⓐ Mom, the washer is on the blink again!
Ⓑ Again? OK. Let me call the repairman.
Ⓐ I need to wash so many clothes! How will
　 we **manage without** a washer?
Ⓑ It's OK. The repairman will be here later.

Ⓐ 媽，洗衣機又壞了！
Ⓑ 又壞了？好吧，我打電話給修理人員。
Ⓐ 我要洗這麼多衣服！沒有洗衣機怎麼應付得了？
Ⓑ 沒事的，修理的人待會兒就到了。

|片語| Phrase 098 💬　　　🔊 MP3 098

同義表達
call after
以⋯命名

name after
以⋯命名

如果要說「以 **B** 的名字替 **A** 命名」的話，用主動（**name A after/ for B**）或被動（**A be named after/for B**）呈現皆可。

Ⓐ You have a really special name.
Ⓑ Yes, my father **named** me **after** his two
　 favorite basketball players.
Ⓐ Who are they?
Ⓑ Jordan and Kobe.

Ⓐ 你的名字很特別。
Ⓑ 是啊，我父親以他最愛的兩位籃球員替我命名。
Ⓐ 是誰？
Ⓑ 喬丹和柯比。

|片語| **Phrase 099** 🗨 　　　　　　🔊 MP3 099

no more
不再

相關補充
not any more
（不）再

　　no more 前面必須放肯定用語。當 no more 置於句尾時，與 not...any more 同義。相關用法還有 no more + adj. + than（與⋯一樣⋯）及 no more than + N（僅僅、只不過）等。

Ⓐ Sir, I'm sorry, but we have **no more** Coke.
Ⓑ What do you mean?
Ⓐ We don't have any more Coke. Just juice and wine.
Ⓑ That's ridiculous!

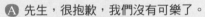

Ⓐ 先生，很抱歉，我們沒有可樂了。
Ⓑ 什麼意思？
Ⓐ 可樂已經全部賣完了，只剩果汁和酒。
Ⓑ 真是誇張！

|片語| **Phrase 100** 🗨 　　　　　　🔊 MP3 100

相關補充
refuse
拒絕接受

object to
反對

　　object 當不及物動詞時，後面接 to + N/Ving，此時 to 為介係詞。另外，名詞用法的 objection 則表示「異議」，在法庭上持反對意見，我們用 raise objections 表示。

Ⓐ Ma'am, this is a court order for you to clean up your yard as soon as possible.
Ⓑ But I love the way it is now!
Ⓐ You may file a complaint if you **object to** this order.

Ⓐ 女士，這是要您盡速清理院子的法院命令。
Ⓑ 但是我喜歡它現在的樣子！
Ⓐ 若您對這項命令有異議，可提出申訴。

|片語| Phrase 101 💬　　　　　🔊 MP3 101

of course
當然

同義表達
certainly
當然

　　of course（當然）常見於口語。若要表示否定，直接使用 **of course not** 即可。與意思相近的 **sure** 相比，**of course** 的語氣較為強烈，有時會顯出高姿態，因此要避免濫用。

Ⓐ Are you going to Jim's cousin's house?
Ⓑ Certainly.
Ⓐ Will you take little Amy to the party?
Ⓑ **Of course** I will. I know you miss her very much.

Ⓐ 你會去吉姆他堂哥的家嗎？
Ⓑ 當然會。
Ⓐ 你會帶小艾咪參加派對嗎？
Ⓑ 一定會的，我知道你很想她。

|片語| Phrase 102 💬　　　　　🔊 MP3 102

相關補充
set fire to
縱火燒

on fire
著火

　　on fire 除了「著火」，還能指感情、情緒如火般燃燒。本片語若搭配 **set**（set sth. on fire），則衍生出「縱火、使興奮」之意。

Ⓐ What is that noise?
Ⓑ A fire engine. Mr. Lee's house is **on fire**.
Ⓐ Oh, that's too bad! How did it happen?
Ⓑ Some naughty kids were playing with matches in his yard.

Ⓐ 那是什麼聲音？
Ⓑ 是消防車。李先生的房子著火了。
Ⓐ 噢，太糟糕了！怎麼會著火？
Ⓑ 幾個調皮的小孩在他家院子裡玩火柴。

| 片語 | Phrase 103 　　　　　　　　　MP3 103

on the basis of
基於…

相關補充
on account of
由於

　　英文中可用來指「基礎」的單字很多。**basis** 和 **base** 多指信念或議論的基礎；**foundation** 指穩固或永久性的基礎，或是建築物的地基；**groundwork** 同 **foundation**，但多用於比喻。

A　Which plan should we go for?
B　We should definitely go for AT&T.
A　Why?
B　**On the basis of** user reviews, AT&T provides better reception in this area.

A　我們該選哪一種方案？
B　當然要選美國電話電報公司。
A　為什麼？
B　根據用戶評價，美國電話電報公司在本區的收訊較佳。

| 片語 | Phrase 104 　　　　　　　　　MP3 104

相關補充
on the contrary
相反地

on the other hand
另一方面

　　要對同一件事提供不同角度的看法時，我們用 **on the other hand**；要表達與之前完全相反的意見，則用 **on the contrary**（相反地）；**by contrast**（相比之下）則是為了比較不同之處，需區分三者的差別。

A　This apartment is perfect for us.
B　You're right. It has the best backyard I've ever seen.
A　**On the other hand**, the price may not be affordable for us.

A　這間公寓看起來很適合我們。
B　你說得對。它的後院是我看過最棒的。
A　但另一方面，我們可能無法負擔這個價錢。

|片語| Phrase 105  🔊 MP3 105

on vacation
在度假、度假中

相關補充
take off
休假

on 有「正在從事、進行某事」的意思，**vacation** 則為「時間較長的假期」，**on vacation** 遂指「度假中」。

Ⓐ Can you give Vincent a ring?
Ⓑ I've tried, but he didn't answer the phone.
Ⓐ I wonder why he didn't pick up the phone.
Ⓑ I guess it's probably because he is **on vacation**.

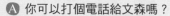

Ⓐ 你可以打個電話給文森嗎？
Ⓑ 我試過了，但他沒接電話。
Ⓐ 他為什麼沒接？真奇怪。
Ⓑ 大概是因為他在度假吧。

|片語| Phrase 106 🔊 MP3 106

相關補充
out of luck
運氣不好

out of
沒有、出自

out of 最常見的意思為「出自、離開」，也能表示「沒有…」，一般在東西被用完的時候使用（如以下對話的用法）。

Ⓐ Honey, we're **out of** sugar. Can you grab some on your way home?
Ⓑ Again? Didn't I just get some last week?
Ⓐ Yes, you did, but your sister consumes sugar like a little ant.

Ⓐ 親愛的，我們的糖用完了。你回家的時候，可以順便在路上買一點嗎？
Ⓑ 又要買？我上星期不是才買了一些？
Ⓐ 是啊，但你妹妹像隻螞蟻般吃糖。

片語 | Phrase 107　　　　MP3 107

out of breath
氣喘吁吁

同義表達
breathless
氣喘吁吁的

本片語中的 **out of** 採用的是「沒有」的用法，加上 **breath**（呼吸），就產生「上氣不接下氣」的意思。另外要注意的是 **breath** 的拼法，可不要和動詞用法的 **breathe** 搞混了。

Ⓐ Are you all right? You look pale.
Ⓑ I'm a bit **out of breath** and dizzy now.
Ⓐ Come on. Take a seat. Let me get some water for you.
Ⓑ Thank you. It's very nice of you.

Ⓐ 你還好嗎？你的臉色看起來好蒼白。
Ⓑ 我有點喘不過氣和暈眩。
Ⓐ 來，坐下，我拿水給你。
Ⓑ 謝謝你。你人真好。

片語 | Phrase 108　　　　MP3 108

相關補充
insist on
堅持

persist in
堅持、持續

persist in 後面須接名詞或動名詞。以下比較幾個皆翻作「堅持」的單字：**persist** 偏向堅持己見或意志堅決；**persevere** 為做事堅持不懈；**insist** 則表示堅持某意見或主張。

Ⓐ Mr. Chen made another call this morning.
Ⓑ The landlord? What did he say?
Ⓐ He **persists in** asking us to move by the end of the month.

Ⓐ 陳先生今天早上又打來了。
Ⓑ 房東嗎？他說了什麼？
Ⓐ 他堅持要我們在月底前搬走。

| 片語 | Phrase 109 MP3 109

play down
貶低、減低⋯的重要性

反義表達
play up
強調

　　play down 有「貶低⋯的分量」或「淡化」之意，常指使某事物顯得沒有實際上那麼重要。至於 **playdown** 則為名詞，表「最後決賽」。

Ⓐ The government is trying to **play down** the impact of the global recession on us.
Ⓑ What do you mean?
Ⓐ It is investing a lot in the stock market to make it look like a bull market.

Ⓐ 政府正試圖降低全球經濟衰退對我們的影響。
Ⓑ 你的意思是？
Ⓐ 政府大量投資股市，讓股市看似行情看漲。

| 片語 | Phrase 110 MP3 110

同義表達
would rather
寧願

prefer to
寧願、較喜歡

　　若要比較兩種事物，可用 **prefer A to B**（喜歡 A 甚於 B），A 和 B 需為名詞或動名詞，且 A 和 B 的詞性必須相同。

Ⓐ Sir, we have beef and pork. Which one do you want?
Ⓑ I **prefer to** have pork. Thank you.
Ⓐ How about your drink? Tea or wine?
Ⓑ Red wine, please.

Ⓐ 先生，我們有牛肉和豬肉。您想要哪一種呢？
Ⓑ 我比較想要豬肉。謝謝你。
Ⓐ 那飲料呢？您想點茶還是酒？
Ⓑ 請給我紅酒。

|片語| **Phrase 111** 　　　　　　　　　　MP3 111

pull over
靠邊停車

相關補充
park
停車

　　如果要叫人把車停到路旁，不可直翻成 **"Stop your car."** 不然那人只會馬上停車，而不是停在路邊。另外要注意，本片語若連在一起，寫成 **pullover**，則轉為名詞，指「套頭衫、套頭毛衣」。

Ⓐ **Pull over** now!
Ⓑ Sir, what's wrong?
Ⓐ You are speeding. Your license, please.
Ⓑ OK. Here you are.

Ⓐ 馬上停車！
Ⓑ 警官，怎麼了嗎？
Ⓐ 你超速了。請把駕照給我。
Ⓑ 好的，在這裡。

|片語| **Phrase 112** 　　　　　　　　　　MP3 112

反義表達
take off
脫掉

put on
穿上、增加

　　put on 最常見的意思是「穿上」，可以接衣物、鞋子或香水等，強調穿上的動作；用 **wear** 則表示已經穿著的狀態。

Ⓐ **Put on** your jacket.
Ⓑ I don't want to.
Ⓐ But it's cold outside.
Ⓑ I just don't want to **put on** that stupid pink jacket.

Ⓐ 穿上你的外套。
Ⓑ 我不想穿。
Ⓐ 但是外面很冷。
Ⓑ 我就是不想穿上那件愚蠢的粉紅色外套。

|片語| Phrase 113

🔊 MP3 113

read over
仔細閱讀、重讀

反義表達
run through
瀏覽

read over 強調的是「從頭到尾認真地閱讀」；**glance**（一瞥）與 **run over** 則表示快速地瀏覽過去，並沒有仔細閱讀。

A This is the application form for the new credit card.
B Should I sign now?
A No, please **read over** the content before you sign the agreement.

A 這是新信用卡的申請表。
B 我該現在簽名嗎？
A 不，在簽名同意之前，請先詳讀內容。

|片語| Phrase 114

🔊 MP3 114

同義表達
chase
追逐

run after
追趕、追求

run after 可當實際上的追逐，也可指情感上的追求。此外，**run** 和 **go** 都有向前移動的意思，所以 **go after** 與本片語同義。

A What's that noise?
B It must be the police **running after** a bank robber.
A What robber?
B A nearby bank was just robbed.

A 那是什麼聲音？
B 一定是警察在追趕銀行搶匪。
A 什麼搶匪？
B 附近一間銀行剛被搶了。

|片語| Phrase 115 　　　　　🔊 MP3 115

run into
偶遇、撞上

同義表達
come across
偶遇

　　這個片語可以指「撞上」東西，或是無意中的「遇見」。指「遇見」時，也等於 **run across**、**bump into** 和 **come across** 等片語。

Ⓐ What a surprise to **run into** you here!
Ⓑ It is! What are you doing here?
Ⓐ I've come to run some errands for my mom. How about you?
Ⓑ I've come to get some fruit and vegetables.

Ⓐ 在這裡遇到你真令人意外！
Ⓑ 沒錯！你在這裡做什麼？
Ⓐ 我來幫我媽媽跑腿。那你呢？
Ⓑ 我來買些蔬菜水果。

|片語| Phrase 116 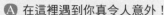　　　　🔊 MP3 116

同義表達
use up
用完

run out
用完、耗盡

　　run out 的主詞可以是人或物，而且不用被動形，例如 **sb. run out of sth.**（某人用光某物）或是 **sth. run out**（某物被用光了）。

Ⓐ Honey, we are **running out** of flour. Can you get some for me now?
Ⓑ Can you wait ten more minutes?
Ⓐ What are you doing?
Ⓑ I am watching the NBA finals.

Ⓐ 親愛的，麵粉快用完了。你現在有空去幫我買嗎？
Ⓑ 可以再等十分鐘嗎？
Ⓐ 你在做什麼？
Ⓑ 我正在看 NBA 總決賽。

|片語| **Phrase 117** 🔊 MP3 117

run up
上漲、升起

反義表達
go down
下跌

run up 的意思為「上漲」。延伸其意至借錢上，即指「積欠」。因為 run 有趕緊之意，所以 run sth. up 就表示「匆匆製成」。

Ⓐ Can you give me some investment advice?
Ⓑ No problem. I happen to know a great stock to invest in.
Ⓐ Which one?
Ⓑ PG Company. I believe it'll **run up** soon.

Ⓐ 你可以給我一些投資建議嗎？
Ⓑ 沒問題。我碰巧知道一支值得投資的績優股。
Ⓐ 哪一支？
Ⓑ PG 公司的股票，我相信它很快就會上漲。

|片語| **Phrase 118** 🔊 MP3 118

相關補充
out of stock
無現貨的

sell out
售完

欲表示店家賣光某產品時，一般用 be/have sold out of sth. 表示；強調某商品已售罄，則常用被動式 sth. be sold out。若只是講產品「已售出」（不一定賣完了），那講 sth. be sold 即可。

Ⓐ One cheeseburger to go, please.
Ⓑ I'm sorry, but we are all **sold out** of cheeseburgers.
Ⓐ Then, I'll have a Big Mac.

Ⓐ 請給我一個吉士漢堡外帶。
Ⓑ 對不起，但是吉士漢堡賣完了。
Ⓐ 那我要一個大麥克。

|片語| Phrase 119

MP3 119

set up
建立、設置

set up 的受詞若為機械，一般是指「使機械順利運轉的準備」；受詞若為制度或機構，則表「建立、開創」。若受詞為特定某人（**set sb. up**），表示設了一個局，即「陷害某人」之意。

Ⓐ I'm going to **set up** a new shop in the downtown.
Ⓑ Really? What kind of shop is it?
Ⓐ It's a pet grooming shop.
Ⓑ Great! Can I get a discount?

Ⓐ 我要在市區開店了。
Ⓑ 真的嗎？是什麼樣的店？
Ⓐ 是間寵物美容店。
Ⓑ 太棒了！那我去的話有折扣嗎？

|片語| Phrase 120

MP3 120

speak up
大聲說、公開發表意見

與人交談時若聽不清楚，可以用 "**Please speak up.**"，請對方「大聲一點」；本片語也能指「公開發表意見」，或大膽地把想說的說出來。

Ⓐ If you are against the bill, **speak up** now.
Ⓑ Sir, I would like to share my viewpoint with you all.
Ⓐ What is it?
Ⓑ I believe the bill needs further revising.

Ⓐ 若有反對這項議案的人，現在就提出來。
Ⓑ 先生，我想和大家分享我的看法。
Ⓐ 是什麼呢？
Ⓑ 我認為這項議案需做進一步的修正。

|片語| Phrase 121 💬　　　　　　　🔊 MP3 121

take apart
拆卸、拆開

同義表達
dismantle
拆卸、拆開

apart 意思是「分開地、拆散地」，為副詞，**take apart** 可以單純表把物體「拆卸」的動作，在非正式用法中，還可指「嚴厲抨擊某人」。

Ⓐ What is the problem in the heater exactly?
Ⓑ I can't be sure until **taking** it **apart**.
Ⓐ How long will it take?
Ⓑ About two hours, and you'll be charged fifty dollars for the work.

Ⓐ 這台暖氣到底是出了什麼問題？
Ⓑ 我得把它拆開，才能確定問題。
Ⓐ 那要花多久時間？
Ⓑ 大約兩小時，要跟您收修理費五十元美金。

|片語| Phrase 122 💬　　　　　　🔊 MP3 122

同義表達
go into effect
生效

take effect
生效

effect 是名詞，意為「效果、影響」。意思相近的片語另有 **bring/carry sth. into effect** 和 **give effect to sth.**，皆指「實行、使生效」。請注意，**effect** 不要誤拼成 **affect**，**affect** 是動詞「影響」。

Ⓐ Did you know the government has made a new law against drunk driving?
Ⓑ That's terrific! When will it **take effect**?
Ⓐ It will go into effect on July 1st.

Ⓐ 你知道政府已經制定反酒駕的新法令嗎？
Ⓑ 太棒了！什麼時候生效？
Ⓐ 七月一日將生效。

|片語| Phrase 123 🗨   🔊 MP3 123

take it easy
別著急、放輕鬆

相關補充
chill out
冷靜

　　take it easy 是口語中常用的片語，多用來安慰或鼓勵別人。當週遭有人很緊張或焦慮時，就可以用這個片語安撫對方，請他慢慢來。

Ⓐ Remember to stop at the stop sign.
Ⓑ OK.
Ⓐ Don't be too nervous. **Take it easy**.
Ⓑ OK. I'll try to chill out while I'm driving.

Ⓐ 看到停止號誌時，記得要停下來。
Ⓑ 好。
Ⓐ 別太緊張，放輕鬆。
Ⓑ 好，我會盡力在開車時保持冷靜。

|片語| Phrase 124 🗨   🔊 MP3 124

同義表達
come about
發生

take place
發生、舉行

　　本片語的主詞必須為事物，且恆用主動式。若想表達活動「被舉行」，必須用 **S + be held + adv.**（時間 / 地方副詞）。

Ⓐ This is a nice photo!
Ⓑ Thank you. It's little John's birthday party.
Ⓐ Where did it **take place**?
Ⓑ It **took place** at the community swimming pool.

Ⓐ 這張照片真好看！
Ⓑ 謝謝你，這是小約翰的生日派對。
Ⓐ 這是在哪裡舉辦的啊？
Ⓑ 是在社區游泳池辦的。

Let's Acquire English Phrases via Pictures.

|片語| Phrase 125

🔊 MP3 125

think over
仔細考慮

相關補充
ponder over
深思

think over 為「仔細考慮」之意，受詞若為名詞，要放在 **over** 後面；若是代名詞，則放 **over** 的前面。**over** 也可以用 **out** 代替。

Ⓐ Which car do you think I should buy?
Ⓑ Buying a car is a huge decision to make. You have to **think** it **over**.
Ⓐ Can you give me some advice?
Ⓑ Sure. Let's go ahead and take a look.

Ⓐ 你覺得我應該買哪一款車？
Ⓑ 買車是很重大的決定，你得仔細考慮。
Ⓐ 你可以給我一點建議嗎？
Ⓑ 當然可以，一起去瞧瞧吧。

|片語| Phrase 126

🔊 MP3 126

相關補充
inside out
裡朝外地

upside down
上下顛倒、亂七八糟

upside down 通常放句尾，可當形容詞或副詞片語使用，表示物體「上下顛倒」。當副詞片語時，還能形容「亂七八糟」的狀態，常與 **turn** 連用。若寫成 **upside-down**，則為形容詞。

Ⓐ Can you give me a hand? I can't open the lid.
Ⓑ Maybe you can turn the can **upside down**. It would be easier.
Ⓐ It is! Thank you so much.

Ⓐ 你可以幫個忙嗎？我打不開蓋子。
Ⓑ 你可以把罐子上下顛倒過來，會比較容易開。
Ⓐ 真的耶！謝謝你。

|片語| Phrase 127　　　　　　　🔊 MP3 127

wait for
等待

相關補充
wait on
伺候

　　wait 為不及物動詞，須有介係詞，常見的形式有 **wait to V**（等待去做…）和 **wait for sb.**（等待某人）。**await** 也有「等待」之意，但其為及物動詞，後面直接加受詞即可。

Ⓐ You are late again!
Ⓑ Sorry. The traffic is horrific.
Ⓐ I have been **waiting for** you for an hour.
Ⓑ Let me buy you a fancy meal to make it up to you.

Ⓐ 你又遲到了！
Ⓑ 對不起，交通一團亂。
Ⓐ 我已經等了你一個小時。
Ⓑ 那為了補償你，我請你吃頓好料的。

|片語| Phrase 128　　　　　　　🔊 MP3 128

相關補充
beware of
小心

watch out
小心

　　生活中常直接說 **"Watch out!"**（小心！），用來警告、提醒別人有危險，並可於後方加上介係詞 **for**，連接需要小心的事物。

Ⓐ **Watch out**! The floor is wet.
Ⓑ Thank you. I almost fell.
Ⓐ Be careful.
Ⓑ I will. Thank you.

Ⓐ 小心！地板是濕的。
Ⓑ 謝謝你，我差點就跌倒了。
Ⓐ 小心點。
Ⓑ 我會的，謝謝你。

NOTE

前進校園一角

結交朋友、挑燈夜戰、上課五四三……
人生中的精華年代，
就該美好地度過，
想要享受學生時代的每一刻，
就絕不能錯過本章！

How Wonderful School Life Is!

Let's Acquire English Phrases via Pictures.

|片語| Phrase 129 💬 　　　　　🔊 MP3 129

absent from
缺席、不在

反義表達
present at
出席、在場

absent 是形容詞，意思是「缺席的」，也可用來形容一個人心不在焉，另一個常見的單字 **absent-minded**（心不在焉的）就是來自於此。

Ⓐ Where is John? Is he **absent from** class?
Ⓑ He caught the flu and is very sick.
Ⓐ OK. Then can you drop by his house and give him his report back after school?
Ⓑ Sure.

Ⓐ 約翰在哪裡？他沒來上課嗎？
Ⓑ 他得了流感，病得很重。
Ⓐ 好的。那你放學後可以去看看他，順便把報告拿給他嗎？
Ⓑ 沒問題。

|片語| Phrase 130 💬 　　　　　🔊 MP3 130

同義表達
adjust to
適應

adapt to
適應

adapt（適應、使適應）當及物（如本對話中的 **S + adapt oneself to...** 的形式）或不及物動詞（**S + adapt to...**）皆可。要注意 **to** 在此為介係詞，後面只能接名詞或動名詞。

Ⓐ Have you **adapted** yourself **to** the new school?
Ⓑ I guess. It's a great place to study.
Ⓐ I can still show you around if you want.

Ⓐ 你已經適應新學校了嗎？
Ⓑ 我想是吧。這裡的學習環境很好。
Ⓐ 如果你想，我還是可以帶你四處參觀。

|片語| Phrase 131 MP3 131

add fuel to the fire
火上加油

相關補充
deteriorate
惡化

　　add fuel to the fire 字面上的意思是：在火上添燃料，象徵使某個原本就不樂觀的情況變得更糟糕，也可以用 **add fuel to the flames**。

Ⓐ Don't tell Mr. Chen Jack cut class today. He already hates Jack. It'll be **adding fuel to the fire**.
Ⓑ OK. Where did Jack go?
Ⓐ He visited his grandma in hospital.

Ⓐ 傑克今天翹課的事，別跟陳老師說。他已經夠討厭傑克了，說了只會是火上澆油。
Ⓑ 好吧，但傑克去哪裡了？
Ⓐ 他去探望住院的奶奶。

|片語| Phrase 132 MP3 132

同義表達
repeatedly
一再

again and again
一再地

　　again 為副詞，表「再一次」，**again and again** 通常放句尾，用來加強語氣。此外，**over and over again**，也可表示再三與反覆之意。

Ⓐ How is your team assignment going?
Ⓑ Well, everyone is great, except for John.
Ⓐ Why? Anything wrong between you two?
Ⓑ No. It's just he is very careless and makes the same mistakes **again and again**.

Ⓐ 你的小組報告進行得怎麼樣？
Ⓑ 除了約翰以外，其他人表現得都很好。
Ⓐ 為什麼？你們之間有什麼問題嗎？
Ⓑ 沒有，只是他很粗心，而且一再犯同樣的錯。

|片語| **Phrase 133** 💬　　　　　🔊 MP3 133

as usual
照常、照例

> 同義表達
> **as always**
> 如常

as usual 當副詞片語，通常置於句首或句尾。usual 為形容詞，意為「平常的、通常的」。注意這裡的 usual 不可用 usually 代替。

Ⓐ Remember to hand in your assignment by tomorrow afternoon **as usual**.
Ⓑ Miss Chen, can I have one more day?
Ⓐ Why?
Ⓑ My computer crashed.

Ⓐ 記得照常在明天下午前繳交作業。
Ⓑ 陳老師，我可以晚一天交嗎？
Ⓐ 為什麼？
Ⓑ 我的電腦壞了。

|片語| **Phrase 134** 💬　　　　　🔊 MP3 134

> 相關補充
> **such as**
> 例如

as...as...
像⋯一樣⋯

as 本身就有「和⋯一樣」的意思，所以 as...as... 用於形容詞或副詞的比較，表示「與⋯的程度相同」。like 當介係詞時也有「像⋯」的意思，但 as 表示關係上的同等，而 like 則指形態或性質上的相似。

Ⓐ Why can't you study **as** hard **as** your sister does?
Ⓑ You mean be like a nerd?
Ⓐ Your sister isn't a nerd.

Ⓐ 你為什麼不能像你姐姐一樣用功呢？
Ⓑ 你是說像書呆子那樣嗎？
Ⓐ 你姐姐不是書呆子。

|片語| **Phrase 135** 🗨 　　　　　🔊 MP3 135

ask for
要求

同義表達
request
要求

ask 為動詞，指「要求」，常見的用法為 **ask for + sth.** 或 **ask sb. to V**（要求某人做某事），像 **ask for it** 就表示「自討苦吃」。

Ⓐ Dad, do you have a minute?
Ⓑ Sure. What is it?
Ⓐ Can I **ask for** a gift if I pass the test next week?
Ⓑ Well, I'll think about it.

Ⓐ 爸，你有空嗎？
Ⓑ 當然有。什麼事？
Ⓐ 若我下週考試通過了，可以要份禮物嗎？
Ⓑ 嗯，我考慮一下。

|片語| **Phrase 136** 🗨 　　　　　🔊 MP3 136

同義表達
confused
困惑的

at a loss
困惑不解、虧本地

loss 的字義中，若取虧損的字義，本片語就表示「虧本地」；作遺失解，則衍生出「困惑不解」的意思，後面可接 **for + N**，例如 **at a loss for words**（因茫然而不知該說什麼）。

Ⓐ What's the matter? You look **at a loss**.
Ⓑ I can't figure out this math problem.
Ⓐ Let me have a look. Maybe I can help.
Ⓑ You're so kind. Thank you so much.

Ⓐ 怎麼了嗎？你看起來很困惑。
Ⓑ 我解不出這題數學。
Ⓐ 讓我看一下，也許我能幫得上忙。
Ⓑ 你人真好，感謝你。

|片語| Phrase 137 💬 　　　🔊 MP3 137

at all costs
不惜代價、無論如何

同義表達
at any price
不計代價

　　介係詞 **at** 在此處表示「以（某種價格、速度等）」，而 **cost** 則指代價與成本，因此，本片語的意思為「不惜一切代價」。也可以用 **at any cost** 替換，但此時的 **cost** 必須用單數形。

Ⓐ We must take Class B down **at all costs**.
Ⓑ But Class B has won the championship two years in a row.
Ⓐ This is the year they'll get defeated!
Ⓑ I hope so.

Win ! Win ! Win !

Class B

Ⓐ 我們得不計代價擊敗 B 班。
Ⓑ 但是 B 班連續兩年贏得冠軍。
Ⓐ 今年他們就會被打敗了！
Ⓑ 希望如此。

|片語| Phrase 138 💬 　　　🔊 MP3 138

相關補充
at risk
處於危險中

at one's own risk
自擔風險、後果自負

　　risk 意為「危險」。**at risk** 指「處於危險中、冒著風險」，因此，**at one's risk** 即自己承擔風險，傳達出「後果自行負責」之意。

Ⓐ Anyone who fails to hand in the report will be **at his or her own risk**.
Ⓑ What does that mean?
Ⓐ It means he or she might fail the class.
Ⓑ Oh, my!

No report
No points

Ⓐ 沒交作業的人要自行負責。
Ⓑ 那是什麼意思？
Ⓐ 就是可能會被當。
Ⓑ 喔，我的天啊！

|片語| Phrase 139  　　　　　 🔊 MP3 139

at the risk of
冒⋯的危險

同義表達
run the hazard
冒險

此處的 **risk** 和上一個片語一樣，都是當名詞，不過 **risk** 亦可當動詞，表「冒⋯的風險」。相關片語有 **risk one's neck**（冒著生命危險）、**run/take the risk of + N/Ving**（冒著⋯的風險）等。

Ⓐ Go upstairs and prepare for the math exam next week.
Ⓑ Don't worry. Math is easy for me.
Ⓐ Your arrogance might put you **at the risk of** failing.

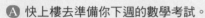

Ⓐ 快上樓去準備你下週的數學考試。
Ⓑ 別擔心，數學對我來說易如反掌。
Ⓐ 你這麼輕忽傲慢，很可能會慘遭滑鐵盧。

|片語| Phrase 140  　　　　 🔊 MP3 140

相關補充
on the basis of
基於

base on
以⋯為基礎

base 當動詞時，就已經有「以⋯為基礎」的意思，所以，我們可以用 **base A on B** 來表達「把 A 建立在 B 的基礎上」，亦可以使用被動形式 **A be based on B**（如以下對話中的用法）。

Ⓐ Whether you pass or fail will **be based on** more than just your projects.
Ⓑ What are the other criteria?
Ⓐ Attendance record and in-class performance.

Ⓐ 你能不能通過，不只看你的作業成績。
Ⓑ 其他的評分標準是什麼？
Ⓐ 你的出席率和上課表現。

|片語| Phrase 141 💬　　　　　　🔊 MP3 141

be a match for

與…匹敵

相關補充
rival
對手

match 在此指的「對手」，並非單純指敵對的人，也表示對方的實力與自己不相上下，相關片語有 **meet one's match**（棋逢敵手）；match 當動詞指「敵得過」，常見用法如 **match up to**（比得上）。

Ⓐ Who's your opponent for the next round?
Ⓑ It's Jason. He's certainly **a match for** me.
Ⓐ Yet you must be very excited about having him as your opponent.
Ⓑ Absolutely!

Ⓐ 你下一輪的對手是誰？
Ⓑ 是傑森，他的實力和我不相上下。
Ⓐ 但能有這樣的對手，你肯定很興奮吧。
Ⓑ 那是當然！

|片語| Phrase 142 💬　　　　　　🔊 MP3 142

同義表達
be used to
習慣於

be accustomed to

習慣於…

這個片語也能用 **be used to** 替換。若使用動詞 accustom 的主動式，則用 **accustom oneself to** 表示，不過無論是哪一種用法，介係詞 **to** 後面都必須接名詞或動名詞。

Ⓐ You're getting **accustomed to** the new environment, aren't you?
Ⓑ Yes, ma'am. Everyone treats me nicely.
Ⓐ I can see you fit in the class quite well.

Ⓐ 你逐漸習慣新環境了吧？
Ⓑ 是的，老師。大家都對我很好。
Ⓐ 我看得出來，你相當融入這個班級。

|片語| Phrase 143 🗨 　　　　　　🔊 MP3 143

be afraid of / that
害怕、擔心

同義表達
in fear of
害怕

afraid（害怕的）的用法有 **be afraid of + N/Ving**（害怕某事物）與 **be afraid to + V**（害怕做某事），接 **that** 子句的用法也很常見，表「害怕某件事」，此處 **that** 可省略，後面是完整句。

Ⓐ I **am afraid that** I might fail the class.
Ⓑ How come? You've been working so hard.
Ⓐ But Mr. Smith said he would like to talk to me about my grades.
Ⓑ Don't worry. I believe you'll do fine.

Ⓐ 我怕我這堂課被當掉。
Ⓑ 怎麼會？你一直都很認真啊。
Ⓐ 但是史密斯老師說他想和我談談我的成績。
Ⓑ 別擔心，我相信你會沒事的。

|片語| Phrase 144 🗨 　　　　　🔊 MP3 144

同義表達
be inclined to
傾向於

be apt to
有…的傾向、易於…

apt 在此處有「具備…傾向的」含意，用 **be apt to + V** 表示。表達傾向的英文用語其實很多，例如 **be inclined/liable/prone to**、**tend to** 等（**to** 之後接原形動詞）。

PAST or NOW

Ⓐ I'd like to talk to you about your report.
Ⓑ What is it, Ms. Chen?
Ⓐ I notice that you **are apt to** mix the past tense with the present tense.

Ⓐ 我想和你談談你的報告。
Ⓑ 陳老師，我的作業怎麼了嗎？
Ⓐ 我注意到你很容易搞混過去式和現在式。

|片語| Phrase 145 💬   🔊 MP3 145

be disappointed at
對…失望

相關補充
depressed
沮喪的

disappointed 是動詞 **disappoint**（使失望）的過去分詞，表示「失望的」。**at** 後面通常接事物；若要表達「對某人感到失望」，則用 **be disappointed in sb.**。

Ⓐ Mr. Watson must **be disappointed at** my performance.
Ⓑ Come on. It's not your fault.
Ⓐ But it is! What if I didn't drop the ball? We might have won the game.

Ⓐ 華生先生對我的表現一定很失望。
Ⓑ 拜託，這並不是你的錯。
Ⓐ 就是我的錯！要是我沒失誤，我們也許就贏了。

|片語| Phrase 146 💬   🔊 MP3 146

相關補充
particular
獨特的

be distinct from
與…有區別

形容詞 **distinct** 的意思為「不同的、有區別的」；另外一個極為相似的單字 **distinctive** 也是形容詞，但它的意思是「有特色的、特殊的」。

Social Work

Ⓐ What are you studying in college?
Ⓑ I major in social work.
Ⓐ Is social work similar to sociology?
Ⓑ Sociology **is** quite **distinct from** social work.

Ⓐ 你大學念的是什麼？
Ⓑ 我主修社會工作。
Ⓐ 社會工作與社會學很像嗎？
Ⓑ 社會學和社工可是相當不同的。

|片語| Phrase 147 💬　　　🔊 MP3 147

be Greek to
對…一竅不通

相關補充
ignorant
無知的

　　一件事情在你看來像希臘語（Greek），就等於完全不懂，也就是「難懂的事」，用法為 **sth. + be Greek to + sb.**。如果別人給你看一份你完全看不懂的文件，可以說 **It's all Greek to me.**。

Ⓐ Math **is Greek to** me!
Ⓑ Don't give up. I can help you review it.
Ⓐ That's very nice of you.
Ⓑ No problem.

Ⓐ 我對數學一竅不通！
Ⓑ 別放棄，我可以幫你複習。
Ⓐ 你人真好。
Ⓑ 不用客氣。

|片語| Phrase 148 💬　　　🔊 MP3 148

相關補充
attentive
專心的

be intent on
專注於…、一心想…

　　intent 是形容詞，在本片語中，意思為「專心致志的」，**be intent on + N/Ving** 便形容「一心想做某件事」。

Ⓐ Why are you in such a rush?
Ⓑ I have to attend baseball practice.
Ⓐ Wow! You **are intent on** winning the championships, aren't you?
Ⓑ Sure. The game is around the corner.

Ⓐ 你為什麼這麼急匆匆的？
Ⓑ 我得去參加棒球練習。
Ⓐ 哇！你還真是一心想要奪冠呢。
Ⓑ 那是當然，馬上就要比賽了。

| 片語 | Phrase 149  🔊 MP3 149

be proud of
為⋯感到自豪、以⋯為榮

相關補充
pride
自豪

proud 既可以表正面的自豪，又能形容負面的驕傲、自負。除了這裡的 **be proud of sb./sth.**，也能用 **be proud to V**（自豪去做某事）。

Ⓐ I believe your father will **be** so **proud of** you.
Ⓑ Why is that?
Ⓐ You won another first prize!
Ⓑ He'll be over the moon at the news.

Ⓐ 我相信你父親會非常以你為榮。
Ⓑ 為什麼這麼說？
Ⓐ 因為你又得第一名了！
Ⓑ 他要是知道了，肯定會樂翻的。

| 片語 | Phrase 150 💬 🔊 MP3 150

相關補充
favorable
討喜的

be well disposed to
對⋯有好感

dispose 在此指「使傾向於、使有意於」，well 則當副詞作修飾。反義表達為 **be ill disposed to**（對⋯反感）。

Ⓐ Why were you always rude to Scott?
Ⓑ I **am** not **well disposed to** him.
Ⓐ Why is that?
Ⓑ The way he talked to Ms. Chen made me sick.

Ⓐ 為什麼你一面對史考特，就很沒禮貌？
Ⓑ 我對他沒有好感。
Ⓐ 為什麼？
Ⓑ 他跟陳老師說話的方式讓我感到噁心。

| 片語 | Phrase 151 🔊 MP3 151

be / feel inferior to

劣於…、比不上…

inferior 表示「較差的」，反義字為 superior（較好的）。要注意的是，這兩個字的片語用法，都含有比較的意味，但它們一定得與 to 連用，而非比較級中會出現的 than。

Ⓐ Lucy is so clever.
Ⓑ And she is so beautiful.
Ⓐ When I'm with her, I always feel inferior to her.
Ⓑ Me, too.

Ⓐ 露西真的很聰明。
Ⓑ 而且長得又漂亮。
Ⓐ 跟她在一起時，我總是自嘆弗如。
Ⓑ 我也是。

| 片語 | Phrase 152   🔊 MP3 152

because of

因為、由於

because（因為）當連接詞時，前後必須接包含完整主詞與動詞的子句；because of 則因為有介係詞，所以後面只能接名詞。

Ⓐ Because of Jack's carelessness, the whole class will have to cancel the trip.
Ⓑ That's too bad. Why?
Ⓐ He lost all the train tickets.
Ⓑ Oh, no!

Ⓐ 由於傑克的疏忽，全班必須取消這次旅行。
Ⓑ 太糟糕了。為什麼？
Ⓐ 他把大家的火車票弄丟了。
Ⓑ 噢，不！

|片語| **Phrase 153** 💬   🔊 MP3 153

behave oneself
檢點、循規蹈矩

相關補充
behavior
行為

behave 當及物動詞的時候，可表示「使檢點、使守規矩」。**Behave yourself!**（規矩點！）常用於管教他人，帶有警告的意味。

Ⓐ I'll ask your parents to come to school.
Ⓑ Please don't. I'll **behave myself**.
Ⓐ Really? So you promise there won't be any monkey business?
Ⓑ No, not any more.

Ⓐ 我要請你父母來學校一趟。
Ⓑ 拜託不要。我會守規矩的。
Ⓐ 真的嗎？所以你發誓不會再胡鬧了？
Ⓑ 不會再有了。

|片語| **Phrase 154** 💬   🔊 MP3 154

同義表達
explode
爆炸

blow up
爆炸、大發脾氣

形容物品時，**blow up** 有「爆炸、炸毀」等意思。當我們形容一個人的情緒爆炸，就是在講他「大發脾氣」，為非正式用法。

Ⓐ Don't knock on Mr. Jackson's door.
Ⓑ Why is that?
Ⓐ He's in a very bad mood and will **blow up** over every little thing.
Ⓑ That's too bad. Thank you for telling me.

Ⓐ 別敲傑克森先生的門。
Ⓑ 為什麼？
Ⓐ 他心情很差，任何小事都能惹他發飆。
Ⓑ 太糟糕了。謝謝你跟我說。

| 片語 | Phrase 155 　　　　　　🔊 MP3 155

brush up on
複習

相關補充
brush off
置之不理

此為相當道地的英語說法。複習的是「之前已學會，但久未使用，因而生疏的技能」，一般用 **brush up on sth.** 或 **brush sth. up** 表示。

Ⓐ I'll **brush up on** some math basics with my sister tonight.
Ⓑ That's awesome! Can I be part of your study group?
Ⓐ Sure. It's seven thirty at my place.

Ⓐ 我今晚會和姊姊一起複習數學的基礎原理。
Ⓑ 真棒！我也可以加入你們的讀書小組嗎？
Ⓐ 當然可以。在我家，七點半開始。

| 片語 | Phrase 156 　　　　🔊 MP3 156

同義表達
stay up
熬夜

burn the midnight oil
挑燈夜戰、開夜車

這個片語可追溯至尚未有電的時代，工作到深夜的人就必須燃燒煤油燈。不過，在口語上，我們更常使用 **stay up late**。

Ⓐ Jack's light is still on. Is he **burning the midnight oil** for the midterm?
Ⓑ Yes.
Ⓐ That's too bad. Lack of sleep will dull his senses.

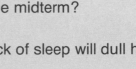

Ⓐ 傑克房裡的燈還亮著，他在熬夜準備中期考嗎？
Ⓑ 是啊。
Ⓐ 這樣真不好，缺乏睡眠會讓他變得遲鈍。

|片語| Phrase 157  ◀)) MP3 157

burst into
突然…起來

相關補充
burst out
突然…起來

　　burst 為動詞，表「突然出現／發生」。**burst into** 和 **burst out** 皆能表示某情緒突然出現，前者大多接名詞，如 **burst into tears**（突然哭泣）；後者常接動名詞，如 **burst out crying**（突然大哭）。

Ⓐ Do you know why Jessica **burst into** tears in class?

Ⓑ The teacher played a song that reminded her of her grandmother.

Ⓐ Jessica must have loved her very much.

Ⓐ 你知道潔西卡為什麼突然在課堂上大哭嗎？
Ⓑ 老師放的歌讓她想起她奶奶。
Ⓐ 潔西卡一定非常愛她。

|片語| Phrase 158 ◀)) MP3 158

同義表達
do the roll call
點名

call the roll
點名

　　roll 在此處指「名單」。要注意 **call one's name**（**name** 用單數形）指的是「呼喊某人的名字」，而非點名。

Ⓐ You're late again! The teacher just **called the roll**.

Ⓑ That's too bad. What should I do now?

Ⓐ Just apologize to Mr. Chen. He's in his office now.

Ⓐ 你又遲到！老師剛才已經點過名了。
Ⓑ 慘了，那我現在應該怎麼辦？
Ⓐ 去向陳老師道歉。他現在人在辦公室。

|片語| Phrase 159 　　　　　　MP3 159

catch (a) cold
感冒

相關補充
influenza
流感

本片語的動詞除了 **catch** 以外，還能用 **have** 與 **get** 取代。但只有 **catch** 可省略冠詞 **a**，其餘兩個都不行。另外，**cold** 指的是一般性的感冒，若是得了流感，則說 **catch the flu**。

Ⓐ Peter isn't going to school today.
Ⓑ Why not?
Ⓐ I think he caught a cold.
Ⓑ Then we had better take him to Dr. Liang.

Ⓐ 彼得今天上不了學。
Ⓑ 為什麼？
Ⓐ 我覺得他感冒了。
Ⓑ 那我們最好帶他去梁醫生那裡看看。

|片語| Phrase 160 　　　　　　MP3 160

相關補充
familiar with
熟悉

close to
靠近於、和…親近

close 可當形容詞或副詞，表示極為靠近，兩者間幾乎沒有空隙，既可當地理距離上的「靠近」，也可以指心理距離上的「親近」。

Ⓐ Jeff, you're close to David, aren't you?
Ⓑ Yes. Why do you ask?
Ⓐ I'd like to ask you a favor and introduce me to him.
Ⓑ Sure. No problem.

Ⓐ 傑夫，你跟大衛很熟，對吧？
Ⓑ 沒錯。幹嘛這麼問？
Ⓐ 我想請你幫個忙，介紹我跟他認識。
Ⓑ 當然，沒問題。

Let's Acquire English Phrases via Pictures.

|片語| Phrase 161 💬　　　　　🔊 MP3 161

come about
發生、產生

同義表達
take place
發生

表示「發生」的英語詞彙不少，除了 **come about** 之外，還可以用 **happen**、**take place**、**come up** 表達。另外，**come about** 還可以用來表示「（船隻）改變方向」。

Ⓐ Ma'am, I still don't understand.
Ⓑ Fine. What is your question?
Ⓐ How does lightning **come about**?
Ⓑ You can refer to page 53 in your textbook.

Ⓐ 老師，我還是不懂。
Ⓑ 好。你的問題是什麼？
Ⓐ 閃電是如何發生的？
Ⓑ 你可以參考課本第五十三頁的內容。

|片語| Phrase 162 💬　　　　　🔊 MP3 162

同義表達
dress sb. down
訓斥

come down on
嚴厲批評

此處的 **on** 可用 **upon** 代替。另外，**come down on** 不只一種意思，像 **come down on sb. for sth.** 還能指「向某人強行索取某物」。

Ⓐ My mom **came down on** me like a ton of bricks.
Ⓑ Why is that?
Ⓐ She caught me throwing out my report card.

Ⓐ 我被我媽罵得很慘。
Ⓑ 為什麼？
Ⓐ 她抓到我把成績單扔掉。

|片語| Phrase 163 　　　　　🔊 MP3 163

come home to
被完全理解

相關補充
realize
理解

come home 意指「回家」，不過這個片語卻是「被完全理解」的意思。按常理來說，被理解的通常是事情，所以用法為：sth. + come home to + sb.，千萬別弄錯順序。

🅐 The meaning really **came home to** me after your explanation.
🅑 It's no big deal. I'm glad I could help.
🅐 Can I buy you a drink to thank you?
🅑 Sure. It's so nice of you.

🅐 你的解釋讓我完全理解其含意了。
🅑 這沒什麼，我很高興能幫上忙。
🅐 為了表示感謝，我請你去喝一杯吧。
🅑 好啊，你人真好。

|片語| Phrase 164 　　　　　🔊 MP3 164

相關補充
terminate
使終止

come to an end
結束、終結

end 當名詞時，是指事物的「末尾」。come to an end 用來表示「結束、畫下句點」，主詞通常為事物，而且 end 前可加形容詞修飾，例如 come to a happy end 便指「圓滿結束」。

🅐 Mom, the term is **coming to an end**.
🅑 Oh, indeed it is.
🅐 I'm wondering if I can go camping with Allen in summer.

🅐 媽，學期即將結束了。
🅑 喔，真的是。
🅐 那我暑假的時候能和亞倫一起去露營嗎？

|片語| Phrase 165  MP3 165

compete with / against
與⋯競爭

相關補充
contend
爭奪、競爭

本片語的相關用法有兩個，第一個寫作 **compete with/against +
sb.**（與某人競爭）；另一種則為 **compete for + sth.**（為了某物而競爭）。

Ⓐ How do you feel about **competing with**
Alice?

Ⓑ Kind of nervous. She has won the
championship for the last two years.

Ⓐ Don't worry. I believe you can beat her.

Ⓐ 你會對上愛麗絲，現在心情如何？
Ⓑ 有點緊張，因為前兩年都是她奪冠。
Ⓐ 別擔心，我相信你可以打敗她。

|片語| Phrase 166  MP3 166

相關補充
whine about
發牢騷

complain about
抱怨、發牢騷

想針對某人／事／物抱怨的話，就可以使用本片語。使用 **about** 的話，
所表達的是不滿的情緒；另外也有 **complain of** 的用法，這個則偏向於
點出困擾你的問題，較常用於敘述病徵。

Ⓐ Sam is very annoying!

Ⓑ Why are you always **complaining about**
him?

Ⓐ He took my lunchbox again today!

Ⓐ 山姆很討人厭！
Ⓑ 為什麼你總是在抱怨他？
Ⓐ 他今天又搶了我的午餐！

| 片語 | Phrase 167 💬   🔊 MP3 167

content with
使滿意

相關補充
discontent
不滿意的

此處的 **content**（滿意的）為形容詞，用法為 **be content with + N**（對某物感到滿意）與 **be content to + V**（滿意去做某事）；同義表達有 **be satisfied with**。

Ⓐ Why is Jeff looking down in the mouth?
Ⓑ He isn't satisfied with his score on the math test.
Ⓐ But I thought he got an A!
Ⓑ He's never **content with** an A.

Ⓐ 傑夫怎麼了？看起來很沮喪的樣子。
Ⓑ 他不滿意數學考試的成績。
Ⓐ 但我以為他拿了 A！
Ⓑ 他不會滿意只拿 A 的。

| 片語 | Phrase 168 💬   🔊 MP3 168

同義表達
make a scene
出醜

cut a poor figure
出醜、露出可憐相

cut a...figure 可以敘述一個人「呈現出…形象、給人…印象」。隨著置入的形容詞不同，片語會產生不同的意思。例如 **cut a fine/funny figure**。本片語的 **poor** 還可以用 **sorry** 替換，意思不變。

Ⓐ Can we go now? I don't want to see Hank **cutting a poor figure** like this.
Ⓑ Come on. It will be fun!
Ⓐ I don't think trying to put ten hotdogs altogether in one's mouth is fun.

Ⓐ 我們可以走了嗎？我不想看漢克出醜。
Ⓑ 拜託，會很有趣的！
Ⓐ 我不認為一次塞十根熱狗進嘴裡很有趣。

|片語| **Phrase 169**  MP3 169

derive from
來自、從…獲得

相關補充
arise from
由…引起

derive 為動詞，指「取得、起源」。本片語依狀況可能會有兩個受詞，寫成 **derive A from B** 的形式，這時意為「從 B 獲得 A」；若寫成 **A derive from B** 的話，則為「A 來自於 B」。

Ⓐ It's such a lovely poem, Tommy.
Ⓑ Thank you. I **derived** this **from** my mother's writing.
Ⓐ It's so sweet.
Ⓑ I hope she'll like it as much as you do.

Ⓐ 湯米，這是首很棒的詩。
Ⓑ 謝謝您。我是從母親的文章中獲得靈感的。
Ⓐ 真甜蜜。
Ⓑ 我希望她也會像您一樣喜歡。

|片語| **Phrase 170**  MP3 170

相關補充
extinct
滅絕的

die out
滅絕、消失

die out 指因某種原因而逐漸消失、以致完全絕跡，可用於抽象事物，如風俗文化，或實質存在的事物，如物種、人類等。

Ⓐ Do you know why cockroaches never **die out**?
Ⓑ No, though I do believe they should.
Ⓐ They can survive even without a head!
Ⓑ Yuck! That's disgusting.

Ⓐ 你知道為何蟑螂從未滅絕嗎？
Ⓑ 不知道，但我相信它們該滅絕才是。
Ⓐ 他們沒有頭也能存活！
Ⓑ 噁！真噁心。

|片語| Phrase 171 MP3 171

dig in
開始認真工作、開動

相關補充
dig into
致力於

對話中的 **sb. + be digging in + sth.**，指「某人很認真地進行某事」。生活中，也會用 **dig in** 表示「開始吃、開動」的意思。

Ⓐ Where is Rita?
Ⓑ Where else would she be?
Ⓐ Is she **digging in** her piles of books again? She really should take a break.
Ⓑ Not before she gets admitted to NTU.

Ⓐ 瑞塔人呢？
Ⓑ 你想呢？還會在哪裡？
Ⓐ 又埋在她那堆書裡苦讀嗎？她實在應該好好休息的。
Ⓑ 在她考上台大以前，是不可能的啦。

|片語| Phrase 172 MP3 172

相關補充
get rid of
擺脫

dispose of
處理、丟棄

dispose of 的處理，是指透過丟棄、送人或賣掉等方式，將物品清理掉。口語上還能表示「殺害」，此時 **of** 後面接人或動物。

Ⓐ Where can I dispose of these used towels?
Ⓑ Are those from the lab?
Ⓐ Yes.
Ⓑ They must be thrown into the green bin.

Ⓐ 這些用過的毛巾該怎麼處理呢？
Ⓑ 那些是實驗室的毛巾嗎？
Ⓐ 是的。
Ⓑ 那些得丟進綠色桶子裡。

|片語| Phrase 173  MP3 173

doze off
打瞌睡

相關補充
fall asleep
睡著

doze off 的同義表達其實很多，包括 **nod off** 與 **drop off**；與 doze 相關的片語 **doze away** 則表示「在瞌睡中度過（時間）」。

Ⓐ Frank, did you **doze off** in class again?
Ⓑ No, I didn't.
Ⓐ Then can you explain to the class what a euphemism is?
Ⓑ I'm sorry. I think I missed that part.

Ⓐ 法蘭克，你是不是又在上課時打瞌睡？
Ⓑ 沒有，我沒有。
Ⓐ 那你可以向班上同學們解釋什麼是委婉語嗎？
Ⓑ 對不起，那個部分我沒有聽到。

|片語| Phrase 174  MP3 174

相關補充
decrease
減少

drop away
逐漸減少、離開

drop away 為不及物動詞片語，後面不接受詞。**drop** 當動詞時表「滴下」，因此，這個片語強調的是「逐漸減少」的過程，用來形容人的話，則有「一個接著一個離去」的意思。

Ⓐ I think May stands a chance of winning the election for student union president.
Ⓑ Why? Are you one of her supporters?
Ⓐ No, I just think her chances improve as the other contenders **drop away**.

Ⓐ 我覺得梅有希望贏得學生會長的選舉。
Ⓑ 為什麼？你是她的支持者嗎？
Ⓐ 不是，但隨著其他競爭者退出，她的勝選率就提高了。

|片語| Phrase 175 MP3 175

embark on
開始做、著手

相關補充
go into
從事

embark 有「上船（或飛機）」以及「著手」兩個意思，因此，搭配 on 之後的片語，也會產生兩種意思。當「著手、開始做」解釋時，介係詞可以用 **upon** 替換。

Ⓐ When will you embark on your new science project?
Ⓑ There's no project for me anymore. The university cut the budget for this.
Ⓐ What a pity.

Ⓐ 你何時會開始新的科學計畫？
Ⓑ 沒有什麼開始可言，學校已經把經費砍了。
Ⓐ 太可惜了。

|片語| Phrase 176 MP3 176

同義表達
strive for
努力

endeavor to
努力、盡力

endeavor 當動詞時，用法為 **S + endeavor to + V**（努力做某事）；也能當名詞，如 **one's endeavor to + V**（某人做…的努力）。

Ⓐ Martin Luther King Jr. endeavored to end racial discrimination all his life.
Ⓑ Have you read his "I have a dream" speech?
Ⓐ Sure! It's an impressive speech!

Ⓐ 馬丁・路德 ・金恩一生致力於終結種族歧視。
Ⓑ 你有讀過他的《我有一個夢想》的演講稿嗎？
Ⓐ 當然有，那篇演講實在令人印象深刻！

|片語| **Phrase 177** 💬　　　　🔊 MP3 177

except for
除了⋯之外

相關補充
apart from
除了

except for 和 besides 都翻成「除⋯之外」，但兩者的差別很大。
except for A 表示「將 A 排除在外」；besides A 則是「包含 A」。

Ⓐ Everyone should hand in a report **except for** those with an A.
Ⓑ It is not fair at all!
Ⓐ Hardworking students deserve a break now and then.

Ⓐ 除了拿 A 的同學，其他人都得交報告。
Ⓑ 這一點都不公平！
Ⓐ 認真的學生值得偶爾放個小假。

|片語| **Phrase 178** 💬　　　　🔊 MP3 178

同義表達
elaborate on
闡釋

expand on
詳細說明、闡述

exapnd 最常見的字義為「展開」，因此，這個片語才產生「詳細說明、闡述」的意思，介係詞 on 可替換成 upon。

Ⓐ Why were you absent yesterday?
Ⓑ I was sick. What happened in class?
Ⓐ Prof. Hoffman **expanded on** his political opinions during the whole class.
Ⓑ Luckily I was sick.

Ⓐ 你昨天怎麼沒來上課？
Ⓑ 我生病了。班上有什麼事嗎？
Ⓐ 霍夫曼教授一整節課都在闡述他的政治意見。
Ⓑ 幸好我生病了。

|片語| Phrase 179  MP3 179

expect to
期望、要求

相關補充
expectation
期望

本片語的用法有兩個：一個為 **expect sb. to + V**（期望某人做某事）；另一個為 **expect sth. from sb.**（期待從某人身上得到某物）。

Ⓐ Can I go to the baseball game with Jerry?
Ⓑ Honey, you have an exam soon. You'd better stay home and study.
Ⓐ Please! I've already studied very hard.
Ⓑ I **expect** you **to** study harder.

Ⓐ 我可以和傑瑞去看棒球賽嗎？
Ⓑ 親愛的，你馬上就要考試了，最好待在家裡唸書。
Ⓐ 拜託！我已經很用功了。
Ⓑ 我期望你更用功。

|片語| Phrase 180  MP3 180

相關補充
perceive
理解

figure out
理解、弄明白

figure out 指「徹底研究清楚」，為非正式用法。受詞若為代名詞，就必須放在 **figure** 跟 **out** 之間；若是名詞，則接在 **out** 後面。

Ⓐ I just can't **figure out** why Linda didn't pass the final exam.
Ⓑ A little bird told me that she didn't even take the test.
Ⓐ No wonder.

Ⓐ 我不懂為何琳達沒有通過期末考。
Ⓑ 有人跟我說她根本連試都沒去考。
Ⓐ 難怪。

|片語| **Phrase 181** 💬　　　　🔊 **MP3 181**

fish for
謀取、尋找、探聽

相關補充
yearn for
渴望

fish 當動詞時有「尋找、探聽」之意。本片語指的是「設法用間接手段達成目的」。與 fish 相關的片語還有：**be like a fish out of water**（格格不入）、**drunk as a fish**（爛醉如泥）等。

Ⓐ I don't like the way you talked to Prof. Kao yesterday.
Ⓑ What do you mean?
Ⓐ It was like you were trying to **fish for** compliments from him.

Ⓐ 我不喜歡你昨天跟高教授講話的樣子。
Ⓑ 什麼意思？
Ⓐ 看起來像是要從他那裡獲得什麼稱讚似的。

|片語| **Phrase 182** 💬　　　　🔊 **MP3 182**

相關補充
suitable
適合的

fit in with
與…相處融洽

fit in 有「與…一致、適合」的意思，可用來形容與人相處融洽、環境適應得很好等狀態，在此為不及物用法。

Ⓐ I pierced my ears when I was in high school, just to **fit in with** my friends.
Ⓑ When did you realize you were too concerned about peer pressure?
Ⓐ When my pierced ear got infected.

Ⓐ 為了要融入朋友圈，所以我高中的時候穿了耳洞。
Ⓑ 那你何時意識到自己太在意同儕壓力了？
Ⓐ 當我耳洞發炎的時候。

|片語| Phrase 183 💬　　　　　　　🔊 MP3 183

flunk out
退學

相關補充
drop out
退學

flunk out 指的是因為成績不及格等問題而被退學（非本人意願）；另一個類似的說法為 **drop out of school**，但因為 **drop out** 指「脫離、退出」，所以語意上帶有主動選擇的意味。

Ⓐ I haven't seen Adam for a while. Is he sick?
Ⓑ No, he **flunked out** of the class.
Ⓐ Really? How come?
Ⓑ He failed seven out of eleven subjects last semester.

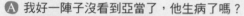

Ⓐ 我好一陣子沒看到亞當了，他生病了嗎？
Ⓑ 不，他被退學了。
Ⓐ 真的嗎？為什麼？
Ⓑ 他上學期十一科裡面，有七科被當。

|片語| Phrase 184 💬　　　　　　　🔊 MP3 184

相關補充
forsake
摒棄

for God's sake
看在老天的份上

sake 為名詞，意為「理由、緣故」。片語 **for God's sake** 是從 **for one's sake**（看在某人的份上）引申而來的，語氣更強烈。

Ⓐ Could you please lower your tone **for God's sake**?
Ⓑ What's the matter?
Ⓐ I can't concentrate on the math problems.
Ⓑ No problem.

Ⓐ 可以請你看在老天的份上，降低說話的音量嗎？
Ⓑ 怎麼了嗎？
Ⓐ 你這樣我無法專注在數學題目上。
Ⓑ 好，沒問題。

Let's Acquire English Phrases via Pictures.

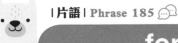

|片語| Phrase 185 💬　　　　　🔊 MP3 185

for good
永遠

同義表達
for ever
永遠

for good 等於 **for good and all**，只是後者的語氣較強。**for ever** 與 **forever** 的意思相同，也指「永遠」，但美式英文只用 **forever**。

Ⓐ The graduation ceremony is almost here.
Ⓑ That's right. It's time for us to say goodbye to each other.
Ⓐ I'll remember you **for good**.
Ⓑ Me, too.

Ⓐ 畢業典禮快到了。
Ⓑ 是啊，到時候就得向彼此道別了。
Ⓐ 我會永遠記得你的。
Ⓑ 我也是。

|片語| Phrase 186 💬　　　　　🔊 MP3 186

同義表達
get at
理解

get across
使…被理解

get across 指清楚地解釋某事，使人理解。受詞可放 **get** 和 **across** 之間，亦可視文意決定後面是否接 **to + sb.**，說明讓什麼人理解。

Ⓐ Mr. Lemon is the best coach ever!
Ⓑ How do you know?
Ⓐ He always tries his best to **get** things **across** to us without patronizing.
Ⓑ Sounds like a great and humble coach.

Ⓐ 雷門先生是最棒的教練！
Ⓑ 怎麼說？
Ⓐ 他總是盡力向我們解釋，態度也不傲慢。
Ⓑ 你們教練聽起來既優秀又謙和。

|片語| Phrase 187 　　　　　　　 MP3 187

get ahead
進步、領先、獲得成功

同義表達
take the lead
領先

ahead 表「在前」，取得在前面的狀態，就產生 **get ahead** 的用法。當「領先」解釋時，可用 **get ahead of + sb.** 說明領先於誰。

Ⓐ Where are you going?
Ⓑ School. I have a class at four.
Ⓐ What class?
Ⓑ It's a class about how to **get ahead** in the advertising business.

Ⓐ 你要去哪裡？
Ⓑ 學校，我四點有課。
Ⓐ 什麼課？
Ⓑ 是一門有關如何推展廣告業務的課。

|片語| Phrase 188 　　　　　　　 MP3 188

相關補充
troublesome
麻煩的

get into trouble
陷入困境、惹上麻煩

get into 有進入或達到某種狀態的涵義，因此，**get into trouble** 便指陷入麻煩，和它相反的片語為 **get out of trouble**（擺脫麻煩）。

Ⓐ Go upstairs and study, or you'll **get into trouble**.
Ⓑ Can I have five more minutes, please?
Ⓐ No, you've been watching TV for two hours.

Ⓐ 上樓唸書，否則你的麻煩就大了。
Ⓑ 可以再給我五分鐘嗎？
Ⓐ 不行。你已經看了兩個小時的電視了。

| 片語 | Phrase 189 🗨 　　　🔊 MP3 189

get rid of
擺脫

相關補充
free from
遠離

本片語的用法為 **get rid of + sth./sb.**。**rid** 為動詞，表「擺脫、免除」，而且三態同形，片語中的 **rid** 為過去分詞。另外，**rid** 常見的用法也包含 **rid oneself of**（使自己免除）。

Ⓐ Who's that kid over there?
Ⓑ That's my little brother.
Ⓐ Why did you bring him to our prom?
Ⓑ Because he goes wherever I go. It's
　 impossible to **get rid of** him.

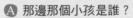

Ⓐ 那邊那個小孩是誰？
Ⓑ 那是我弟弟。
Ⓐ 你為什麼帶他來我們的畢業舞會？
Ⓑ 因為我去哪裡他都跟，根本擺脫不了。

| 片語 | Phrase 190 🗨 　　　🔊 MP3 190

同義表達
hand in
繳交

give in
繳交、屈服

欲表示「繳交」時，其實更常用 **hand in**。**give in** 比較常用來表示「屈服、讓步」，如果要表示「屈服於誰」，則寫成 **give in + to sb.**。

Ⓐ Have you **given in** your report yet?
Ⓑ Not yet. I thought the deadline is next
　 Tuesday.
Ⓐ No, it is this Tuesday; that is, yesterday.
Ⓑ Oh my gosh! What should I do now?

Ⓐ 你交報告了嗎？
Ⓑ 還沒。我以為是下週二要交。
Ⓐ 不，是這週二，也就是昨天。
Ⓑ 天啊！那我現在該怎麼辦？

| 片語 | Phrase 191 💬 🔊 MP3 191

give oneself up to
埋首於

相關補充
absorbed
全神貫注的

本片語的意思是「讓自己完全沉浸於…」，沉浸的可以是事情（如工作）或情緒，片語中的 **up** 可以用 **over** 取代。

Ⓐ Where is Larry?
Ⓑ He is **giving himself up to** the geography report until he finishes it.
Ⓐ What? Was that one not due last Friday?
Ⓑ Miss Chen asked him to redo it.

Ⓐ 賴瑞在哪裡？
Ⓑ 他正埋頭完成地理報告。
Ⓐ 什麼？那份報告不是上週五就要交了嗎？
Ⓑ 陳老師要他重做。

| 片語 | Phrase 192 💬 🔊 MP3 192

同義表達
submit to
遞交

hand in
繳交、呈遞

當 **hand in** 的受詞為代名詞時，應置於 **in** 之前；若受詞為名詞，則擺的位置前後不拘。英文中，**hand over**（交出）和 **hand in** 意思有些相似，不過 **hand over** 隱含不情願、被迫讓出的意味。

| 10/13 Fri | 10/14 Sat | 10/15 Sun | 10/16 Mon |

Ⓐ Ma'am, when is the report on LGBT due?
Ⓑ You should all **hand in** your reports by next Monday morning.
Ⓐ But today is already Friday!

Ⓐ 老師，LGBT 的報告什麼時候要交？
Ⓑ 全部的同學都得於下週一早上前繳交。
Ⓐ 但是今天都已經星期五了！

|片語| **Phrase 193** 💬　　　　🔊 MP3 193

hang about
閒蕩、徘徊

相關補充
fool around
鬼混

hang about 與 hang round 同義，且皆為英式用法；美式用法則為 hang around。此外，hang about 還可當「圍繞、迫近」的意思解。

Ⓐ What are you doing with Tom these days?
Ⓑ Nothing. We just **hang about**.
Ⓐ Don't you have anything meaningful to do? Like doing your homework?
Ⓑ Come on! That's so boring.

Ⓐ 你這陣子和湯姆都一起做些什麼？
Ⓑ 也沒什麼，就到處閒逛而已。
Ⓐ 你們就沒什麼更有意義的事好做嗎？例如寫作業。
Ⓑ 拜託！那也太無聊了。

|片語| **Phrase 194** 💬　　　　🔊 MP3 194

相關補充
affect
影響

have an effect on
對⋯有影響

effect 為名詞，指的影響為直接產生的作用或效果；effect 當動詞時，是為了達成目的，而「引起、造成」的情況，而非最終的影響。若要表示「影響」的動詞形，則用 affect。

Ⓐ What is your research topic?
Ⓑ I want to investigate whether temperature **has an effect on** mood.
Ⓐ It sounds interesting.

Ⓐ 你的研究題目是什麼？
Ⓑ 我想調查溫度是否會影響心情。
Ⓐ 聽起來很有趣。

|片語| Phrase 195 🗨 🔊 MP3 195

how come
為何

相關補充
on earth
究竟

how come 是很常見的美式口語，相當於 "**Why is it that...?**"（為什麼是…？），用法為 **How come + S + V...**，不像 **why** 後必須倒裝。

Ⓐ Do you know **how come** onions always make us cry?

Ⓑ No. Why is that?

Ⓐ A study says broken onion cells release acid, which turns into gas that makes you tear.

Ⓐ 你知道為何洋蔥總是讓我們流淚嗎？

Ⓑ 不知道。為什麼？

Ⓐ 一則研究指出，遭破壞的洋蔥細胞會釋放出可轉變成催淚氣體的酸性物質。

|片語| Phrase 196 🗨 🔊 MP3 196

同義表達
hasten
趕緊

hurry up
趕快、快一點

hurry up 常用於祈使句，用來催別人加快速度。**hurry** 組成的片語有 **in a hurry**（匆忙地）、**hurry on**（趕往）等。

Ⓐ **Hurry up**, or you're going to be late for school.

Ⓑ Relax. There's still plenty of time.

Ⓐ Plenty? It's already eight!

Ⓑ Oh, no! My alarm didn't go off again!

Ⓐ 快一點，否則你上學會遲到。

Ⓑ 放輕鬆，還有很多時間。

Ⓐ 很多時間？都已經八點了！

Ⓑ 噢，不！我的鬧鐘又沒響了！

|片語| Phrase 197 💬　　　🔊 MP3 197

in high / low spirits
心情好 / 差

相關補充
in a good mood
心情好

in spirit 表示「在精神方面」，而在 **spirit** 前加上形容詞，用來表示精神狀態的好壞，如果要表示一個人情緒低落時，**low** 也可改成 **poor**。或是使用 **in a good/bad mood**，也可以說明心情好 / 壞。

Ⓐ Mr. Lee seems to be in low spirits today.
Ⓑ How can you tell?
Ⓐ He dropped the chalk three times in twenty minutes.
Ⓑ You're right. It's weird.

Ⓐ 李老師今天似乎心情不好。
Ⓑ 你怎麼知道？
Ⓐ 二十分鐘內，他掉了三次粉筆。
Ⓑ 沒錯。是很怪。

|片語| Phrase 198 💬　　　🔊 MP3 198

相關補充
end up
結果是

in the end
最後、終於

in the end 很容易與 **at the end** 弄混，前者是副詞片語，表「最後」；後者指物體末端或事物的尾聲，若要說「在…結束時」，用 **at the end of**，如 **at the end of the story**（故事的結尾）。

Ⓐ Today is really not my day. I overslept and then was caught by Ms. Lee.
Ⓑ I'm sorry, but I believe everything will turn out fine in the end.

Ⓐ 我今天真的很倒霉，不僅睡過頭，還被李老師抓到。
Ⓑ 我很遺憾，但我相信最後不會有事的。

|片語| Phrase 199　　　　　　　　　　MP3 199

in the future
未來、在將來

相關補充
in future
從今以後

　　in the future 這個副詞片語用來表示時間關係，可置於句首或句尾。這個片語可以加上 **near** 修飾，**in the near future** 表示「在不久的將來」。此外，還有 **in the past**（在過去）這個相關用法。

Ⓐ What are you going to do **in the future**?
Ⓑ I want to be a nurse.
Ⓐ Being a nurse is so hard.

Ⓐ 你將來想做什麼？
Ⓑ 我想當護士。
Ⓐ 但當護士很辛苦。

|片語| Phrase 200　　　　　　　　　　MP3 200

相關補充
ask for trouble
自找麻煩

in trouble
陷入困境、有麻煩了

　　這個片語可用 **big** 修飾 **trouble**，表示「有大麻煩」。後面若接人，則表示「與某人起衝突」，寫作 **be in trouble with sb.**。

Ⓐ You are **in big trouble**.
Ⓑ What are you talking about?
Ⓐ I believe Dad already got your report card from Ms. Chen.
Ⓑ Oh, no!

Ⓐ 你麻煩大了。
Ⓑ 你在說什麼？
Ⓐ 我相信爸爸他已經從陳老師那裡收到你的成績單了。
Ⓑ 噢，不！

| 片語 | **Phrase 201** 💬 🔊 MP3 201

in vain
徒勞、無用的

相關補充
to no avail
毫無成果

    in vain 可當形容詞或副詞片語。放在 **be** 動詞之後當作形容詞；置於一般動詞後面時，則用來修飾動詞。

Ⓐ No matter how hard I study, I can't get into NTU.
Ⓑ Believe in yourself, and all your hard work won't be **in vain**.
Ⓐ I hope you're right.

Ⓐ 無論我再怎麼用功，都進不了台大。
Ⓑ 你得對自己有信心，你的努力不會白費的。
Ⓐ 希望你是對的。

| 片語 | **Phrase 202** 💬 🔊 MP3 202

同義表達
mock at
嘲笑

jeer at
嘲笑、嘲弄

    本片語用法為 **jeer at + sb./sth.**。**jeer** 的嘲笑具負面涵義，指「使用不雅的言詞攻擊他人，或將對方當傻瓜取笑」的意思。

Ⓐ Mom, can I transfer to Jose's school?
Ⓑ Why?
Ⓐ All my class **jeers at** me. They call me "hairy weirdo."
Ⓑ But, honey, Jose is in kindergarten.

Ⓐ 媽，我可以轉學到荷西的學校嗎？
Ⓑ 為什麼？
Ⓐ 全班都嘲笑我，他們叫我「怪髮男」。
Ⓑ 但是親愛的，荷西念的是幼稚園。

| 片語 | **Phrase 203**  MP3 203

join hands
握手、合作

同義表達
join forces
協力

join hands 當「合作」時，要加上 **with**，再接合作的對象。這裡的 **hand** 要加 **s**，因為一定要有兩隻手才能產生「握」的動作。

Ⓐ Dr. Watson and Dr. Lee are going to **join hands** to work on the new research project.
Ⓑ It'll be the greatest project ever!
Ⓐ And they are recruiting new assistants.
Ⓑ How do I apply for it?

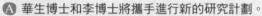

Ⓐ 華生博士和李博士將攜手進行新的研究計劃。
Ⓑ 那將會是最棒的計劃！
Ⓐ 而且他們正在招募新助理。
Ⓑ 那我該如何申請？

| 片語 | **Phrase 204** MP3 204

同義表達
bear in mind
記住

keep in mind
記住

本片語的用法為 **keep sth. in mind**（記住某事）；但若遇到 **that** 子句，因為長度的關係，所以會用 **keep mind that...**。

Ⓐ You should all **keep** this formula **in mind**.
Ⓑ Will it be tested?
Ⓐ Yes, I believe it will be very useful on the test next week.
Ⓑ Yay!

(a ± b)2 = a2 ± 2ab + b2

Ⓐ 你們都該記住這個公式。
Ⓑ 這會考嗎？
Ⓐ 是的，我相信這對你們下週的考試很有幫助。
Ⓑ 耶！

Let's Acquire English Phrases via Pictures.

| 片語 | Phrase 205 💬   🔊 MP3 205

keep up
繼續保持

相關補充
remain
保持

　　keep up 當「保持」解時，為及物動詞片語。另一個不及物動詞片語 **keep up with** 則表示「跟上」，意思完全不同。

Ⓐ I've got your report card.
Ⓑ How am I doing?
Ⓐ Excellent! **Keep up** the good work!
Ⓑ Does that mean I can get the latest cell phone?

Ⓐ 我拿到你的成績單了。
Ⓑ 我表現得怎麼樣？
Ⓐ 很棒！繼續保持下去！
Ⓑ 這表示我能獲得最新款的手機了嗎？

| 片語 | Phrase 206 💬   🔊 MP3 206

同義表達
catch up with
趕上

keep up with
趕上、跟上

　　本片語為不及物用法，指「用各種速度趕上」，用法為 **keep up with + sb./sth.**。**keep** 也可用 **catch** 替換，意思不變。

Ⓐ Your teacher called today.
Ⓑ Really? What did she say?
Ⓐ She told me you should work harder to **keep up with** the others.

Ⓐ 你的老師今天打電話來。
Ⓑ 真的嗎？她說了什麼？
Ⓐ 她跟我說，你要更加用功，以趕上其他人。

|片語| **Phrase 207** 　　　　　　　　　　　 MP3 207

laugh at
嘲笑、發笑

同義表達
make fun of
取笑

laugh at 的受詞是人或事物皆可。注意，如果句子中 **laugh at** 用被動（**be laughed at**），**at** 仍然不能省略。

Ⓐ I don't want to take the lunchbox. Everyone **laughs at** it.
Ⓑ Why? It's cute to me.
Ⓐ But not to a boy like me! It's a pink Hello Kitty lunchbox!

Ⓐ 我不想帶這個午餐盒，大家都取笑它。
Ⓑ 為什麼？我覺得很可愛啊。
Ⓐ 但對我這種男生來說不可愛！它是粉紅色的凱蒂貓耶！

|片語| **Phrase 208** 　　　　　　 MP3 208

相關補充
read sb. a lesson
訓斥某人

learn one's lesson
學到教訓

lesson 的原意是「課程」，因而延伸出「教訓」的意思。相關片語還有 **teach sb. a lesson**（讓某人學到教訓）。

Ⓐ I hope you've **learned your lesson**.
Ⓑ Come on. You've got to help me out.
Ⓐ No, you really have to do your homework by yourself this time.
Ⓑ I promise I will next time.

Ⓐ 希望你記取這次的教訓。
Ⓑ 拜託，你得幫幫我。
Ⓐ 不，你這次真的應該自己做作業。
Ⓑ 我保證我下次會自己做。

Let's Acquire English Phrases via Pictures.

| 片語 | **Phrase 209**  MP3 209

leave sb. alone
不打擾某人

同義表達
let sb. alone
不打擾

　　alone 意指「單獨的、獨自的」。除了本片語，還有 **leave sth. alone** 這個用法，表示「不碰、不處理」某事物。

🅐 Honey, can you play in your room?
🅑 I can't.
🅐 Why not?
🅑 Mike asked me to **leave him alone** in our room. He is preparing for a test.

🅐 親愛的，你可以在自己房間裡玩嗎？
🅑 我不能。
🅐 為什麼呢？
🅑 麥克說他需要一個人待在房間，他要準備考試。

| 片語 | **Phrase 210**  MP3 210

相關補充
disappoint
使失望

let sb. down
令某人失望

　　down 在此處指「心情沮喪」（口語用法）。與 **let** 相關的俚語有 **Let bygones be bygones.**（過去的就讓它過去吧。）

🅐 Honey, you should go to bed now. It's really late.
🅑 I want to study for a little while more.
🅐 Why are you studying so hard?
🅑 I don't want to **let Dad down** again.

🅐 親愛的，很晚了，你該睡了。
🅑 我想再讀一會兒書。
🅐 你為什麼要唸得這麼拼呢？
🅑 我不想再讓爸爸失望了。

|片語| Phrase 211   MP3 211

little by little
逐漸地

同義表達
bit by bit
漸漸地

by 能表現出「累積」的感覺，因此 **little by little** 便表示「漸漸地、一點一點地」，也可以直接用副詞 **gradually** 替換本片語。

Ⓐ How is your research going?
Ⓑ Thanks to Dr. Lee's help, the research project is progressing **little by little**.
Ⓐ Dr. Lee is both knowledgeable and helpful.
Ⓑ She is the best instructor I've ever had.

Ⓐ 你的研究進展得如何？
Ⓑ 多虧李博士的幫忙，研究計畫正逐步進展中。
Ⓐ 李博士既博學多聞又熱心助人。
Ⓑ 她是我遇過最棒的指導老師。

|片語| Phrase 212   MP3 212

同義表達
despise
鄙視

look down on
輕視

look down 可純粹指「向下看」，加上介係詞 **on**、再接人 / 事物，就變成「輕視、看不起」的意思。不妨想像一下，當我們鄙視一個人的時候，那樣的姿態是不是很像從高處往下看著對方呢？

Ⓐ I won't play with Tina anymore.
Ⓑ What happened?
Ⓐ She cheated on the test. All the class **looks down on** her now.

Ⓐ 我不會再和緹娜一起玩了。
Ⓑ 發生什麼事了？
Ⓐ 她考試作弊，現在全班同學都瞧不起她。

|片語| **Phrase 213** 💬   🔊 MP3 213

look over
仔細檢查

相關補充
examine
檢查

　　look over 通常指檢查文件、資料、作業等。受詞若是名詞，常放 **over** 後，對話中的受詞為 **it**，此時放在 **over** 之前。此外，英文中有一個字 **overlook**，字義為「忽略」，應小心不要和本片語搞錯。

Ⓐ Tommy, I need to talk to you about your assignment.
Ⓑ What's wrong?
Ⓐ You made several typos. You should **look** it **over** before handing it in.

Ⓐ 湯米，我得和你談談你的作業。
Ⓑ 怎麼了？
Ⓐ 你拼錯了幾個字。繳交前，你應該要仔細檢查。

|片語| **Phrase 214** 💬   🔊 MP3 214

同義表達
refer to
查閱

look up
查詢

　　look up 為及物動詞，特別指「翻查字典或目錄」的意思。此外，**look up** 也能表示「抬頭、仰望」。

Ⓐ Do you know the word "Superbrain"?
Ⓑ No. Sounds like a new word. Maybe you can **look** it **up** in the dictionary.
Ⓐ I don't need to. I created it, meaning "Jason, the most intelligent person."

Ⓐ 你知道「超級腦」這個字嗎？
Ⓑ 不知道。聽起來像個新字，也許你可以查一下字典。
Ⓐ 不需要。這是我創的字，意思是「傑森，最聰明的人」。

 |片語| Phrase 215 　　　　　🔊 MP3 215

look up to
尊敬、仰慕

同義表達
respect
敬重

look up to 為「尊敬、仰慕」之意，用法為 look up to + sb.。與 look up 有關的片與還有 look up and down（上下打量）。

A They threw a retirement party for Dr. Lee.
B They must **look up to** him a lot.
A The faculty all love and respect him a lot.
B I believe they do. He's both knowledgeable and helpful.

A 他們替李博士辦了場退休派對。
B 大家一定很尊敬他。
A 教職員工都很敬愛他。
B 我想也是，他既有學識又熱心助人。

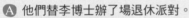 |片語| Phrase 216 　　　　🔊 MP3 216

相關補充
accompany
陪同

make friends with
和…交朋友

因為「交朋友」這件事，必須要有兩人（甚至更多）才能做到，所以這裡的 friends 一定要用複數形表示。

A I just started at this school today.
B Would you like to come to the zoo with us? It might be a good chance to **make friends with** kids in your class.
A You're right. Maybe I should go.

A 我第一天來這所學校。
B 你想和我們去動物園嗎？這或許是和班上同學交朋友的好機會。
A 你說得沒錯，也許我該去。

|片語| **Phrase 217** 💬　　　🔊 **MP3 217**

make fun of
嘲笑、嘲弄

同義表達
mock at
取笑

此片語和 **play tricks on** 有差異，**make fun of** 多指用言語取笑他人，而 **play tricks on** 是用動作捉弄或戲弄他人。

Ⓐ Mom, I don't want to go to school ever again.
Ⓑ What's wrong? Is someone bullying you?
Ⓐ No, it's just that everyone in my class **makes fun of** my hair.

Ⓐ 媽，我不想去上學了。
Ⓑ 怎麼了？有人霸凌你嗎？
Ⓐ 沒有，只是班上的人都嘲笑我的頭髮。

|片語| **Phrase 218** 💬　　　🔊 **MP3 218**

同義表達
trump up
編造

make up
編造、虛構

make up 的意思很多，除了「編造」，還能表示「組成」（通常用被動形 **be made up of**）。另外，**make-up** 為名詞，有「構造、化妝品、補考」等意。

Ⓐ Haven't you heard about Jonathan's grandmother's car accident?
Ⓑ Come on. He **made** it **up** to fool Ms. Chen. It's not true.
Ⓐ He's gone too far!

Ⓐ 你有聽說強納森的祖母出車禍嗎？
Ⓑ 拜託，那是他編來騙陳老師的，不是真的。
Ⓐ 太過分了！

|片語| Phrase 219  　　　　　 🔊 MP3 219

neglect to
遺漏、忽略

相關補充
slip up
疏漏

　　neglect 和 **ignore** 都能表示「忽略」，不過 **neglect** 是指對於被要求的事未注意、怠惰或疏忽；**ignore** 則表示故意忽視或不理睬。

Ⓐ Mrs. Chao called and she was really angry. Do you know why?

Ⓑ Oh, no! I **neglected to** return her call!

Ⓐ How could you? She is the most important client to our company.

Ⓐ 趙太太剛打來，她氣壞了，你知道原因嗎？

Ⓑ 噢，不！我忘了回她電話！

Ⓐ 你這樣怎麼可以？她是我們公司最重要的客戶。

|片語| Phrase 220  　　　　　 🔊 MP3 220

相關補充
both A and B
既 A 且 B

not only A but also B
不但 A 而且 B

　　此為對等連接詞片語，**A** 與 **B** 兩者的詞性必須相同。注意，若將 **not only...but also...** 放句首以連接兩個子句時，必須使用倒裝句。

Ⓐ The PTA meeting is tomorrow. Can you come?

Ⓑ I can't. Your father will go on our behalf.

Ⓐ But the teacher said **not only** fathers **but also** mothers should come.

Ⓐ 明天是我們的家長會，你能來嗎？

Ⓑ 我去不了，你爸爸會代表參加。

Ⓐ 但老師說父母都必須出席。

|片語| Phrase 221 　　　　　 　　　　 🔊 MP3 221

one by one
一個一個地

相關補充
take turns
輪流

one by one 也可以寫成 **one after one**。**by** 具有連續、反覆、逐個、逐批或接著的意味，如 **sentence by sentence**（逐句）。

Ⓐ Please get your sandwich **one by one**.
Ⓑ Ms. Lin, Larry cut in again!
Ⓐ Fine, I'll talk to him later.
Ⓑ But he took my sandwich, too!

Ⓐ 請依序排隊領三明治。
Ⓑ 林老師，賴瑞又插隊了！
Ⓐ 好，我晚點會跟他談談。
Ⓑ 但他還拿走了我的三明治！

|片語| Phrase 222 　　　　　 🔊 MP3 222

同義表達
out of date
過時的

out of fashion
過時的、不再流行的

fashion 為流行式樣的意思，脫離流行的東西，就是「過時的」。反義片語有 **come into vogue/style**（正流行）。

Ⓐ I can't believe my eyes!
Ⓑ Why are you so surprised?
Ⓐ Look at Daisy and her skirt! It's so **out of fashion**!
Ⓑ No, she looks great in that skirt.

Ⓐ 我不敢相信我的眼睛！
Ⓑ 你為何如此驚訝？
Ⓐ 你看黛西的那件裙子！真是過時！
Ⓑ 不會啊，她穿那件裙子很好看。

|片語| Phrase 223 　　　　　　　　　　　　　　 MP3 223

over and over
再三地

相關補充
time after time
多次

over and over 為副詞片語。接上 again 後意思一樣。與 over 有關的片語還有：**over and above**（在…之外、超乎）。

Ⓐ Victor, I've warned you **over and over** not to hit your classmates.
Ⓑ But it's Ken who took my sandwich first!
Ⓐ No matter what problem you have, violence isn't a solution.

Ⓐ 維克多，我已再三警告你，不可以打同學。
Ⓑ 但是，是肯先拿走我的三明治！
Ⓐ 無論你們之間有什麼問題，暴力並非解決之道。

|片語| Phrase 224 　　　　　　　　　　　 MP3 224

相關補充
pass through
經歷

pass by
經過

pass by + sth. 表示「從某物旁邊經過」，為不及物的用法。若 **pass by** 特別拿來形容時間的流逝時，可與 **go by** 互換。

Ⓐ Did you see the girl **passing by**?
Ⓑ Which one?
Ⓐ The blonde over there. I think that's Jenny.
Ⓑ Gosh! It is! When did she dye her hair?

Ⓐ 你有看到剛剛經過的那個女孩嗎？
Ⓑ 哪一個？
Ⓐ 那邊那個金髮女孩，那好像是珍妮。
Ⓑ 天啊！沒錯！她什麼時候染頭髮的？

| 片語 | Phrase 225 💬   ◀) MP3 225

pass on
傳遞下去

相關補充
pass down
傳下來

pass on 指「傳遞」，如果要說傳某物給誰，寫成 **pass sth. to sb.**。字面上相似的 **pass down** 則表示「傳統或風俗等的傳承」，用法並不相同。

Ⓐ Each of you can take a piece of toffee and **pass** the box **on**.
Ⓑ Can I have two?
Ⓐ No, I am afraid you may not.
Ⓑ OK.

Ⓐ 每個人可拿一塊太妃糖，然後把盒子往下傳。
Ⓑ 我可以拿兩塊嗎？
Ⓐ 不，很遺憾你不能。
Ⓑ 好吧。

| 片語 | Phrase 226 💬   ◀) MP3 226

相關補充
focus on
集中於

pay attention to
關心、注意

attention 在此為名詞，表「注意」，可以加上形容詞修飾，例如 **pay more/great attention to**，以表示強度。

Ⓐ You have to **pay** more **attention to** me in class.
Ⓑ I am sorry, Sir.
Ⓐ Why were you staring out of the window?
Ⓑ There was a cute little bird in the tree.

Ⓐ 上課時，你得多集中注意力在我身上。
Ⓑ 老師，對不起。
Ⓐ 為什麼你一直盯著窗外看？
Ⓑ 樹上有隻可愛的小鳥。

|片語| Phrase 227　　　　　　　　　🔊 MP3 227

pick out
挑選出、分辨出

相關補充
pick at
挑毛病

pick 和 choose 都有「挑選」之意，但 pick 是「仔細挑選」，而 choose 強調的則是「決定」挑哪一個的概念。

Ⓐ What are you doing?
Ⓑ **Picking out** the red beans from the green beans.
Ⓐ I can see that. I'm asking you why.
Ⓑ I cheated in the test. It's a punishment.

Ⓐ 你在做什麼？
Ⓑ 把紅豆從綠豆中挑出來。
Ⓐ 我看得出來。我是問你為什麼要做這個。
Ⓑ 我考試作弊，這是懲罰。

|片語| Phrase 228　　　　　　　　　🔊 MP3 228

相關補充
tease
戲弄

play a trick on
開⋯的玩笑

trick 可用 joke 替換，兩者皆有玩笑或惡作劇的意思。萬聖節的用語 **"Trick or treat."**（不給糖就搗蛋），其中的 trick 就是「惡作劇」。

Ⓐ What's wrong with Tina? She seems to be really angry with you.
Ⓑ My bad. I **played a** little **trick on** her.
Ⓐ What did you do to her?
Ⓑ I put a fake cockroach in her swimsuit.

Ⓐ 緹娜怎麼了？她好像非常生你的氣。
Ⓑ 是我不對，我開了她一個小玩笑。
Ⓐ 你對她做了什麼？
Ⓑ 我把假蟑螂放進她的泳衣裡。

|片語| **Phrase 229**  MP3 229

point out
指出、提出

相關補充
indicate
指示、指出

　若要「指出」一件事實或錯誤時，**point out** 後面常接 **that** 子句（以描述事情內容）；但若用來表示「指向」某物或地方時，後面就會接名詞（如 **point out the house** 指向房子）。

Ⓐ As you previously **pointed out**, global warming is getting worse.
Ⓑ Yes. And this research is aimed at finding an effective solution to it. I'll start with examining the oxygen content in the river.

Ⓐ 誠如您先前所指出的，全球暖化漸趨嚴重。
Ⓑ 沒錯，本研究的目的在於找出有效的解決方法。我會從檢查河水的含氧量開始著手。

|片語| **Phrase 230** MP3 230

相關補充
well-prepared
準備好的

prepare for
為…做準備

　prepare for sth. 的做準備並不直接提供某物，如 **prepare for the test**（為了準備考試而唸書）；**prepare sth.** 則表示提供該物品，例如 **prepare a quiz**（出題目）。

Ⓐ How about going to the movies with me tonight?
Ⓑ I'd love to, but I have to **prepare for** tomorrow's math test.
Ⓐ Gosh! I totally forgot!

Ⓐ 今晚要不要和我去看電影？
Ⓑ 我很想，但我必須準備明天的數學考試。
Ⓐ 天啊！我完全忘了這件事！

|片語| Phrase 231 MP3 231

put down
放下、寫下、奚落

同義表達
lay down
放下

put down 當「放下」時，也可以用 **lay down** 代替，因為 **lay** 也有放下的意思。至於「奚落」則為口語用法。

Ⓐ Time is up. **Put down** your pen.
Ⓑ Can I have five more minutes?
Ⓐ I am afraid not. Sorry.
Ⓑ Come on! I just have to finish the last question.

Ⓐ 時間到了，請停筆。
Ⓑ 可以再給我五分鐘嗎？
Ⓐ 恐怕無法，抱歉。
Ⓑ 拜託！我只是要把最後一題寫完。

|片語| Phrase 232 MP3 232

相關補充
lower
減弱（音量）

quiet down
靜下來

quiet 可當形容詞、動詞或名詞用，此處當動詞。另外，**quiet** 與 **quite**（相當地）的拼法很相似，要多加注意。

Ⓐ Class, please **quiet down**. I have something important to tell you.
Ⓑ What is that?
Ⓐ We are going to have a field trip in April.
Ⓑ Great!

Ⓐ 同學們，請安靜一下。我有重要的事宣布。
Ⓑ 是什麼？
Ⓐ 我們四月要校外教學。
Ⓑ 太棒了！

|片語| **Phrase 233** 💬　　　　🔊 MP3 233

read between the lines
領會言外之意

相關補充
insinuation
影射

　　這裡的 **line** 必須加 **s**，因為 **between** 指「兩者之間」，代表不只一行。可表「言外之意」的字另有 **implication**、**undernote**、**overtone** 等。

Ⓐ I think I'm going to flunk literature.
Ⓑ It's not that hard. Just try to **read between the lines** and appreciate what the writer tries to convey.
Ⓐ Thank you. I'll keep trying.

Ⓐ 我覺得我文學課會被當掉。
Ⓑ 文學沒那麼難。只要試著領會言外之意，理解作者想表達的意思就好。
Ⓐ 謝謝你，我會再試著努力看看的。

|片語| **Phrase 234** 💬　　　　🔊 MP3 234

相關補充
recall
回想起

ring a bell
引起回憶、聽起來熟悉

　　ring a bell 是口語用法，它可不是按鈴或敲鐘的意思，而是指「引起…模糊印象、聽起來熟悉」，主詞為引起記憶的事物。

Ⓐ Does the name "Kevin Wang" **ring a bell** to you?
Ⓑ No, not at all. Who is he?
Ⓐ I met him last night at a party. He said you two went to the same kindergarten.

Ⓐ 你對於「王凱文」這個名字有印象嗎？
Ⓑ 不，一點也沒有。他是誰？
Ⓐ 我昨晚在派對上遇到他，他說你們讀同一所幼稚園。

|片語| Phrase 235 　　　　　　　MP3 235

run away
逃跑、離家

相關補充
run away with
失去控制

　　這個片語所指的情況，通常是出於任性或反抗而產生的逃離行為。如果要說明從什麼地方離開，後面會用 **from** 加地點。

Ⓐ Have you heard from Jack lately?
Ⓑ No. What's up?
Ⓐ He **ran away** from home, which has made his mom very worried.
Ⓑ That's too bad.

Ⓐ 你最近有傑克的消息嗎？
Ⓑ 沒有，怎麼了嗎？
Ⓐ 他逃家了，這讓他的母親非常擔心。
Ⓑ 太糟糕了。

|片語| Phrase 236 　　　　　　　MP3 236

相關補充
divide into
劃分成

share with
分享、分擔

　　本片語的用法為 **share with + sb.**。share 當動詞時，是指「以共同方式分擔工作、利害」的意思；也可當名詞，此時有「部分、分攤、股份、市場佔有率」等意思。

Ⓐ You look excited. Any great news to **share with** me?
Ⓑ Yes, I got the fully-funded scholarship!
Ⓐ That's awesome!

Ⓐ 你好像很興奮，有好消息要跟我分享嗎？
Ⓑ 沒錯。我拿到那個全額獎學金了！
Ⓐ 真棒！

|片語| **Phrase 237**  MP3 237

show off
炫耀

相關補充
boast of
自誇

show off 表「炫耀」，若受詞為代名詞，要放在 **off** 之前；如為名詞，則放在 **off** 之後。**show-off** 是名詞，指愛炫耀的人。

Ⓐ I just can't stand John anymore.
Ⓑ What's wrong between you two?
Ⓐ He keeps **showing off** that he's so smart and won a scholarship.
Ⓑ I understand. That must be annoying.

Ⓐ 我受夠約翰了。
Ⓑ 發生了什麼事情嗎？
Ⓐ 他不停炫耀他有多聰明，並且贏得獎學金。
Ⓑ 我懂，那一定很煩人。

|片語| **Phrase 238**  MP3 238

相關補充
stand for
支持

stand by
支持、待命

stand by 字面意思是「站在旁邊」，當你站在某人旁邊，也就能引申出「支持、幫助」之意，此動作亦能表示「袖手旁觀、待命」。另外，英文中還有 **bystander** 這個用法，意為「旁觀者」。

Ⓐ Congratulations about being elected as the chairperson of the Graduation Committee.
Ⓑ Thank you, but I'm not sure if I can do a good job.
Ⓐ Don't worry. We'll all **stand by** you.

Ⓐ 恭喜你被選為畢聯會的主席。
Ⓑ 謝謝你，但是我不確定能不能做好。
Ⓐ 別擔心，我們都會幫忙的。

|片語| Phrase 239 MP3 239

stay up
熊夜、不睡覺

同義表達
sit up
熊夜

stay up 可接動名詞，表示熊夜做某事，後面常以副詞 **late** 修飾。此外，熊夜也可以用 **burn the midnight oil**，只是 **stay up** 更常見。

Ⓐ Are you hungry? I can make you a meal.
Ⓑ Thanks. I'm going to **stay up** late to work on my dissertation. I might get hungry in the middle of the night.

Ⓐ 你餓了嗎？我可以幫你弄點東西吃。
Ⓑ 謝謝你。我今天打算熊夜寫論文，正想說半夜可能會餓。

|片語| Phrase 240 MP3 240

相關補充
take a rest
休息

take a break
休息一下

break 是指短暫的休息。本片語指中斷某事，去做點別的事情來轉換心情；**take a rest** 則特別指小睡一下。

(10 mins)

Ⓐ Class, let's **take a break** for ten minutes.
Ⓑ Can I go to the playground?
Ⓐ No, you have to finish your in-class worksheet first.
Ⓑ Alright.

Ⓐ 同學們，我們休息十分鐘。
Ⓑ 我可以去操場嗎？
Ⓐ 不行，你得先完成課堂練習題。
Ⓑ 好吧。

|片語| Phrase 241 💬　　　　　🔊 MP3 241

talk over
討論、商討

相關補充
confer with
商談

talk over 的用法為 **talk over sth.**。是指針對一件事的內容，去探討細節、解決方法等；相較之下，**talk about**（談論）就沒這麼深入了。

Ⓐ Sir, do you have a minute?
Ⓑ Yes. What is it?
Ⓐ I would like to **talk over** my dissertation proposal with you.
Ⓑ Sure. Come in and take a seat.

Ⓐ 老師，您有空嗎？
Ⓑ 有。什麼事？
Ⓐ 我想和您討論我的論文計劃。
Ⓑ 當然好，進來坐吧。

|片語| Phrase 242 💬　　　　　🔊 MP3 242

相關補充
turn down
拒絕

turn away
別過臉去、轉過身去

turn away 為「轉過臉／身去」之意，在本對話中是當不及物動詞用，但 **turn away** 也能接受詞，如 **turn one's head away**（把頭轉過去）。此外，**turn away from sth.** 指「拒絕使用、對…無感」。

Ⓐ Would you please **turn away** for a while?
Ⓑ Sure. Do you want me to leave so that you can have the room to yourself?
Ⓐ That would be great. Thank you.

Ⓐ 你可以轉過身去一會兒嗎？
Ⓑ 當然可以，你要我離開把房間讓給你嗎？
Ⓐ 那就太好了，謝謝你。

|片語| **Phrase 243**　　　　　　　　🔊 MP3 243

turn off
關掉

反義表達
turn on
打開

　　turn off 和 **close** 都可指「關掉」，但 **turn off** 多用在關掉電源或電器類用品上，如電視、電燈等。有趣的是，**turn sb. off** 還能表示使人失去興趣；而 **close** 是指關掉其他非電器物品，如窗戶、門等。

Ⓐ Would you please **turn off** the stereo? It's too noisy.
Ⓑ Come on! Don't you like Mayday?
Ⓐ I do, but I really need to prepare for my exam tomorrow.

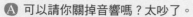

Ⓐ 可以請你關掉音響嗎？太吵了。
Ⓑ 拜託！你不喜歡五月天嗎？
Ⓐ 我喜歡啊，但我真的得為明天的考試做準備。

|片語| **Phrase 244**　　　　　　🔊 MP3 244

同義表達
until now
直到現在

up to now
到目前為止

　　up to now 為副詞片語，可以放在句首或句尾。由於此片語表示「從過去到目前為止的這段時間」，所以搭配的時態通常為現在完成式。

Ⓐ How is your research project going now?
Ⓑ **Up to now**, everything has been going well with the data collection.
Ⓐ Then, what's your next step?
Ⓑ To do interviews with the subjects.

Ⓐ 你的研究計劃進行得如何？
Ⓑ 目前為止，資料蒐集進行得很順利。
Ⓐ 那你的下一步是什麼？
Ⓑ 訪問受試者。

Let's Acquire English Phrases via Pictures.

vote for
投票

相關補充
vote out
罷免

vote 當動詞時，指「投票」。當你想要把票投給某人時，要用此處的 **vote for + sb.**。除了本片語之外，還可以用 **cast a ballot**、**cast a vote**（此處的 **vote** 為名詞）來表達。

Ⓐ Today we are going to **vote for** the location for the next field trip.
Ⓑ Yay!
Ⓐ You can nominate wherever you want to go now.

Ⓐ 今天我們要投票決定下次校外教學的地點。
Ⓑ 耶！
Ⓐ 現在，你們可以提名想去的地方。

同義表達
back out
退出

walk out
走出去、離開、放棄

walk out 所講的「離開」，通常是帶著情緒的突發行為；本片語亦能表示「放棄」，用法為 **walk out on + sth./sb.**

Ⓐ I heard that you've **walked out** on the research project. Why?
Ⓑ There was something between Paul and me.
Ⓐ You just can't get along well, right?

Ⓐ 我聽說你退出研究計劃了。為什麼？
Ⓑ 我和保羅之間有點狀況。
Ⓐ 你們就是處不來，對吧？

話說上班這檔事

面對職場奇葩與鳥事，
總是身累心更累嗎？
不做庸碌之才、不當底層受氣包，
用片語精準表達，
從此走上菁英之道！

Working to Live or Living to Work?

Let's Acquire English Phrases via Pictures.

|片語| **Phrase 247** 🗨 　　　　　　🔊 MP3 247

accuse A of B
控告 A 犯有 B 罪行

相關補充
accusation
指控

　　這個片語意為「控告 A 犯有 B 罪行」。注意，**accuse** 只是「提出控告」，而 **convict** 則為「判…有罪」，表示經審判後罪刑已經確定。

Ⓐ Did you **accuse** Maggie **of** stealing?
Ⓑ Yes, I saw her sneaking out of the warehouse.
Ⓐ Get her in my office now.
Ⓑ Yes, right away.

Ⓐ 你有指控瑪姬偷竊嗎？
Ⓑ 是的，我看到她偷溜出倉庫。
Ⓐ 叫她進來我辦公室。
Ⓑ 是的，我馬上辦。

|片語| **Phrase 248** 🗨 　　　　　　🔊 MP3 248

相關補充
enlighten
教導

acquaint with
使認識、使熟悉

　　acquaint 是動詞，意為「使認識、使熟悉」。本片語用主被動寫法皆可，如要表「使某人熟悉某事物」，一般用 **acquaint sb. with sth.**；若是「認識 / 結識某人」，常用被動的 **be/get acquainted with sb.**。

Ⓐ Do you see the tall girl over there?
Ⓑ Yes.
Ⓐ That's Karen. I need you to **acquaint** her **with** the company rules.

Ⓐ 你有看到那邊那位高個子女生嗎？
Ⓑ 有。
Ⓐ 那是凱倫，我要你跟她說明公司規定。

|片語| Phrase 249 🗨 ◀)) MP3 249

adjust to
適應於

同義表達
adapt to
適應

　　此片語中的 **to** 為介係詞，後面須接名詞或動名詞。**adjust** 也可當及物動詞，此時用法為 **adjust oneself to + N / Ving**。

Ⓐ Time flies. You've been here for a month.
Ⓑ That's right.
Ⓐ Have you **adjusted to** the new environment?
Ⓑ Yes. Everything is quite good now.

- - - - - - - - - - - - - - - - - - - -

Ⓐ 時間過得真快，你已經來這裡一個月了。
Ⓑ 是啊。
Ⓐ 你已經適應新環境了嗎？
Ⓑ 是的，現在一切都好。

|片語| Phrase 250 🗨 ◀)) MP3 250

相關補充
see eye to eye
同意

agree to / with
同意

　　agree to 後面接計劃、方案等事物；**agree with** 一般則接人。不過，以下對話所出現的 **agree to + V**，則是將 **to** 作為不定詞使用。

Ⓐ If you **agree with** the manager, then don't sign the contract.
Ⓑ Why not?
Ⓐ By signing the contract, it shows that you **agree to** disobey his orders.

Ⓐ 若你和經理意見相投，就別簽合約。
Ⓑ 為何不要簽？
Ⓐ 簽署合約代表你同意違抗他的命令。

|片語| Phrase 251 💬　　　🔊 MP3 251

apply for
申請、請求

相關補充
apply to
適用於

apply 有很多含意，其中之一為「申請」，**apply for sth.** 表示「申請某事物」，若要說明「向某人／單位申請」，則加 **to + sb.**。

Ⓐ Which job are you going to **apply for**?
Ⓑ I'm still thinking about it. How about you?
Ⓐ I'm thinking about **applying for** that job as an engineer.
Ⓑ That looks like a good job. Good luck!

Ⓐ 你打算申請什麼工作？
Ⓑ 我還在考慮，那你呢？
Ⓐ 我想申請那份工程師的工作。
Ⓑ 看起來很棒，祝你好運！

|片語| Phrase 252 💬　　　🔊 MP3 252

同義表達
result from
起因於

arise from
起因於

arise 是動詞，表「上升、產生」，動詞三態為：**arise**、**arose**、**arisen**。另外，**arise** 也可以當「起身」，但仍以 **get up** 最常用。

Ⓐ The disagreement in the meeting **arose from** a conflict of interests.
Ⓑ What do you think we can do to come to a settlement?
Ⓐ We should meet the client halfway.

Ⓐ 會議中的爭論是由利益衝突所引起。
Ⓑ 你覺得要怎麼做，才能順利達成協議呢？
Ⓐ 我們應該要對客戶做些讓步。

|片語| Phrase 253 　　　　　　　　MP3 253

at odds with
與…爭吵

相關補充
argue with
和…爭吵

odds 有很多意思，較常見的包括「機會、不和、差異」等。常見的相關片語有：**odds and ends**（零星物品）、**make no odds**（沒有太大差別）、**What's the odds?**（那有什麼關係？）。

Ⓐ You know what? Allen was **at odds with** Mr. Burger yesterday.
Ⓑ Why?
Ⓐ Mr. Burger thought Allen put little effort into his new project and asked him to redo it.

Ⓐ 你知道嗎？昨天亞倫跟伯格先生吵架了。
Ⓑ 為什麼？
Ⓐ 伯格先生覺得亞倫沒有用心做新企劃，要求他重做。

|片語| Phrase 254 　　　　　　　　MP3 254

相關補充
at all costs
不惜代價

at the expense of
以…為代價

expense 意指「費用、支出」，因此衍生出「損失、代價」之意，另一個常見用法 **at one's expense** 有「由誰付錢」與「犧牲某人」之意。

Ⓐ Are you working a double shift again?
Ⓑ Yes, and it's a good thing that they offer better pay for double shifts.
Ⓐ But I don't want you to earn more money **at the expense of** your health.

Ⓐ 你又連值兩班了嗎？
Ⓑ 是啊，他們給連值兩班較好的薪水，真是太好了。
Ⓐ 但我不想要你為了賺更多錢而犧牲健康。

|片語| **Phrase 255** 💬　　　　🔊 MP3 255

at the mercy of
任由…擺佈

相關補充
manipulate
操縱

mercy 是名詞，為「仁慈、寬容」，被某人所憐憫或寬容，代表自己為弱勢的一方，因而衍生出受某人支配、擺佈、控制的意思。

Ⓐ I'm working part-time at Mr. Stevens's factory.
Ⓑ Do you have labor insurance? Are you in a union?
Ⓐ No. I'm basically **at the mercy of** him.

Ⓐ 我在史蒂文斯先生的工廠打工。
Ⓑ 你有勞工保險嗎？有加入工會嗎？
Ⓐ 沒有。基本上，我任由他擺佈。

|片語| **Phrase 256** 💬　　　　🔊 MP3 256

同義表達
to and fro
來回地

back and forth
來來回回地

back and forth 是副詞片語，指「在 A 處與 B 處之間不斷往返」。用法為 S + V + back and forth + 時間 / 地方副詞。

Ⓐ You've been pacing **back and forth** for an hour. What's wrong?
Ⓑ I went for a job interview last week. They said they would call if I got the job.
Ⓐ I see. Don't worry. I believe they'll call.

Ⓐ 你已經來回踱步一小時了，怎麼了嗎？
Ⓑ 我上週去面試了一份工作，他們說如果我錄取了，會打電話給我。
Ⓐ 我懂了。別擔心，我相信他們會打來的。

|片語| Phrase 257　🔊 MP3 257

be able to
有能力的

相關補充
capable
能夠…的

　　若提及的是現在的能力，**can** 與 **be able to** 基本上可以互換（口語上以 **can** 更常見）。但若講過去或未來將具備的能力，則通常用 **be able to** 的變化形。（**was/were**、**will be + able to**）。

A Are you OK? You look terrible.
B I won't **be able to** have dinner with you. I haven't finished my project yet.
A Let me help you.
B Thank you so much.

A 你還好吧？你看起來很糟。
B 我無法跟你吃晚餐了。我的企劃還沒完成。
A 我來幫你。
B 真是太感謝你了。

|片語| Phrase 258　🔊 MP3 258

相關補充
yearn for
盼望

be anxious to
渴望的、焦慮的

　　這裡 anxious 意指「渴望的」，用 **be anxious to + V**，表示「渴望做某事」，不過若接 **about sth./sb.** 的時候，anxious 表「擔心的」。

A Why **are** you so **anxious to** talk to Mr. Watson?
B I have the perfect idea for the new marketing project.
A Really? That's great!

A 你為什麼這麼急著找華生先生談話？
B 關於新的行銷方式，我想到了完美的好點子。
A 真的嗎？那太棒了！

|片語| **Phrase 259** 💬 　　　　　🔊 MP3 259

be aware of
意識到

相關補充
beware of
注意、小心

be aware of 表示意識到某事物存在。另外有一個與其相似的片語 **beware of**，通常用於提醒他人注意危險。

Ⓐ It's a good thing that you **are aware of** the problem before it gets too big.
Ⓑ I'm just trying to do my job well.
Ⓐ I'm glad that I have you on my team.
Ⓑ Thank you. I'm flattered.

Ⓐ 你能在事態惡化前意識到問題，實在太好了。
Ⓑ 我只是盡力做好我的工作。
Ⓐ 我很高興你在我的小組裡。
Ⓑ 謝謝你，過獎了。

|片語| **Phrase 260** 💬 　　　　　🔊 MP3 260

相關補充
be able to
能夠

be capable of
有能力做…、可勝任

　　一般而言，**able** 泛指一般能力，而 **capable** 則指向更特定的範疇（也隱含未來能夠做到），如：**I'm able to talk, but not capable of giving a speech.**（講話沒問題，但沒辦法上台演講）。

Ⓐ I'd like to appoint you the team leader.
Ⓑ Thank you, Sir. I am not sure if I **am capable of** filling the position.
Ⓐ Don't worry. Your performance gives me great confidence in you.

Ⓐ 我想指派你為小組長。
Ⓑ 長官，謝謝您，但我不確定能否勝任這份工作。
Ⓐ 別擔心，你的表現讓我對你很有信心。

|片語| Phrase 261 💬　　　　　　 🔊 MP3 261

be careful about
注意、關心

相關補充
cautious
謹慎的

　careful 有「小心的、謹慎的」之意，本片語用法為 be careful about + sb./sth.。祈使句的 **"Be careful!"** 常見於生活中，看見他人即將遭遇危險時，就可以大喊叫住對方。

Ⓐ There are a lot of typos in your sales report.
Ⓑ I'm sorry. I'll **be** more **careful about** it next time.
Ⓐ Please do.

Ⓐ 你的銷售報告裡有很多錯字。
Ⓑ 對不起，我下次會更加小心。
Ⓐ 拜託你多注意一點。

|片語| Phrase 262 💬　　　　　　 🔊 MP3 262

相關補充
jealous
妒忌的

be envious of
嫉妒、羨慕

　envious（羨慕的、嫉妒的）與 jealous 的意思相近，但後者的負面情緒較強。動詞形態的 envy 與 covet 都帶有因羨慕而引發的負面心態或作為，只有 admire 表示由衷的佩服與欽羨。

Ⓐ I'm fed up with Lucy and her bragging about her promotion.
Ⓑ Come on. You **are** just **envious of** her.
Ⓐ I'm not! Don't you find her a bit annoying?

Ⓐ 我受夠露西一直炫耀自己升職的事情。
Ⓑ 拜託，你只是在嫉妒她。
Ⓐ 我才沒有！你不覺得她很煩嗎？

Let's Acquire English Phrases via Pictures.

be equal to
等於、能勝任

相關補充
qualified
勝任的

be equal to 在此表示一個人的能力足夠，能應付、勝任某工作或挑戰，**to** 後接名詞或動名詞。事實上，本片語一般用來表示「等於」，如：**A dollar is equal to 100 cents.**（一美元等於一百分錢）。

Ⓐ What do you think of Kenny?
Ⓑ I think he **is equal to** running the office.
Ⓐ But I think he needs to sharpen his communication skills.

Ⓐ 你覺得肯尼怎麼樣？
Ⓑ 我認為他有能力管理辦公室。
Ⓐ 但我認為他需要磨練溝通技巧。

相關補充
acquainted with
了解

be familiar with
對…熟悉、通曉…的

本片語的主詞須為人，表示「某人對…很熟悉」；若主詞改為事物，則須寫成 **sth. + be familiar to + sb.**。

Ⓐ We are looking for someone **familiar with** computer data processing.
Ⓑ I have two data-processing licenses.
Ⓐ What are they related to?
Ⓑ Word and Excel.

I'm Good

Ⓐ 我們正在找熟悉電腦資料處理的人。
Ⓑ 我擁有兩張資料處理證照。
Ⓐ 是關於哪方面的？
Ⓑ Word 和 Excel。

|片語| Phrase 265 　　　　　MP3 265

be fed up with
對⋯感到厭煩

同義表達
be tired of
厭煩

　　fed 的現在式為 **feed**（吃）。一直吃某物，吃到最後就會膩，延伸此概念，就產生「感到厭煩」的用法。

Ⓐ Why do you want to quit your job?
Ⓑ I **am fed up with** my boss and her nagging.
Ⓐ Are you going to find a new job?
Ⓑ No, I want to take a break for two weeks.

- -

Ⓐ 你為什麼想離職？
Ⓑ 我受夠我老闆和她的嘮叨了。
Ⓐ 你要找新工作嗎？
Ⓑ 不，我想先休息個兩週。

|片語| Phrase 266 　　　　　MP3 266

同義表達
tend to
傾向於

be inclined to
有⋯的傾向

　　be inclined to 慣用被動式。**incline** 為動詞，作「有⋯的傾向、易於⋯」解釋。**be apt to**、**tend to** 也能表達同樣的意思。

Ⓐ I've been offered a new position. But I **am inclined to** stay where I am right now.
Ⓑ Why is that?
Ⓐ I love my team members, and they always offer me great help when I need it.

Ⓐ 他們提供了新職位給我，但我傾向於留任現職。
Ⓑ 為什麼？
Ⓐ 我喜歡我的組員，他們總是適時給予我許多幫助。

Let's Acquire English Phrases via Pictures.

| 片語 | **Phrase 267** 💬　　　　　🔊 MP3 267

be opposed to
反對、對抗

反義表達
be favor of
支持

此處的 **to** 為介係詞，後面接名詞或動名詞，**to** 可以用 **against** 替換，或直接使用 **be against + N/Ving**。

Ⓐ Why are you opposed to Sam's promotion?
Ⓑ I believe Linda is much more qualified.
Ⓐ Why do you think that?
Ⓑ She works much harder and has sealed several deals for us.

Ⓐ 你為何反對山姆晉升？
Ⓑ 我認為琳達更有資格。
Ⓐ 怎麼說？
Ⓑ 她工作更認真，而且也幫我們完成了好幾筆交易。

| 片語 | **Phrase 268** 💬　　　　　🔊 MP3 268

同義表達
lack of
缺乏

be short of
缺乏、不足

short 在這裡是指「短缺的、不足的」，名詞為 **shortage**。與 **short** 相關的片語還有：**be short for**（…的縮寫）、**be short on**（欠缺）、**be short with**（對…無禮）。

Ⓐ I don't want Ted on my team anymore.
Ⓑ Why is that?
Ⓐ He is short of experience and too arrogant.
Ⓑ OK. I'll handle it.

Ⓐ 我不想要泰德在我的組裡了。
Ⓑ 為什麼？
Ⓐ 他經驗不足，又非常自大。
Ⓑ 好的，我會處理。

|片語| Phrase 269 🗨 ◀)) MP3 269

blame for
責備、責怪

相關補充
condemn
責難

blame 可當名詞或動詞。**blame sb. (for sth.)** 表示（因某事）責怪某人，也可寫成 **blame sth. on sb.**。此外，**sb. + be to blame (for sth.)**，意為「某人該（為⋯）受責備」，也很常用。

Ⓐ Mr. Wilson **blamed** me **for** the failure of the marketing project.
Ⓑ Really? The project was doomed to failure from the start! Everyone knows that!
Ⓐ Except Mr. Wilson.

Ⓐ 威爾森先生因行銷企劃失敗而責怪我。
Ⓑ 真的嗎？這個企劃一開始就注定會失敗！大家都知道的！
Ⓐ 除了威爾森先生以外。

|片語| Phrase 270 🗨 ◀)) MP3 270

相關補充
malfunction
故障

break down
故障、失靈

break down 的意思很多，主要用來形容機器、汽車等因故障而停止運轉。有趣的是，如果 **break down** 的主詞是人，則常用來表示情緒崩潰以及身體垮了。

Ⓐ The elevator **broke down**. I'm fixing it now.
Ⓑ That's too bad. I have to get to the 22nd Floor for a meeting.
Ⓐ Don't worry. I can get it done in 15 minutes.

Ⓐ 電梯故障了，我正在維修。
Ⓑ 真糟糕。我得到二十二樓開會。
Ⓐ 別擔心，我能在十五分鐘內修好。

|片語| **Phrase 271** 💬   🔊 **MP3 271**

bring about
引起、造成

同義表達
give rise to
引起

bring 一般指將某人或某物帶到某地,但在此指「導致、引起」。**bring** 是及物動詞,受詞可放 **bring** 跟 **about** 之間。

Ⓐ Have you heard the news? Mr. Davis is stepping down as president.
Ⓑ Really? Who will be the next president?
Ⓐ I don't know yet. I just hope the new one can **bring about** some good changes.

Ⓐ 你聽到消息了嗎?戴維斯先生即將卸下總裁職位。
Ⓑ 真的嗎?那下一任總裁是誰?
Ⓐ 還不知道。我只希望新任總裁能帶來好的改變。

|片語| **Phrase 272** 💬   🔊 **MP3 272**

同義表達
get afoot
實施

bring...into effect
實行、實施

effect 為「結果、效果」。此片語相當於 **carry/put...into effect**、**give effect to** 等。切記,**effect** 勿寫成動詞 **affect**(影響)。

Ⓐ A reform must be **brought into effect** for the betterment of the company.
Ⓑ I don't get it. What do you mean?
Ⓐ The promotion system is a mess, and only apple polishers get promoted.

Ⓐ 為了使公司更好,必須實施改革。
Ⓑ 我不明白。你的意思是?
Ⓐ 升遷根本毫無制度,只有馬屁精會得到拔擢。

|片語| Phrase 273 🗨   🔊 MP3 273

by degrees
逐漸地

同義表達
little by little
逐漸地

degree 指「程度、等級」。與 degree 有關的片語還有 **in a...
degree**（有⋯的程度）、**to a degree**（某種程度上、很）等。

Ⓐ Mr. Baker is trying to cut our salary **by degrees**.
Ⓑ How do you know?
Ⓐ He canceled the overtime pay last month, and now the bonus has been cut short.

Ⓐ 貝克先生正試圖逐步刪減我們的薪資。
Ⓑ 你怎麼知道？
Ⓐ 上個月，他取消了加班津貼，現在又縮減紅利。

|片語| Phrase 274 🗨   🔊 MP3 274

同義表達
by error
錯誤地

by mistake
錯誤地

by mistake 通常放在句尾來修飾整句。**mistake** 可當動詞或名詞，
mistaken 是 **mistake** 的形容詞和過去分詞，意為「錯誤的、被誤解的」。

Ⓐ How come I haven't got the contract yet?
Ⓑ I am sorry. The contract was returned **by mistake**. I'll resend it today.
Ⓐ When can I receive the contract?
Ⓑ It should be tomorrow.

Ⓐ 為什麼我還沒收到合約？
Ⓑ 很抱歉。合約因疏失而被退回，我今天會重新寄出。
Ⓐ 那我什麼時候能收到呢？
Ⓑ 明天應該就會收到了。

| 片語 | Phrase 275 💬　　　🔊 MP3 275

by virtue of
由於、憑藉

相關補充
hold the post
擔任…職務

by virtue of 為正式用法，寫作中較常出現，**by** 可改用 **in**。和 **by virtue of** 相近的片語有 **by means of**（藉著…方法）。

Ⓐ Mr. Tanaka holds the post **by virtue of** his family connections.
Ⓑ What do you mean?
Ⓐ His sister is the president's wife.
Ⓑ No wonder they seem to be really close.

Ⓐ 田中先生憑藉家族背景獲任該職。
Ⓑ 你的意思是？
Ⓐ 他的姐姐是總裁夫人。
Ⓑ 難怪他們走得很近。

| 片語 | Phrase 276 💬　　　🔊 MP3 276

相關補充
call a halt
下令停止

call it a day
結束一天的工作

本片語最常與 **Let's** 合用（如以下對話），表示「今天就到此為止吧。」工作、唸書、運動練習等各種情況都能使用。如果剛好是晚上，也可以講 **call it a night**。

Ⓐ It's five already! Let's **call it a day**.
Ⓑ Not for me. I have to finish the report.
Ⓐ Come on! It's Friday!
Ⓑ Sorry. You can leave first.

Ⓐ 已經五點了！今天到此為止吧。
Ⓑ 我不行，我得把報告做完。
Ⓐ 拜託！今天是星期五耶！
Ⓑ 抱歉，你可以先走。

|片語| Phrase 277 💬　　　　　　　🔊 MP3 277

同義表達
cancel
取消

call off
取消、宣告終止

call off 當「取消」解釋時，可以用 **cancel** 替換。此片語還有另一個意思，也就是把人或動物「喊走」。

Ⓐ Do you know why Mrs. Taylor **called off** the meeting?
Ⓑ Her son was sick and she had to take him to see the doctor.
Ⓐ That's too bad.

Ⓐ 你知道為何泰勒太太取消會議嗎？
Ⓑ 她兒子生病了，她得帶他去看醫生。
Ⓐ 真糟糕。

|片語| Phrase 278 💬　　　　　　🔊 MP3 278

同義表達
go on
繼續

carry on
繼續、進行

carry on 表「繼續」的時候，等同於 **go on**，這兩個片語後面通常會加 **with** 再接受詞，指「繼續做（某事）」。

Ⓐ Good job! I'd like you to **carry on** with the project.
Ⓑ Thank you, Sir. I will do everything I can.
Ⓐ Do you need any help?
Ⓑ No, I think I will be fine.

Ⓐ 做得好！我希望你能繼續進行這個計劃。
Ⓑ 長官，謝謝您。我會努力去做的。
Ⓐ 你需要幫忙嗎？
Ⓑ 不用了，我覺得我可以的。

Let's Acquire English Phrases via Pictures.

|片語| Phrase 279 💬   🔊 MP3 279

carry out
實行、完成

同義表達
put through
完成

carry out 可以指實行、完成或實現，常與此片語搭配的單字為 **promise**（諾言）、**dream**（夢想）、**plan**（計劃）等。

Ⓐ I still can't believe that you will actually **carry out** the plan.
Ⓑ I won't be able to without Andy's help.
Ⓐ Andy is very enthusiastic.
Ⓑ Indeed he is.

Ⓐ 我真不敢相信你真的要實施計劃了。
Ⓑ 如果沒有安迪的幫助，我也做不到。
Ⓐ 安迪很熱心。
Ⓑ 的確是。

|片語| Phrase 280 💬   🔊 MP3 280

反義表達
clock out
打卡下班

clock in
打卡上班

上班打卡會記錄時間，所以這麼說，其中，**clock** 可用 **punch** 替換。但 **FB** 上的打卡是用 **check in** 表示。

Ⓐ Can I talk to you for a second?
Ⓑ Yes. What is it, Mr. Smith?
Ⓐ Did you **clock in** on behalf of Jerry this morning?
Ⓑ I am sorry. It won't happen again.

Ⓐ 我可以和你談一下嗎？
Ⓑ 好的。史密斯先生，怎麼了嗎？
Ⓐ 你今天早上是不是替傑瑞打卡？
Ⓑ 真的很抱歉，這絕不會再發生了。

| 片語 | Phrase 281 　　　　　MP3 281

come forward
站出來、自告奮勇

相關補充
stand up for
支持

本片語字面上的意思為「往前站、站出來」，因此引申為「自告奮勇」之意，come 可用 step 替換。此外，come forward 的主詞如果是事物，則指某事物「被提出來討論」。

Ⓐ Do you want to **come forward** and volunteer for the new assignment?
Ⓑ I'm not sure if I can handle it.
Ⓐ Don't worry. I believe you can.
Ⓑ Then, I'll give it a try.

Ⓐ 你願意站出來加入新案子嗎？
Ⓑ 我不確定能否處理得宜。
Ⓐ 別擔心，我相信你可以。
Ⓑ 那麼，我願意試試看。

| 片語 | Phrase 282 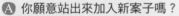　　　　　MP3 282

同義表達
in effect
生效

come into effect
生效

effect 是「效果、作用」的意思。**come into effect** 常指法律、規則等方面的生效，同義說法還有 **go into effect**。

Ⓐ The new regulations **come into effect** next Monday.
Ⓑ In such a short time?
Ⓐ Yes, Mr. Watson wants to cut expenses immediately.

Ⓐ 新規定下週一開始生效。
Ⓑ 這麼快？
Ⓐ 是的，華生先生想立刻縮減開支。

| 片語 | Phrase 283 📢 　　　　🔊 MP3 283

come into notice
引起注意

相關補充
take notice of
注意到

　　從字面上來看，**come into** 指「進入」，隨著後面所接的名詞不同，就能形成各種慣用語，本片語即為一例。**notice** 前面可加所有格，表示「引起（某人的）注意」。

Ⓐ Congratulations! Your project has **come into** Mr. Kim's **notice**.
Ⓑ What do you mean?
Ⓐ Mr. Kim asked me to forward your reports to the rest of the board.

Ⓐ 恭喜！你的企劃引起金先生的注意了。
Ⓑ 你的意思是？
Ⓐ 金先生要我把你的報告轉發給董事會的其他成員。

| 片語 | Phrase 284 📢 　　　　🔊 MP3 284

相關補充
in progress
進行中

come on
進展、發展

　　come on 除了「發展」之外，還有「上演、開始」等意思。口語上帶有慫恿的語氣，意近中文的「拜託！」。

Ⓐ How are you **coming on** your new project?
Ⓑ So far so good.
Ⓐ I am wondering if I can help.
Ⓑ It's very nice of you to offer.

Ⓐ 你的新企劃進展如何？
Ⓑ 目前為止還算順利。
Ⓐ 我在想我是否幫得上忙。
Ⓑ 你願意提供協助真是太好了。

|片語| Phrase 285 💬　　　　　　🔊 MP3 285

come up with
想出

相關補充
figure out
理解

come up with 當「想出」解釋時，常接解決方法、主意或計劃等，若加上金錢，可指「籌措」。與 come 相關的片語有 **come up**（上升、出現）、**come up against**（面對、對付）等。

Ⓐ Do you know who **came up with** the solution?
Ⓑ I think it was Tom.
Ⓐ Tom? He really did such a great job.
Ⓑ Indeed; it is very impressive.

Ⓐ 你知道是誰想出這個解決方案的嗎？
Ⓑ 我想應該是湯姆。
Ⓐ 湯姆？他做得很好。
Ⓑ 是啊，的確令人印象深刻。

|片語| Phrase 286 💬　　　　　　🔊 MP3 286

相關補充
involve in
牽涉

concern with
涉及、和…有關

concern 的被動式一般出現於兩種用法中：**be concerned with**（涉及）與 **be concerned about**（關心）。另外要注意，care 所指的關心，通常為內心憂慮的事物，與 concern 略有不同。

Ⓐ Have whoever is **concerned with** the case come to my office now.
Ⓑ Allen is, but he is absent today.
Ⓐ Get him on the phone!

Ⓐ 現在，把所有跟本案相關的人都叫進我的辦公室。
Ⓑ 有亞倫，但他今天不在。
Ⓐ 打電話給他！

|片語| **Phrase 287** 🗨️　　　　🔊 MP3 287

confront with
面臨、遭遇

相關補充
face up to
勇於面對

confront with 為「面臨」之意，介係詞 **with** 也可用 **by** 替換。使用本片語所「面臨」的情況，通常與衝突或敵對有關，如面對困境、敵人、危險等。

Ⓐ We'll be **confronted with** a fine if the contract doesn't go out today.
Ⓑ I'm sorry. I will take it to Mr. Wang's office in person.
Ⓐ OK. Please do it by four this afternoon.

Ⓐ 若今日未送出合約，我們將遭罰款。
Ⓑ 很抱歉。我會親自送去王先生的辦公室。
Ⓐ 好吧。請在今天下午四點前送去。

|片語| **Phrase 288** 🗨️　　　　🔊 MP3 288

同義表達
push through
促成

contribute to
貢獻、促成

意思與 **contribute** 相近的單字有 **endow**（捐贈、資助）、**donate**（捐贈）、**subscribe**（捐助）。另外也要注意，別把 **contribute**、**attribute**（把⋯歸因於）和 **tribute**（貢品）搞混了。

Ⓐ Congratulations on your successful project.
Ⓑ Thank you; my team members all **contributed to** the success.
Ⓐ It's very nice of you to say so.

Ⓐ 恭喜你，計劃很成功。
Ⓑ 謝謝，我的組員對於成功皆有貢獻。
Ⓐ 你這麼說真是貼心。

| 片語 | Phrase 289 🔊 MP3 289

cool down
冷卻、冷靜下來

同義表達
cool it
冷靜

cool down 為「冷卻、冷靜下來」之意。當「冷卻」解釋時，down 可用 off 替換；表示「冷靜下來」時，意思等同於 calm down 與 chill out，口語上常用祈使句表現。

Ⓐ **Cool down**, Joel! Things will work out.
Ⓑ Are you sure? Will Ella give a nod to my proposal?
Ⓐ I believe so. She likes you so much.

Ⓐ 冷靜下來，喬爾！事情會解決的。
Ⓑ 你確定嗎？艾拉會同意我的提案嗎？
Ⓐ 我相信會的，她那麼喜歡你。

| 片語 | Phrase 290 🔊 MP3 290

同義表達
deal with
處理

cope with
處理

英文中翻作「處理」的片語有 deal with 和 cope with，兩者的差別在於，deal with 表示採取手段以因應事物，或應付某人；cope with 則強調在面對困難的狀況時，巧妙地處理。

Ⓐ I believe we can trust Chris to **cope with** the strike best.
Ⓑ Why is that?
Ⓐ He has a great relationship with John, the union leader.

Ⓐ 我相信克里斯能把這次的罷工處理得最好。
Ⓑ 為什麼？
Ⓐ 他和工會領袖約翰的關係很好。

|片語| **Phrase 291**  MP3 291

count in
算入

相關補充
count up
共計

count 和 **calculate** 都有「計算」的意思，差別在於，**count** 是依順序逐一地計算，**calculate** 則是使用精密的數學程序從事複雜計算。

Ⓐ I have some suggestions on your business plan.
Ⓑ I'm glad to have your opinion. What is it?
Ⓐ You forgot to **count in** the utility cost, which shouldn't be over 10%.

Ⓐ 關於你的事業企劃書，我有一些建議。
Ⓑ 我很樂意聽你的意見，是什麼呢？
Ⓐ 你忘了算水電費了，那些不能超過百分之十。

|片語| **Phrase 292** MP3 292

同義表達
score out
劃掉、刪去

cross out
刪去

cross out 指的是用筆把錯誤或沒有用的文字劃掉，**cross** 本身當動詞時，就有畫橫線或打叉的意思，其中 **out** 可以用 **off** 代替。同義片語有 **score out**，因為 **score** 當動詞也能指「畫線、作記號」。

Ⓐ I don't think we should **cross out** Allen from the list.
Ⓑ Why not?
Ⓐ He's a very hardworking worker, and he deserves to be rewarded.

Ⓐ 我認為不應該把亞倫從名單上刪除。
Ⓑ 為什麼？
Ⓐ 他是個很認真的員工，值得被嘉獎。

|片語| **Phrase 293** 　　　　　　　　　　🔊 MP3 293

cut down
削減、縮短

同義表達
trim off
削減

cut down 的用法為 **S + cut down on + O**。**cut down** 當「削減」時，等同於 **trim off**，**trim** 為及物動詞，指「修剪、削減」。

Ⓐ Have you heard the news?
Ⓑ What news?
Ⓐ The Board decided to **cut down** on the incentive program.
Ⓑ It's too bad!

Ⓐ 你聽說了嗎？
Ⓑ 什麼事？
Ⓐ 董事會決定刪減獎勵計劃。
Ⓑ 真是太糟了！

|片語| **Phrase 294** 　　　　　　　　🔊 MP3 294

相關補充
exchange
交易

deal in
賣、交易

本片語用法為 **S + deal in + sth.**，可以指「賣某物、做…的生意」，或是「沉溺於某事物」；如果受詞為人，**deal sb. in** 則表示「發牌給新加入者」（**deal** 當動詞也有發牌的意思）。

Ⓐ All the Board members are prohibited to **deal in** company shares.
Ⓑ For the entire year?
Ⓐ No, only in July when we are re-electing Board members.

Ⓐ 所有董事會成員禁止交易公司股份。
Ⓑ 一整年嗎？
Ⓐ 不，只有在七月，重選董事會成員時。

|片語| Phrase 295 💬 🔊 MP3 295

devote oneself to
致力於

相關補充
dedicate to
奉獻

欲用 **devote** 表示致力於某事物，除了此處用法，也可以用被動的 **be devoted to + N/Ving**，切記 **to** 後的受詞須轉為名詞或動名詞。

🅐 Did you know Mr. Jones is going to receive an award?
🅑 An award?
🅐 He has **devoted himself to** the company. Don't you think he deserves it?

🅐 你知道瓊斯先生將要領獎嗎？
🅑 領什麼獎？
🅐 一直以來，他都為公司奉獻，你不覺得他值得獲獎嗎？

|片語| Phrase 296 💬 🔊 MP3 296

相關補充
discussion
討論

discuss with
和…討論

discuss 強調交換意見並討論解決之道，氣氛較為友好；**debate** 和 **argue** 則帶有爭論的感覺。

🅐 I really don't know what to do.
🅑 What's bothering you?
🅐 It's a collaboration project with Dr. Lee.
🅑 Maybe you can **discuss** it **with** Mr. Wang. He knows Dr. Lee very well.

🅐 我真的不知道該怎麼辦。
🅑 你在煩惱什麼？
🅐 和李醫生的合作計劃。
🅑 也許你可以和王先生討論，他跟李醫生很熟。

|片語| Phrase 297　　　　　　　　MP3 297

dream of / about
夢想、夢見

相關補充
wish for
渴望

dream of/about 後面接名詞或動名詞，除了後接 **of** 或 **about** 來表示夢到什麼之外，也可以用 **that** 子句來進行陳述。其他相關片語還有 **pipe dream**（無稽之談）。

Ⓐ Congratulations on your big promotion!
Ⓑ Thank you. I'd never **dreamed of** being promoted.
Ⓐ Why didn't you? You're such an excellent engineer. You deserve it!

Ⓐ 恭喜你升職了！
Ⓑ 謝謝你。我從未想過會升職。
Ⓐ 怎麼沒有？你是個優秀的工程師，這是你應得的！

|片語| Phrase 298　　　　　　　　MP3 298

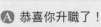
相關補充
imply
暗示

drive at
意指

drive at 屬於口語用法，通常以進行式表示，且常置於句尾。使用此片語時，必定會與 **what** 連用。

Ⓐ Sir, I'm sorry, but I don't understand what you're **driving at**.
Ⓑ I'm saying you can pack up and leave now.
Ⓐ Please don't fire me. I'll work harder.
Ⓑ I don't think you'll be able to.

Ⓐ 長官，不好意思，但是我不明白您的意思。
Ⓑ 我的意思是，你現在可以收拾東西走人了。
Ⓐ 請別解僱我，我會更努力工作的。
Ⓑ 我不覺得你會。

Let's Acquire English Phrases via Pictures.

| 片語 | Phrase 299 　　　　　MP3 299

ease off
緩和、減輕

同義表達
soothe
緩和、減輕

ease 在這裡當動詞，表「減輕、緩和」，本片語用來指困難、壓力、痛苦等各種負面狀態的緩解，另有「輕輕移開」的意思。

Ⓐ My company has hired more staff, the pressure on everyone has **eased off** a lot.
Ⓑ Does that mean you won't have to work overtime any longer?
Ⓐ Right.

Ⓐ 我們公司已多僱人力，所以每個人的壓力減輕了不少。
Ⓑ 所以是你不再需要加班的意思嗎？
Ⓐ 是啊。

| 片語 | Phrase 300 　　　　　MP3 300

反義表達
submerge
淹沒、消失

emerge from
出現、恢復

emerge 是動詞，意為「浮現、出現」，可以形容具體人或物慢慢出現，也能用以表示抽象事物的浮現。由 emerge 衍生的詞彙有：emergence（出現）、emergency（危急、應急）。

Ⓐ It seems the economy has **emerged from** the previous recession.
Ⓑ Is it true? How come I haven't found a decent job yet?
Ⓐ That's because you ask for too much.

Ⓐ 看來經濟情勢已從先前的萎靡中復甦。
Ⓑ 真的嗎？那我為什麼還找不到適合的工作？
Ⓐ 那是因為你的要求太多了。

|片語| **Phrase 301** MP3 301

face to face
面對面

相關補充
in person
親自

face to face 為「面對面」之意。**face** 可當動詞或名詞，當動詞時意為「面對」，當名詞時為「臉」。「面對」的相關片語有 **face with**（面臨、面對）、**face the music**（面對困境）。

Ⓐ Can I see your manager, Mr. Cooper?
Ⓑ I'm sorry; he's not in the office now. I'll have him call you back.
Ⓐ No. I have to talk to him **face to face**.

Ⓐ 我可以見你們的經理，庫伯先生嗎？
Ⓑ 很抱歉，他目前不在辦公室。我會請他回電給您。
Ⓐ 不用了，我得和他當面談。

|片語| **Phrase 302** MP3 302

反義表達
keep up with
趕上

fall behind
落後

若要點出在哪方面落後，**fall behind** 後面須接 **on + sth.**。此外，「落後」還可以用 **drop behind** 和 **lag behind** 表示。

Ⓐ Are you going to work overtime again?
Ⓑ I have to. I was on sick leave last week and **fell behind** on my work.
Ⓐ If you need help, just tell me.
Ⓑ I will. Thank you so much.

Ⓐ 你又要加班了嗎？
Ⓑ 我必須加班。上週我請了病假，現在工作進度落後。
Ⓐ 如果你需要幫忙，就跟我說一聲。
Ⓑ 我會的，真的很謝謝你。

|片語| **Phrase 303**  　　　　　 MP3 303

fall into disgrace
失寵、丟臉

反義表達
in favor
得寵

disgrace、dishonor 和 infamy 都是名詞，為「丟臉」的意思，其差別為，disgrace 是丟臉、不名譽，或是失去他人的尊敬與寵愛；dishonor 指失去原有的榮耀、名譽或自尊；infamy 則指惡名昭彰。

Ⓐ Poor Jason. He seems to have **fallen into disgrace**.
Ⓑ Why is that?
Ⓐ He was expected to win the contract, but he didn't.

Ⓐ 可憐的傑森，他似乎失寵了。
Ⓑ 為什麼呢？
Ⓐ 大家都指望他能贏得合約，但他失敗了。

|片語| **Phrase 304**  　　　　　 MP3 304

同義表達
decrease
減少

fall off
減少、掉落

fall off 作「減少」的意思解時，是指數量、程度及尺寸的減少；作「掉落」的意思解時，指物體從高處落下。

Ⓐ Do you know why the production **fell off**?
Ⓑ They have to shut down the production line for a week due to machinery failure.
Ⓐ When can they restart production?
Ⓑ This Friday.

Ⓐ 你知道產量為什麼會減少嗎？
Ⓑ 由於機台故障，他們必須停工一週。
Ⓐ 何時能重新動工？
Ⓑ 本週五。

|片語| Phrase 305 ◯ 📢 MP3 305

fall to the ground
一敗塗地

相關補充
setback
挫敗

　　to the ground 表示「徹底地」，前面加上 **fall** 之後，就能形容「一敗塗地」。近義表達有 **run into the ground**（失敗）。

Ⓐ Cheer up!
Ⓑ I can't. I really **fell to the ground**.
Ⓐ It's only a small setback in your career.
　　Don't give up!
Ⓑ Well, I will try to be more optimistic.

Ⓐ 開心點！
Ⓑ 我開心不起來，我真的一敗塗地。
Ⓐ 這只是你職業生涯裡的小挫敗，別放棄！
Ⓑ 嗯，我會試著樂觀一點。

|片語| Phrase 306 ◯ 📢 MP3 306

相關補充
not at all
一點都不

far from
根本不、完全不

　　far from 這個片語，可以指字面上的「遠離」，也能表示「根本不、完全不」，用來修飾後面的名詞或形容詞。

Ⓐ Are we going to sign the contract?
Ⓑ I don't think so. The wording is **far from** satisfactory.
Ⓐ So what should we do now?
Ⓑ Make a call and schedule a renegotiation.

Ⓐ 我們要簽約嗎？
Ⓑ 最好不要，契約文字一點也不令人滿意。
Ⓐ 所以我們現在應該怎麼做？
Ⓑ 打電話安排重新協商。

|片語| **Phrase 307** 💬　　　　　🔊 MP3 307

feel up to
覺得能應付

相關補充
qualified
能勝任的

　　feel up to 屬於口語用法，**feel** 指「感覺」，**up to** 則有「達到、高達」的意思，因此，**feel up to** 表示「覺得自己足以勝任某事」。

A I heard you've been promoted to the position of manager.
B Yes, but I don't **feel up to** the position.
A Don't be ridiculous. No one can do a better job than you.

A 我聽說你被升為經理。
B 是的，但我不覺得自己有能力勝任。
A 別亂說了，沒人能做得比你好。

|片語| **Phrase 308** 💬　　　　　🔊 MP3 308

相關補充
repair
修理

fix up
修理、安排

　　fix sth. up 有「修理、安排」之意，為口語用法；對話所出現的 **fix sb. up with sth.** 則表示「提供某物給某人」。

A The air conditioner is out of order.
B What? It's the third time this month.
A Can you have someone **fix** me **up** with a new one at a good price?
B No problem.

A 冷氣壞了。
B 什麼？這已經是這個月的第三次了。
A 你可以請人幫我弄一台價格合理的新冷氣嗎？
B 沒問題。

|片語| Phrase 309 💬　　　　🔊 MP3 309

focus on
集中於

相關補充
concentrate
專注

focus 可當及物或不及物動詞，表「（使）集中於」，通常接 **on** 或 **upon**。最常見的用法為 **sb. + focus on + sth.**（某人集中於某事），同義表達有 **concentrate on**。

Ⓐ I'd like everyone to **focus on** the new marketing strategy.
Ⓑ OK. What should we do?
Ⓐ Just throw out any new ideas.
Ⓑ How about giving away free samples?

Ⓐ 我希望每個人專注於新的行銷策略。
Ⓑ 好的，要怎麼進行呢？
Ⓐ 有新想法的人就直接提出來。
Ⓑ 發送免費的試用品怎麼樣？

|片語| Phrase 310 💬　　　　🔊 MP3 310

同義表達
mess around
閒混

fool around
鬼混、虛度光陰

fool around 的概念在於這邊摸摸、那邊晃晃，結果什麼事情也沒做，因此被用來形容人無所事事、虛度光陰的樣子。若要表達與誰閒晃，就在片語後接 **with + sb.**。

Ⓐ I wish I hadn't **fooled around** so much during my college years.
Ⓑ Why do you say that?
Ⓐ If I'd studied harder, I might have a decent job now.

Ⓐ 如果我大學時期沒那麼混就好了。
Ⓑ 為什麼這樣說？
Ⓐ 如果我有認真唸書，現在一定有份好工作。

|片語| Phrase 311

MP3 311

for fear of
以免、惟恐

相關補充
worry about
擔心

fear 是名詞，意為「害怕、恐懼、擔心」，**for fear** 後面除了接 **of + N/Ving** 之外，也可以接 **that** 子句，表示「惟恐…、以免…」。

Ⓐ No one dares refuse Ms. Chen's request **for fear of** losing his or her job.
Ⓑ Why is that? She's not your manager.
Ⓐ But she is dating our manager.
Ⓑ Oh, I see.

Ⓐ 沒有人敢拒絕陳小姐的要求，以免飯碗不保。
Ⓑ 為何？她又不是你們的經理。
Ⓐ 但她和經理約會。
Ⓑ 喔，我懂了。

|片語| Phrase 312

MP3 312

相關補充
for one's sake
為了某人

for the sake of
為了、由於

for the sake of 指「為了…（的利益）」，通常放句首或句中，這裡可引申出 **for the sake of argument**（為便於討論）的用法。表示「為了」的片語還有 **in order to**、**so as to**，後面接原形動詞。

Ⓐ **For the sake of** the company, this deal must be sealed.
Ⓑ I understand, but Mr. White isn't satisfied with our offer.
Ⓐ We can schedule a renegotiation.

Ⓐ 為了公司，這筆生意非談成不可。
Ⓑ 我了解，但懷特先生不滿意我們的出價。
Ⓐ 我們可以安排重新協商。

片語 Phrase 313 🔊 MP3 313

for the time being
目前、暫時

同義表達
temporarily
暫時地

for the time being 屬時間副詞片語，常置於句尾，意思等同於 for the moment、for the present 與 for now。

Ⓐ It would be nice if you could take Kevin's place **for the time being**.
Ⓑ Of course I could. What happened to him?
Ⓐ He had a car accident and can't come to work for two weeks.

Ⓐ 若你可以暫代凱文，那就太好了。
Ⓑ 當然可以。他怎麼了？
Ⓐ 他出了車禍，有兩週無法工作。

片語 Phrase 314 🔊 MP3 314

相關補充
by luck
碰巧

get away with
僥倖逃脫

除了「僥倖成功」之外，**get away with** 還能表示「逃過處罰、責難」。口語中，**Get away!** 有叫人「滾開」之意。

Ⓐ There's no way you will **get away with** it!
Ⓑ How can you be so sure?
Ⓐ I heard Tommy is going to report you to Mr. Kennedy.
Ⓑ Oh, no!

Ⓐ 你不可能僥倖逃脫的！
Ⓑ 你何以如此確定？
Ⓐ 我聽說湯米要向甘迺迪先生舉報你。
Ⓑ 噢，不！

Let's Acquire English Phrases via Pictures.

|片語| Phrase 315 💬　　　　　🔊 MP3 315

get in
到達、拿進來

相關補充
get into
使陷入

　　get in 的基礎字義為「進入（車、火車）」。用來形容交通工具時，寫作 **S + get in**，表示「（火車、飛機等）到達」；另外還有 **get sth. in** 的用法，此時指的是「把某物拿進來」。

Ⓐ When can you **get** your report **in**?
Ⓑ By the end of this week.
Ⓐ Great. I have high expectations concerning it.
Ⓑ Thank you, Sir.

Ⓐ 你的報告什麼時候能給我？
Ⓑ 本週結束前。
Ⓐ 很好，我對你的報告期望很高。
Ⓑ 謝謝您，先生。

|片語| Phrase 316 💬　　　　　🔊 MP3 316

相關補充
get the picture
了解情況

get the whole picture of
了解整個情況

　　這裡的 **picture** 是指「情況、局面」；**get** 則有「了解、知道」的意思，而非一般常用的「得到、拿到」之意。反義用法有 **be out of the picture**（狀況外）。

Ⓐ I need to **get the whole picture of** what happened.
Ⓑ Max Computer offered Ms. Chen a lower price and thus won the contract.
Ⓐ I understand.

Ⓐ 我需要了解事情的全貌。
Ⓑ 邁克斯電腦給了陳小姐更低的報價，因此贏得合約。
Ⓐ 我了解了。

|片語| Phrase 317 🗨 🔊 MP3 317

go away
離開、消失

相關補充
depart from
從⋯離開

go 表示「離開所在之處」；away 為副詞，有「遠離」之意。片語後接 from 表示從何處離開；接 with sth. 則表示「帶走」。

Ⓐ I have to **go away** for a week.
Ⓑ For what?
Ⓐ My boss is sending me to Singapore for the coming exhibition.
Ⓑ Got it. Be careful during the trip.

Ⓐ 我必須離開一星期。
Ⓑ 為什麼？
Ⓐ 老闆派我去新加坡參加接下來的展覽。
Ⓑ 了解，旅途中要小心點。

|片語| Phrase 318 🗨 🔊 MP3 318

相關補充
proceed to
繼續下去

go on
繼續下去、發展

go on 最常見的意思為「繼續」，分兩種情況：接動名詞 Ving 時，表示持續做某件事；若接不定詞 to + V，所指的繼續是「從一件事轉到另一件」，會涉及兩件不同的事情。

Ⓐ I think we'd better stop and see how things **go on**.
Ⓑ Are you sure?
Ⓐ I believe this is the only and best way to get things done.

Ⓐ 我想我們最好停下來，看事情會如何發展。
Ⓑ 你確定嗎？
Ⓐ 我相信這是唯一且最好的處理方式。

|片語| **Phrase 319**  MP3 319

graduate from

畢業於…

相關補充
graduation
畢業

graduate 若當名詞，在美國指各層級的畢業生，在英國專指大學畢業生。衍生的詞彙有 **graduate school**（研究所）等。

Ⓐ Which school did you **graduate from**?
Ⓑ National Taiwan University.
Ⓐ Hmm…you have an impressive resume.
　Can you start work tomorrow?
Ⓑ No problem. Thank you.

Ⓐ 你畢業於哪一所學校呢？
Ⓑ 台灣大學。
Ⓐ 嗯…你的履歷令人印象深刻。你可以明天來上班嗎？
Ⓑ 沒問題，謝謝您。

|片語| **Phrase 320**  MP3 320

相關補充
suggest
建議

had better

最好

had better 為慣用語，後接原形動詞，帶有針對負面情況提出勸告，以免導致不良後果的意味。注意，無論時態、人稱為何，都用 **had**，若要表示「最好不要…」，用 **had better not + V** 即可。

Ⓐ You **had better** get yourself a cup of coffee.
Ⓑ What do you mean?
Ⓐ It seems like we are going to have to work overtime.

Ⓐ 你最好先喝杯咖啡。
Ⓑ 你是什麼意思？
Ⓐ 看來我們得加班了。

| 片語 | Phrase 321 🗨   🔊 MP3 321

happen to
碰巧

相關補充
by chance
偶然地

使用本片語時，要注意主詞為何。在 **sb. + happen to + V** 的句型中，本片語為「碰巧」之意；若主詞為事物，**sth. + happen to + sb.** 則表示「事件發生於某人身上」。

Ⓐ I **happen to** know that man over there!
Ⓑ Do you mean the man with the yellow tie?
Ⓐ Yes. Is there anything wrong? You look surprised.
Ⓑ Of course I am! He's the CEO.

Ⓐ 我碰巧認識那邊那個男人！
Ⓑ 你是說那位繫黃領帶的男士嗎？
Ⓐ 是的。有什麼問題嗎？你看起來很驚訝。
Ⓑ 當然驚訝！他是執行長。

| 片語 | Phrase 322 🗨   🔊 MP3 322

相關補充
be related to
與⋯相關

have to do with
與⋯有關

實際使用時，**have** 後面經常會與 **something**、**anything** 以及 **nothing** 這三個字搭配。**something** 用於肯定句；**anything** 用於疑問句和否定句；**nothing** 用於否定句。

Ⓐ Do you know anything about John's promotion?
Ⓑ What do you mean by that?
Ⓐ A little bird told me that it **has to do with** his girlfriend. She's the CEO's daughter.

Ⓐ 你知道有關約翰升遷的事嗎？
Ⓑ 你是什麼意思？
Ⓐ 有人說那和他的女朋友有關，她是執行長的女兒。

|片語| Phrase 323　　　　　　　　 MP3 323

have trouble in
做…有困難

相關補充
in trouble
處於困難中

　　英文中要說明做某事有困難，除了用這裡的 **have trouble in +
Ving** 之外，**trouble** 也可以用 **a hard time** 和 **difficulty** 等來代換，這
些用法中的介係詞 **in** 常被省略，但後面仍必須用動名詞。

Ⓐ Sam, would you please help me out here?
Ⓑ Sure. What's wrong?
Ⓐ I often **have trouble in** exporting files. Do
　 you know how to do it?
Ⓑ No problem. Let me show you.

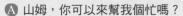

Ⓐ 山姆，你可以來幫我個忙嗎？
Ⓑ 當然可以，怎麼了？
Ⓐ 我經常在匯出檔案時出問題，你知道該怎麼做嗎？
Ⓑ 沒問題，我做一次給你看。

|片語| Phrase 324　　　　　　　　 MP3 324

相關補充
heart to heart
誠懇的

heart and soul
全心全意地、賣力地

　　heart and soul 當副詞，表「全心全意地、滿腔熱情地」，常和
put 連用。本片語當名詞時則有「熱情」與「精髓」的意思。

Ⓐ Congratulations. Here's your sales bonus.
Ⓑ Thank you.
Ⓐ You're welcome. You deserve it because
　 you put your **heart and soul** into the job.
Ⓑ I am just trying to do the best job I can.

Ⓐ 恭喜，這是你的業績獎金。
Ⓑ 謝謝您。
Ⓐ 不客氣。你為工作付出所有心力，這是你應得的。
Ⓑ 我只是盡我的本分而已。

| 片語 | Phrase 325 💬   🔊 MP3 325

hit the mark
達到目的

同義表達
reach the goal
達成目標

hit 原始的字義為「打」，但慣用語當中的 **hit** 常與此無關，例如 **hit the books**（臨時抱佛腳）、**hit the road**（出發）等。

Ⓐ Sir, here is the monthly sales report.
Ⓑ OK. Did we **hit the mark** for the month?
Ⓐ I'm afraid not. We are more than five percent short of the target.
Ⓑ That's fine. Just keep working.

Ⓐ 長官，這是本月的業務報表。
Ⓑ 好。我們有達成月目標嗎？
Ⓐ 恐怕沒有，我們距離目標還差超過五個百分點。
Ⓑ 沒關係，繼續努力就好。

| 片語 | Phrase 326 💬   🔊 MP3 326

同義表達
right away
馬上

in a moment
立即、馬上

in a moment 是修飾時間的副詞片語，同義替換詞有 **in a minute**、**in no time**、**at once**、**right away**、**right now**、**off hand**、**instantly**、**promptly** 與 **immediately** 等。

Ⓐ Can you come into my office?
Ⓑ **In a moment**, Sir.
Ⓐ Great. Take your time.
Ⓑ Thank you.

Ⓐ 你可以進來我辦公室嗎？
Ⓑ 先生，馬上來。
Ⓐ 很好。你慢慢來。
Ⓑ 謝謝您。

|片語| Phrase 327 💬　　　　　🔊 MP3 327

in and out
進進出出

相關補充
ins and outs
詳細情形

in and out 是由介係詞組成的副詞片語。in 有「進入、在內」之意；out 則用以表示「離開、在外」。將兩個介係詞的方向組合在一起，一下子在內、一下子在外，就表現出「進進出出」的概念。

Ⓐ Did you see anyone suspicious in the store?
Ⓑ No, there were customers **in and out** all the time. Wait! There was a man!
Ⓐ Tell me more about him.

Ⓐ 你有在店裡看到任何可疑的人嗎？
Ⓑ 沒有，店裡一直有顧客來來去去。等一下！是有個男人！
Ⓐ 跟我多說點他。

|片語| Phrase 328 💬　　　　　🔊 MP3 328

同義表達
responsible for
負責

in charge of
負責、照料

charge 當名詞時有「責任」之意。我們常用 **sb. be in charge** 來指出負責人。若要點出照顧或負責的對象，最後加上 **of** 即可。

Ⓐ Who is **in charge of** the case?
Ⓑ It's Andy.
Ⓐ Get him in my office now. I want to talk to him.
Ⓑ But he is on sick leave today.

Ⓐ 誰負責這個案子？
Ⓑ 安迪。
Ⓐ 叫他進來我辦公室，我要跟他談談。
Ⓑ 但他今天請病假。

|片語| Phrase 329 ◌◌  ◀) MP3 329

in demand
被需要的

相關補充
in need of
需要

本片語通常置於句尾。**demand** 可用形容詞修飾，如 **in great demand**（需求量大、受歡迎），也能用 **be much in demand** 表示。

Ⓐ The news said high-tech engineers are in great **demand** this year.
Ⓑ Cool! Good news for me!
Ⓐ Why? You've got a job, haven't you?
Ⓑ I'm thinking about job-hopping.

Ⓐ 新聞說，今年對高科技工程師的需求量很大。
Ⓑ 酷！對我而言是好消息！
Ⓐ 為什麼？你不是已經有工作了嗎？
Ⓑ 我正考慮跳槽。

|片語| Phrase 330 ◌◌ ◀) MP3 330

相關補充
dwell on
詳細論述

in detail
詳細地

in detail 是副詞片語，通常放在句尾，片語 **at length** 也可以表示「詳細地」。**detail** 當名詞時指「細節」，動詞字義為「詳細敘述」。

Ⓐ I'm confused. Can you explain the package in detail again?
Ⓑ Sure, but it will take a while. Do you mind coming to my office?
Ⓐ No. How about five this afternoon?

Ⓐ 我搞不太懂。你能再次詳細說明本方案嗎？
Ⓑ 當然好，但會花一些時間。你介意來我辦公室嗎？
Ⓐ 沒問題。今天下午五點如何？

Let's Acquire English Phrases via Pictures.

in ignorance of
對…一無所知

相關補充
know-nothing
一無所知者

ignorance 是名詞，可以表示「無知」或「不知情」，**ignorant** 為 **ignorance** 的形容詞，因此本片語可換成 **be ignorant of**。

Ⓐ Sir, I'm afraid that Jeffery doesn't suit my team.
Ⓑ Why is that?
Ⓐ He acts **in ignorance of** basic machinery operation.

Ⓐ 先生，恐怕傑佛瑞不適合我的小組。
Ⓑ 為什麼？
Ⓐ 他表現得對基礎機械操作一無所知。

反義表達
in support of
支持

in opposition to
反對、與…意見相反

opposition 為動詞 **oppose**（反對、反抗）的名詞形，意為反對、對立或意見相反，後面的受詞可以是人，或想法、意見等抽象事物。

Ⓐ What do you think of the new marketing project?
Ⓑ To be honest, I am **in opposition to** it.
Ⓐ Why is that?
Ⓑ I find it a ridiculous and silly plan.

Ⓐ 你對新的行銷企劃有什麼想法？
Ⓑ 老實說，我不同意。
Ⓐ 為什麼？
Ⓑ 我覺得這是個既荒謬又愚蠢的企劃。

| 片語 | Phrase 333 💬　　　　　🔊 MP3 333

in spite of
不管、儘管

同義表達
despite
不管

in spite of 的同義詞還有 **regardless of** 與 **despite**，要注意的是，這三個用法後面都只能接名詞或動名詞。

Ⓐ Have you heard the news?
Ⓑ What news?
Ⓐ Mr. Clark is going to take away our bonus **in spite of** the sales increase.
Ⓑ That's ridiculous!

Ⓐ 你聽說了嗎？
Ⓑ 什麼事？
Ⓐ 儘管業績提升，克拉克先生還是要取消我們的獎金。
Ⓑ 太誇張了！

| 片語 | Phrase 334 💬　　　　　🔊 MP3 334

相關補充
persist in
堅持

insist on
堅持

本片語後接名詞或動名詞。若想表達 **A** 堅持 **B** 做某行為，則寫作 **A insist on B's Ving**，如 **I insist on her coming.**（我堅持她必須來）。

Ⓐ Mr. Lee wants a 10% discount.
Ⓑ We've offered the lowest market price.
Ⓐ But he **insists on** it and won't give in.
Ⓑ OK. It seems we have no choice but to forget about this contract.

Ⓐ 李先生想要我們降價一成。
Ⓑ 我們已經給了他市場最低價。
Ⓐ 但他堅持那個價格，且不肯讓步。
Ⓑ 好吧，看來我們別無選擇，只能放棄這個合約了。

Let's Acquire English Phrases via Pictures.

|片語| Phrase 335 　　　　　　　　　　　🔊 MP3 335

just now
剛才、此刻

相關補充
at the moment
此刻

　　just now 當「剛才」的意思解時，應與狀態動詞的過去式連用；表「現在」之意時，則搭配現在式或未來式。

Ⓐ Where have you been?
Ⓑ I came back from Mr. Walker's company **just now**. What is it?
Ⓐ Mr. Chen wants to see you immediately.
Ⓑ Uh, oh; that can't be good for me.

Ⓐ 你去哪裡了？
Ⓑ 我剛從沃克先生的公司回來，怎麼了？
Ⓐ 陳先生想要立刻見你。
Ⓑ 噢…那對我來說不是好事。

|片語| Phrase 336 　　　　　　　　🔊 MP3 336

相關補充
from first to last
自始至終

last but not least
最後但不容忽略的

　　last but not least 常用於演講或作文時的總結。一般寫論說文時，常用 **first of all**（首先）、**secondly**（第二）等轉折語陳述論點，提到最後一點時，可用 **finally**、**lastly** 或 **last but not least** 等。

Ⓐ Please type up the contract.
Ⓑ No problem.
Ⓐ **Last but not least**, please get it done by three this afternoon.

Ⓐ 請把這份合約謄打出來。
Ⓑ 沒問題。
Ⓐ 最後但不容忽略的是，請在今天下午三點前完成。

|片語| Phrase 337 🔊 MP3 337

lay down
放下

相關補充
put down
放下

lay down 有很多種意思，有「放下、鋪設、制定」等。注意，別把 lay down 和 lie down（躺下）搞混，lay 當動詞時，最常見的意思是「放」，而 lie 則為「躺」的意思。

A Lay down whatever you are doing and get into my office now!
B But it's Mr. Parker's urgent contract.
A Nothing is more important than the thing I'm going to tell you!

A 放下你手邊的工作，馬上來我辦公室！
B 但我正在處理帕克先生的緊急合約。
A 沒有什麼比我即將要告訴你的事更重要！

|片語| Phrase 338 🔊 MP3 338

相關補充
give the sack
解雇

lay off
解雇

lay off 用在經濟不景氣或營運不善，為減少成本而解雇員工；但若是針對員工犯錯或操守有問題，而解除職務，則用 fire。

A Do you remember Jacob?
B Sure. He is one of the most decent men I've ever met.
A My boss laid him off this morning.
B Oh, no. That's his loss then.

A 你還記得雅各嗎？
B 當然記得。他是我見過最得體的人之一。
A 我老闆今天早上解雇了他。
B 噢，不。那是他的損失。

|片語| Phrase 339 🔊 MP3 339

lay out
展示、擺出

同義表達
exhibit
展示

片語 **lay out** 的意思很多，包括「展示、安排、計劃、設計」等，**lay sb. out** 指的是「打昏某人」。此外，**layout** 為名詞形，表示「布局、版面編排、陳列物」等。

Ⓐ Sir, do you want me to **lay out** the instruments now?
Ⓑ OK. Do you know how to do it?
Ⓐ Yes. Small to big, and from left to right.
Ⓑ Exactly.

Ⓐ 先生，您要我現在把器具展示出來嗎？
Ⓑ 好啊，你知道要怎麼擺嗎？
Ⓐ 知道，從左到右，由小到大。
Ⓑ 沒錯。

|片語| Phrase 340 🔊 MP3 340

相關補充
text message
簡訊

leave a message for
留言給（某人）

此片語用在打電話找某人，對方不在，想要留言的情境中；此外，接聽者幫忙記下留言的行為，英文用 **take a message** 表達。

Ⓐ Where is Andrew?
Ⓑ He's gone out to Mr. Wood's office.
Ⓐ Oh, no. I have to speak to him.
Ⓑ You can **leave a message for** him on his phone.

Ⓐ 安德魯在哪裡？
Ⓑ 他去伍德先生的辦公室了。
Ⓐ 喔，不。我得跟他說話。
Ⓑ 你可以在他的電話裡留言給他。

| 片語 | Phrase 341 🗨 　　　🔊 MP3 341

leave behind
留下、忘記帶

相關補充
lag behind
落後

behind 指「在後面」，把…留在後面，就表示「留下」，留下遺產也常用這個片語表達，也可寫成 **leave sth. behind**。

Ⓐ May Mr. Johnson rest in peace.
Ⓑ I believe he will.
Ⓐ He **left behind** a great legacy for the company.
Ⓑ I couldn't agree more.

Ⓐ 希望強森先生能安息。
Ⓑ 我相信他會的。
Ⓐ 他為公司留下了富饒的資產。
Ⓑ 我完全同意。

| 片語 | Phrase 342 🗨 　　　🔊 MP3 342

同義表達
give away
洩露

let out
洩露

let out 具有「釋放、把（衣服等）放寬 / 放長、洩露」等含意，在美式英語中也可以表「結束」，這裡取的是「洩露」的意思。有一句俚語為 **let the cat out of the bag**，意思是「洩露祕密」。

Ⓐ Ma'am, I'm afraid ABC Computers has stolen our marketing plan.
Ⓑ Really? How?
Ⓐ I believe someone must have **let out** confidential information to them.

Ⓐ 長官，ABC 電腦公司恐怕已竊取了我們的行銷企劃。
Ⓑ 真的嗎？怎麼會？
Ⓐ 我想一定是有人洩露機密給他們。

|片語| Phrase 343  ◀)) MP3 343

make a decision
做決定

相關補充
settle on
選定

　本片語是美式用法，英式講法則為 **take a decision**。當然，也能用動詞 **decide**，如 **decide to V**（決定做某事）、**decide that S + V**（決定某事）、**decide against Ving**（決定不要…）。

Ⓐ It's time to make a decision.
Ⓑ What do you mean, Sir?
Ⓐ I have to lay off some more staff.
Ⓑ That's too bad.

Ⓐ 該是做決定的時候了。
Ⓑ 先生，您是什麼意思？
Ⓐ 我得解雇更多員工。
Ⓑ 太糟糕了。

|片語| Phrase 344  ◀)) MP3 344

相關補充
and no mistake
無疑地

make a mistake
犯錯

　除了用 **make a mistake** 來表示犯錯外，**mistake** 這個字本身也能當作不及物動詞，意為搞錯或出錯。英文中的 **make no mistake (about it)**（別誤會）是屬於口語的說法。

Ⓐ I want you to take this job seriously and do your job well.
Ⓑ Yes, ma'am.
Ⓐ If you ever make a mistake again, I might have no choice but to fire you.

Ⓐ 我希望你工作認真點，把工作做好。
Ⓑ 是的，長官。
Ⓐ 若你再犯錯，我別無選擇只能開除你。

|片語| Phrase 345　　　　　　　　　　MP3 345

make an effort to
努力

相關補充
with effort
費力地

此處的 **to** 是不定詞，所以後面要接動詞原形，**effort** 的前面可以加形容詞以修飾，如 **make every effort to**（盡全力去⋯）。

Ⓐ How is the marketing project going?
Ⓑ We are **making an effort to** attract as many new customers as possible.
Ⓐ Why not focus on increasing the effectiveness of the advertising?

Ⓐ 行銷企劃進行得如何？
Ⓑ 我們正努力吸引更多新客戶。
Ⓐ 何不專注於提升廣告效益？

|片語| Phrase 346　　　　　　　　　　MP3 346

相關補充
confirm
確認

make sure
確定

make sure 後面通常會接 **that** 子句（確認某事），**that** 可省略。此外，**make sure** 也可以當作「查明、確信」的意思。

Ⓐ It is of vital importance for us to win the contract over ABC. So **make sure** that every detail is taken care of.
Ⓑ Yes, Sir. I'll see to it right away.

Ⓐ 打敗 ABC 公司贏得合約，對我們而言十分重要。所以必須確認每個細節都照顧到了。
Ⓑ 是的，長官。我立刻去處理。

Let's Acquire English Phrases via Pictures.

|片語| Phrase 347 💬　　　🔊 MP3 347

meet halfway
妥協

相關補充
compromise
妥協、讓步

meet 指「見面」，**halfway** 是副詞，表「在中間」之意，引申為雙方各退一步。若要加受詞，寫作 **meet sb. halfway**（和某人妥協）。

Ⓐ The negotiation between the company and the union failed.
Ⓑ What happened?
Ⓐ The union wouldn't **meet halfway** on the retirement policy.

Ⓐ 公司和工會的協商破局了。
Ⓑ 發生什麼事了？
Ⓐ 工會不願在退休政策上妥協。

|片語| Phrase 348 💬　　　🔊 MP3 348

同義表達
undoubtedly
肯定地

no doubt
無疑地

no doubt 是副詞片語，通常放在句首。意思等同 **without doubt**、**undoubtedly**。**doubt** 代表不能確定事物的真實狀況。

Ⓐ Are you going to accept Mr. Lin's offer?
Ⓑ **No doubt** I will.
Ⓐ Are you sure?
Ⓑ Come on! Sixty thousand dollars a month? I'd never get anything better than that.

Ⓐ 你打算接受林先生的工作邀約嗎？
Ⓑ 我當然會。
Ⓐ 你確定嗎？
Ⓑ 拜託！一個月六萬耶？我找不到更好的工作了。

| 片語 | Phrase 349 🔊 MP3 349

not to mention
更不用說

同義表達
let alone
遑論

　這個片語是用來延伸前面的敘述，中文翻成「更不用說…了」，後面接名詞或動名詞。除此之外，**not to mention** 可以用 **not to speak of**、**to say nothing of** 和 **let alone** 這些片語替換。

Ⓐ I won't accept Mr. Watson's offer.
Ⓑ Come on. The pay is great, **not to mention** the housing allowance.
Ⓐ But I'd have to go to Vietnam for two years!

Ⓐ 我不會接受華生先生的工作邀約。
Ⓑ 拜託。薪資優渥，更別提有住屋津貼了。
Ⓐ 但我得去越南兩年！

| 片語 | Phrase 350 🔊 MP3 350

同義表達
occasionally
偶爾

now and then
有時、不時

　now and then 中文翻作「有時、不時」。可以寫成 **now and again** 或是 **every now and then**，意思不變。

Ⓐ Are you familiar with Jason?
Ⓑ Kind of. We chat every **now and then**.
Ⓐ What do you talk about?
Ⓑ Nothing important. Just some office gossip.

Ⓐ 你跟傑森熟嗎？
Ⓑ 算是吧。我們有時會閒聊。
Ⓐ 你們都聊些什麼？
Ⓑ 沒什麼重要的事，就是些辦公室八卦。

|片語| Phrase 351 💬   🔊 MP3 351

off the record
非正式的、不公開的

反義表達
on record
公開發表的

record 可當動詞或名詞，都指「紀錄」。動詞重音在第二音節，名詞重音則在第一音節。與 record 相關的片語有 **on record**（公開的、正式紀錄的）、**break the record**（破紀錄）等。

Ⓐ Everything I said about Jason's firing was **off the record**.
Ⓑ What do you mean?
Ⓐ You can't write about what I told you.

Ⓐ 任何我提到關於解雇傑森的話，都是不公開的。
Ⓑ 您的意思是？
Ⓐ 你不能把我說的話寫出來。

|片語| Phrase 352 💬   🔊 MP3 352

同義表達
fitful
斷續的

on and off
偶爾地、斷斷續續地

on and off 為副詞片語，形容無持續性，只有偶爾地、斷斷續續地發生而已。**on** 是「持續」，**off** 表示「停止」，也可以寫成 **off and on**。

Ⓐ Mr. Lin's office. How may I help you?
Ⓑ This is Johnson. May I speak to Mr. Lin?
Ⓐ I'm sorry but he's been out of the office **on and off** all morning, and now he's out again.

Ⓐ 林先生的辦公室。有什麼我可以幫您的嗎？
Ⓑ 我是強森。可以請林先生聽電話嗎？
Ⓐ 很抱歉，他今早一直進進出出，現在他又出去了。

|片語| Phrase 353 　　　　　　　　　　　　 MP3 353

on business
出差、以辦公事為目的

相關補充
for pleasure
為了消遣

　　on 在這裡有「從事」的意味，**business** 指「生意、事務」，因此，**on business** 就產生「出差」的意思，通常不放句首。

Ⓐ What are you doing?
Ⓑ Can't you see? I am packing.
Ⓐ I know. I'm asking why you are packing?
Ⓑ My boss is sending me to Hawaii **on business**. I'll be back next Tuesday.

Ⓐ 你在做什麼？
Ⓑ 看不出來嗎？我在打包。
Ⓐ 我知道。我是問你為何要打包。
Ⓑ 老闆派我去夏威夷出差，下週二回來。

|片語| Phrase 354 　　　　　　　　　　　　 MP3 354

同義表達
on the verge of
瀕於

on edge
緊張不安的

　　on edge 用來形容人「緊張不安的」模樣。至於 **on the edge of sth.** 則表示「在某物的邊緣」（可以是情緒等抽象事物）。

Ⓐ Good morning. Please take a seat.
Ⓑ Thank you, Sir.
Ⓐ I don't want to make you feel **on edge**. So just relax.
Ⓑ Thank you.

Ⓐ 早安，請坐。
Ⓑ 謝謝您，先生。
Ⓐ 我不想讓你感到緊張，所以請放輕鬆。
Ⓑ 謝謝您。

Let's Acquire English Phrases via Pictures.

on everyone's tongue
被眾人談論著

相關補充
talking point
話題

一件事落在每個人的舌頭上，就表示「大家都在談論」。由 tongue 組成的片語很多，如 **on the tip of one's tongue**（話到嘴邊，卻想不起來）、**hold one's tongue**（保持緘默）等。

Ⓐ Henry is going to be the new manager.
Ⓑ I wonder how he became so successful in such a short time.
Ⓐ I know he's dating the CEO's daughter. And it's hot **on everyone's tongue** now.

Ⓐ 亨利是新科經理。
Ⓑ 我好奇他是如何在這麼短時間內獲得成功。
Ⓐ 我知道他在跟執行長的女兒約會。這也是目前討論度最高的話題。

相關補充
represent
代表

on one's behalf
代表

behalf 為名詞，意為「代表、利益」這個字的用法有 **S + be / V + on one's behalf** 與 **S + V + on behalf of + sb.** 這兩種。

Ⓐ Sir, the sales representative meeting has been rescheduled to two this afternoon.
Ⓑ But I have to attend my son's Sports Day!
Ⓐ Oh, no. What should we do?
Ⓑ You can go to the meeting **on my behalf**.

Ⓐ 先生，業務代表會議已改到今天下午兩點。
Ⓑ 但是我得參加兒子的運動會！
Ⓐ 噢，不。我們該怎麼辦？
Ⓑ 你可以代表我出席會議。

| 片語 | Phrase 357　　　　　　　　　🔊 MP3 357

out of a job
失業

同義表達
unemployed
失業的

　　out of 具「沒有、離開」的意思,因此 **out of a job** 也就是「失業」。此處的 **a job** 也可用 **work** 取代,只是 **out of work** 可另指「故障」。

Ⓐ Aren't you going to find a job?
Ⓑ Why should I?
Ⓐ You've been **out of a job** for a month!
Ⓑ I told you I'm taking a long vacation now!

Ⓐ 你不打算找份工作嗎?
Ⓑ 我為什麼要?
Ⓐ 你已經失業一個月了!
Ⓑ 我跟你說過我正在放長假!

| 片語 | Phrase 358　　　　　　　　　🔊 MP3 358

相關補充
pretend
假裝

play at
假裝、敷衍

　　play at 有基於玩票性質,不認真的心態,即「敷衍」與「假裝」(通常不用被動式);也能取 **play** 的原意,表達「玩…遊戲」。

Ⓐ What should we do about Mr. Damon?
Ⓑ What do you mean?
Ⓐ It seems he is losing interest in the deal.
Ⓑ He is just **playing at** not caring. He will eventually sign.

Ⓐ 我們該拿戴蒙先生怎麼辦?
Ⓑ 你是什麼意思?
Ⓐ 他似乎對這次的交易失了興趣。
Ⓑ 他只是假裝不在意。他終究會簽約的。

|片語| Phrase 359 💬　　　　　　　🔊 MP3 359

play on
利用

相關補充
exploit
利用

play on 當「利用」解釋，後面通常接人的弱點，如害怕、懦弱等。「演奏」樂器也可以用 **play on** 表示，不過現在 **on** 已經習慣省略，如 **play the piano**（彈鋼琴）。

Ⓐ Mr. Anderson called to ask if you would like to make more purchases.
Ⓑ I will if he can offer me a better price.
Ⓐ I heard he is in need of cash. I believe we can **play on** that and get a better price.

Ⓐ 安德森先生來電詢問您是否要增加訂購量。
Ⓑ 如果他可以給我更好的價格，我就增加。
Ⓐ 聽說他需要現金，我們可以利用這點，取得更好的價格。

|片語| Phrase 360 💬　　　　　　　🔊 MP3 360

相關補充
in favor of
贊成

pros and cons
優缺點

pros and cons 是指贊成和反對的理由，也就是「優缺點、利弊」，是來自於拉丁文的慣用語，**pro** 和 **con** 都要加 **s**。

Ⓐ I really don't know what to do.
Ⓑ What is it?
Ⓐ I don't know whether to work in Vietnam.
Ⓑ You can start by making a list of **pros and cons**, which may help.

Ⓐ 我真的不知道該怎麼辦。
Ⓑ 怎麼了？
Ⓐ 我不知道是否該去越南工作。
Ⓑ 你可以先列出優缺點，那或許會有幫助。

| 片語 | Phrase 361 　　　　　　　MP3 361

protect from
保護、使免受

相關補充
secure
使安全

protect from 指保護某人／物的安全，或使其免受負面的事物影響等。protect 跟 from 之間的受詞是指保護的對象，後面接應遠離的事物。

Ⓐ Do you have any suggestion regarding our online shop?

Ⓑ We can better our system to **protect** information **from** unauthorized access.

Ⓐ 關於我們的線上商店，你有什麼建議嗎？

Ⓑ 我們可以改善系統，擋掉未經過授權的存取行為，以保護資訊。

| 片語 | Phrase 362 　　　　　　　MP3 362

同義表達
tear down
拆掉

pull down
拆除

此片語可以指字面上的「拉下來」，**pull sth. down** 也常用來指「拆除」建築物；口語上，**pull sb. down** 表示（疾病）使某人身體虛弱。

Ⓐ We are scheduled to **pull down** Mrs. Watson's building tomorrow afternoon.

Ⓑ Fine. Who will be the supervisor?

Ⓐ Since she is an important client, I will do it myself.

Ⓐ 我們預計明天下午拆除華生太太的房子。

Ⓑ 好。誰會去監工？

Ⓐ 由於她是重要客戶，我會親自監工。

Let's Acquire English Phrases via Pictures.

|片語| **Phrase 363** ⏺ 　　　🔊 MP3 363

put emphasis on
強調、重視

同義表達
stress on
著重

　　put emphasis on 表示「強調、重視」，**put** 可用 **lay** 或 **place** 替換，介係詞 **on** 可以換成 **upon**。如果要說「強調」，也可直接用動詞 **emphasize**，但 **emphasize** 為及物動詞，後面直接加受詞。

Ⓐ I believe we should **put** more **emphasis on** boosting sales.
Ⓑ I understand. Do you have any good ideas?
Ⓐ How about giving away new posters?

- -

Ⓐ 我相信我們應更加強調提升業績。
Ⓑ 我理解。你有什麼好主意嗎？
Ⓐ 贈送新海報如何？

|片語| **Phrase 364** ⏺ 　　　🔊 MP3 364

相關補充
nose out
發現

put one's nose into
干涉、管閒事

　　此片語的 **put** 可用 **poke**、**stick** 代替。若以這兩個動詞代替時，另外會產生「探聽」的含意，這時候也等於 **nose into**。

Ⓐ I don't want to work for Ms. Lin anymore.
Ⓑ Why is that?
Ⓐ She always **puts her nose into** my business.
Ⓑ That's really annoying.

- -

Ⓐ 我不想再替林小姐工作了。
Ⓑ 為什麼？
Ⓐ 她總是干涉我的職務。
Ⓑ 那真的是很煩人。

|片語| Phrase 365 💬　　　　　🔊 MP3 365

read one's mind
知道某人的想法

相關補充
get at
理解

　　read one's mind 指的是「在別人未告知的情況，就能讀出對方內心的想法」，**mind** 也可以用 **thoughts**（想法）來取代。

Ⓐ Should I knock on Mr. Watson's door?
Ⓑ I don't know. It depends on whether you have something to tell him.
Ⓐ Come on. You can always read his mind. Just tell me if he is in a good mood.

Ⓐ 我該敲華生先生的門嗎？
Ⓑ 我不知道。看你是否有重要的事跟他說。
Ⓐ 拜託。你總能知道他在想什麼，告訴我他心情如何就好。

|片語| Phrase 366 💬　　　　　🔊 MP3 366

相關補充
degrade
降級

reduce to
降級

　　reduce 當動詞時，除了減少，還能指「使降級」，例如 **reduce sb. to the ranks**（把某人降為士兵），此外，**reduce** 還有「迫使」之意，常用被動語態，寫作 **be reduced to + Ving**。

Ⓐ Poor Jason.
Ⓑ What happened to him?
Ⓐ He was just reduced to a marketing agent, deprived of his original manager position.

Ⓐ 可憐的傑森。
Ⓑ 他怎麼了？
Ⓐ 他剛被降職為行銷專員，喪失原本的經理職銜。

|片語| Phrase 367 💬 🔊 MP3 367

rely on
依賴、指望

同義表達
depend on
依靠

rely 和 **depend** 都有「仰賴」的意味，但 **rely** 偏向根據過去的經驗，相信某人必定能完成交代之事，**depend** 則指依賴別人的支持或援助。

Ⓐ You are the person we can best **rely on** to win the contract for us.
Ⓑ Thank you for your trust and appreciation.
Ⓐ You deserve it.
Ⓑ Thank you. I will try my very best.

Ⓐ 你是我們贏得合約最能仰賴的人。
Ⓑ 謝謝您的信任及賞識。
Ⓐ 這是你應得的。
Ⓑ 感謝您。我會盡全力表現。

|片語| Phrase 368 💬 🔊 MP3 368

相關補充
think over
考慮

respond to
回應、反應

本片語除了常見的「回應」以外，也能指「對⋯做出反應」。此外，人／疾病 + **respond to** + 藥物，表示某藥物對某人／疾病的效果很好。

Ⓐ When are you going to **respond to** Mr. White?
Ⓑ I need some more time to think it over.
Ⓐ Don't hesitate anymore. The pay is great!
Ⓑ But I don't really want to work abroad.

Ⓐ 你何時要回覆懷特先生？
Ⓑ 我需要一些時間考慮。
Ⓐ 別猶豫了，薪水這麼棒！
Ⓑ 但我不太想出國工作。

|片語| **Phrase 369** 💬　　　　🔊 MP3 369

result from
起因於

　　result from 是「由於、起因於」的意思，不用被動語態，有個意義相反的片語為 **result in**（導致）。要注意的是，說明事物因果時，應該用「果 + **result from** + 因」或「因 + **result in** + 果」，不要顛倒了。

Ⓐ Ms. Chen called and canceled the joint-project.
Ⓑ Oh, no! Did she say why?
Ⓐ I believe it might **result from** Ken's inappropriate behavior the other day.

Ⓐ 陳小姐打電話來取消和我們的合作計劃。
Ⓑ 噢，不！她有說為什麼嗎？
Ⓐ 我想那可能導因於肯前幾天的不當行為。

|片語| **Phrase 370** 💬　　　　🔊 MP3 370

right away
馬上、立即

　　right 的詞性與字義非常多，使用時要依上下文做判斷。本處的 **right away** 還可以用 **right now** 和 **at once** 等詞彙替換。

Ⓐ Mr. Brown wants you in his office **right away**.
Ⓑ Did he say why?
Ⓐ No, but he seems to be really angry.
Ⓑ Oh, no!

Ⓐ 布朗先生要你立刻去辦公室找他。
Ⓑ 他有說為什麼嗎？
Ⓐ 沒有，但他看起來非常生氣。
Ⓑ 噢，不！

|片語| Phrase 371 💬　　　🔊 MP3 371

separate from
區分、分隔

相關補充
stand out
脫穎而出

separate from 指「分開、隔開、區分」，常用 **separate A from B**（區分 A 和 B），或是被動的 **A be separated from B** 的形式。

Ⓐ Congratulations. You've been chosen to be the next manager.
Ⓑ Thank you for the recognition, Sir.
Ⓐ Your strong ability **separates** you **from** all the others. You deserve it.

Ⓐ 恭喜，你被選為下一任經理。
Ⓑ 謝謝長官的賞識。
Ⓐ 你優秀的能力讓你與眾不同，這是你應得的。

|片語| Phrase 372 💬　　　🔊 MP3 372

同義表達
attend
出席

show up
出現、出席

show up 當不及物動詞使用時，有「出現、出席」的意思，同樣用來表示「出現」的詞彙還有 **appear**、**turn up** 等。

Ⓐ Why didn't Jason **show up** at the meeting today?
Ⓑ I really don't know.
Ⓐ Give him a call and see what happened.
Ⓑ Yes, ma'am. I'll do it now.

Ⓐ 傑森今天為何沒有出席會議？
Ⓑ 我真的不知道。
Ⓐ 打個電話給他，看是發生了什麼事。
Ⓑ 是的，長官。我立刻打。

| 片語 | Phrase 373 💬　　　　　🔊 MP3 373

succeed in
成功

反義表達
fail in
失敗

　　succeed（成功）為動詞，它只能用主動式，而且不接受詞。如果要說明在什麼方面成功的話，後面加 **in**，再接事物（**succeed in + sth.**），或使用形容詞的說法，寫成 **be successful in + sth.**。

Ⓐ When will you start your new job?
Ⓑ May 1st. I'm a bit nervous, though.
Ⓐ I have faith that you will **succeed in** your new career.
Ⓑ Thank you so much.

Ⓐ 你的新工作何時開始？
Ⓑ 五月一號。我還是有點緊張。
Ⓐ 我相信你在新的職業上會成功的。
Ⓑ 真的很感謝你。

| 片語 | Phrase 374 💬　　　　　🔊 MP3 374

相關補充
glance over
簡略閱讀

take a look at
看一看

　　take a look 表示「看一看」，take 可以改用 have。look 前可加形容詞來修飾，另外，此片語常會在其後加 **at**，再接對象

Ⓐ I'd like to know about your mortgage rates.
Ⓑ Sorry, it's my first day at work. Do you mind me **taking a look at** the file?
Ⓐ Not at all.
Ⓑ Thank you for your understanding.

Ⓐ 我想要瞭解房貸利率。
Ⓑ 不好意思，我今天第一天上班。您介意我看一下資料嗎？
Ⓐ 不介意。
Ⓑ 謝謝您的體諒。

|片語| **Phrase 375** 💬　　　　　🔊 MP3 375

take charge of
負責、管理

同義表達
preside over
負責

　　take charge of 後面接 **sth./sb.**，表示受照顧或被管理的人事物。**charge** 的字義相當多元，所以與其相關的片語也很多，如 **on the charge of**（被控…罪名）、**charge sb. up**（激勵某人）等。

Ⓐ Who is **taking charge of** the project?
Ⓑ It's Tim. However, he is in a meeting right now.
Ⓐ Fine. Get him in my office as soon as the meeting is over.

Ⓐ 負責這個計劃的人是誰？
Ⓑ 是提姆，但他現在正在開會。
Ⓐ 好，會議一結束就叫他來我辦公室。

|片語| **Phrase 376** 💬　　　　　🔊 MP3 376

同義表達
heed
注意

take note of
注意、留心

　　note 做名詞用的時候，可以指「筆記」（可數）或「注意」（不可數），因此，要注意 **note** 在片語中的意思，才不會誤用，如 **take notes**（作筆記）、**take a note of**（把…記下來）。

Ⓐ This is your first time operating this machine, isn't it?
Ⓑ Yes. Is there anything to **take note of**?
Ⓐ Remember to turn it off when you're done, or it will get overheated.

Ⓐ 這是你第一次操作這台機器，對吧？
Ⓑ 是的。有任何我該注意的事嗎？
Ⓐ 用完記得關機，否則會過熱。

|片語| **Phrase 377** 💬   🔊 MP3 377

take off
起飛、脫下、休假

反義表達
land
降落

本片語當「脫下」解釋時，寫作 **take off sth.** 或 **take sth. off**；用來表示飛機「起飛」的話，則為不及物動詞片語；此外，**take off** 還有「休假」之意，用法如 **take five days off**（休五天的假）。

Ⓐ We are about to **take off** in fifteen minutes.
Ⓑ OK. I'll make sure everything is set in the cabin.
Ⓐ Thank you.

Ⓐ 我們將於十五分鐘後起飛。
Ⓑ 好。我會確認機艙內一切就緒。
Ⓐ 謝謝你。

|片語| **Phrase 378** 💬   🔊 MP3 378

相關補充
step in
介入

take over
接管、接手

take over 可表「接管、接手」等意思，可以用在接替某人的工作，或公司被收購等情形，若寫成 **takeover**，則變成名詞。

Ⓐ Rumor has it that ABC.com is going to **take over** our company.
Ⓑ It can't be true! Our company has been making a profit since last year.
Ⓐ But Mr. Liao wants to sell the company.

Ⓐ 謠傳說 ABC 網路將接管我們公司。
Ⓑ 不可能！我們公司從去年開始就一直有賺錢。
Ⓐ 但是廖先生想要賣掉公司。

|片語| **Phrase 379** 🗨   🔊 **MP3 379**

take responsibility for
負責

相關補充
take charge of
掌管

responsibility 為名詞，指「責任、義務」，**responsible** 是它的形容詞，此片語可換成 **be responsible for**，意思相同。

Ⓐ I will be away for five days. I want you to **take responsibility for** the team.
Ⓑ Sir, I am not sure if I am capable.
Ⓐ Don't worry. Just keep in touch with me.
Ⓑ Thank you, Sir. I will.

Ⓐ 我會離開五天，我要你負責小組。
Ⓑ 長官，但我不確定我能否勝任。
Ⓐ 別擔心，和我保持聯絡即可。
Ⓑ 謝謝長官，我會的。

|片語| **Phrase 380** 🗨   🔊 **MP3 380**

同義表達
come up with
想出

think up
想出、發明

think up 為「想出、設計出」之意，後面常接解決方法、企劃等事物，為美式口語片語，此外，**come up with** 也具有相同的意思。

Ⓐ We have to **think up** a new marketing plan.
Ⓑ Why do we need a new one?
Ⓐ Mr. Moore rejected the old one, and he would like to see a new one by tomorrow.

Ⓐ 我們得想出新的行銷企劃。
Ⓑ 為何需要新的企劃？
Ⓐ 摩爾先生否決了舊企劃，而且想在明天前看到新企劃。

|片語| Phrase 381 〔〕 　　　　　　　〔〕 MP3 381

under control
處於控制之下

相關補充
in control of
控制

under 在此表示「處於某種情況」，**under control** 形容「事情在掌控之中」，反義說法為 **out of control**（失去控制）。另外，**in control of + sth.**，是指「能夠控制某事物」。

Ⓐ I heard there is a strike at the factory now.
Ⓑ Yes, that's true. Some workers are protesting the new working hours.
Ⓐ What's the situation now?
Ⓑ Everything is under control.

Ⓐ 聽說工廠目前正在罷工。
Ⓑ 是的，沒錯。有些工人靜坐抗議新的工作時數。
Ⓐ 那現在的情況怎麼樣？
Ⓑ 一切都在控制之中。

|片語| Phrase 382 〔〕 　　　　　　　〔〕 MP3 382

相關補充
maintain
維修

under repair
修理中

此片語通常放在句尾，屬副詞片語。**under** 表示「在…狀態中」，後面可搭配許多名詞，組成片語，如 **under arrest**（被捕的）、**under review**（檢查中）、**under pressure**（承受壓力的）等。

Ⓐ Where is the copy machine?
Ⓑ It's under repair now.
Ⓐ It's too bad. I have some important documents to copy.

Ⓐ 影印機在哪裡？
Ⓑ 目前正在維修中。
Ⓐ 太糟糕了。我有些重要文件要影印。

|片語| **Phrase 383** 💬 　　　　🔊 MP3 383

up in the air
懸而未決

相關補充
on air
播送中

　　up in the air 為「懸而未決」的意思，其中 **up** 可省略不寫。本片語指計劃、提案或是決策等仍未有明確的決定或結果。

Ⓐ Whether your proposal will be adopted or not is still **up in the air**.
Ⓑ How come?
Ⓐ Mr. Taylor still couldn't make up his mind.

Ⓐ 你的提案能否被採納仍懸而未決。
Ⓑ 為什麼？
Ⓐ 泰勒先生還無法下定決心。

|片語| **Phrase 384** 💬 　　　　🔊 MP3 384

相關補充
wind down
放鬆一下

wind up
做結尾

　　wind 當動詞有「曲折、蜿蜒、纏繞」的意思。**wind up** 常表示結束一場演說。要注意 **wind** 當動詞時的發音與名詞的「風」不一樣。

Ⓐ Can you **wind up** your presentation?
Ⓑ But I still have ten slides to go.
Ⓐ You have been talking for over twenty minutes. That's way too long.
Ⓑ I'm sorry.

Ⓐ 可以結束你的簡報了嗎？
Ⓑ 但我還有十張投影片要說明。
Ⓐ 你已經講了超過二十分鐘，太久了。
Ⓑ 對不起。

|片語| **Phrase 385** 🗨 　　　　　　　🔊 MP3 385

write down
寫下來

同義表達
put down
寫下

write down 為「寫下來」之意，若在本片語後面加上 **as**，則表示「描寫成…、看成…」，同義片語還有 **put down** 與 **take down**。

🅐 May I speak to Mr. Chang?
🅑 He's out for lunch. May I take a message?
🅐 Can you ask him to call me back as soon as he's back?
🅑 Sure. Let me **write down** your number.

🅐 我可以和張先生通話嗎？
🅑 他外出用餐了。需要替您留言嗎？
🅐 可以請他一回辦公室就回電給我嗎？
🅑 當然可以，讓我把您的電話號碼寫下來。

|片語| **Phrase 386** 🗨 　　　　　　　🔊 MP3 386

反義表達
resist
抵抗

yield to
屈服

yield 可當作及物或不及物動詞，表示「屈服」的用法有兩種，分別為 **yield oneself to sth.** 和 **yield to sth.**。

🅐 How was your meeting with Ms. Chang?
🅑 She wants us to **yield to** all her demands.
🅐 What are they?
🅑 She wants us to give her another 20% discount.

🅐 你和張小姐的會議怎麼樣了？
🅑 她要我們接受她的所有要求。
🅐 要求是什麼？
🅑 她要我們再給她兩成的折扣。

NOTE

4

休閒育樂和血拼

人生，是一場充滿驚奇的壯遊！
想要體驗它，就得在認真之餘，
帶著片語走遍天涯海角、吃喝玩樂。
最愛的休憩時光，
就是要盡情玩翻天！

Let's Have Fun in the Leisure Time!

|片語| **Phrase 387** 💬　　　　🔊 **MP3 387**

A as well as B
A 和 B

相關補充
as well
也

　　as well as 十分常見，用來連接形式和詞性相同的單字、片語或句子，若它連接 **A** 和 **B** 兩個主詞時，後面的動詞形式是由 **A** 決定。另外有個副詞片語 **as well**，通常放句尾，表示「也、同樣地」。

Ⓐ What are you going to do later?
Ⓑ I'm going to the movies with Oliver **as well as** Lauren.
Ⓐ Can I join you?
Ⓑ Of course; let's hit the road!

Ⓐ 你等一下要做什麼？
Ⓑ 我要跟奧利佛和蘿倫去看電影。
Ⓐ 我可以一起去嗎？
Ⓑ 當然可以，我們出發吧！

|片語| **Phrase 388** 💬　　　　🔊 **MP3 388**

同義表達
a couple of
一對、一雙

a pair of
一對、一雙

　　pair 用以形容對的物品，因此名詞須為複數形，要注意的是，像 **a pair of jeans** 等物品，由於會被視為一條，所以動詞會用 **is**。

Ⓐ May I help you?
Ⓑ I'm looking for **a pair of** running shoes for my daughter.
Ⓐ What is her shoe size?
Ⓑ Five.

Ⓐ 需要幫忙嗎？
Ⓑ 我在幫女兒找一雙慢跑鞋。
Ⓐ 她是什麼尺寸？
Ⓑ 五號。

| 片語 | Phrase 389 　　　　　　　　🔊 MP3 389

a series of
一連串的、一系列的

相關補充
set
一套

series（連續、系列）是名詞，且單複數同形，**a series of**（一連串的、一系列的）後若接複數名詞，動詞仍以單數處理。注意 series 和 **serious**（嚴重的）拼字和發音有些相似，容易弄混。

Ⓐ Oh, the Far Eastern Department Store is having an anniversary sale.
Ⓑ There will be **a series of** discounts and sales.
Ⓐ I can't wait to snap up some bargains!

Ⓐ 喔，遠東百貨正在舉辦週年慶。
Ⓑ 會有一系列的折扣和特賣。
Ⓐ 我等不及要去搶好康了！

| 片語 | Phrase 390 　　　　　　　　🔊 MP3 390

相關補充
with abandon
盡情地

abandon oneself to
沉溺於

abandon 原意為「丟棄」，把某人丟棄在某事物上，因而衍生出「放縱於」之意。**oneself** 為反身代名詞，所指對象必須與主詞一致。

Ⓐ You can't **abandon yourself to** TV games all the time.
Ⓑ Come on. It's just the way I try to get relaxed.
Ⓐ But you've been playing this for 8 hours!

Ⓐ 你不能總是沉迷於電動。
Ⓑ 拜託，這只是我試著放鬆的方式。
Ⓐ 但是你已經玩了八個小時了！

|片語| **Phrase 391** 💬 🔊 MP3 391

adapt A for B
把 A 改編成 B

相關補充
adaptation
改編之作

　　adapt A for B 指為了 B 目的而改編 A，比如小說改編成電影、改造舊機器，或是建築物改建等。此外，**adapt** 也必須和拼字相似的 **adept**（熟練的）和 **adopt**（採納、收養）區別。

Ⓐ Have you read the novel, *Twilight*?
Ⓑ Yes. It's a vampire story, and it was **adapted for** the movies.
Ⓐ Robert Pattinson is too handsome to be true!

Ⓐ 你有看過小說《暮光之城》嗎？
Ⓑ 有啊，那是一部吸血鬼小說，而且曾被改編成電影。
Ⓐ 羅伯‧派汀森帥得令人難以置信！

|片語| **Phrase 392** 💬 🔊 MP3 392

同義表達
indulge in
沉迷於

addict to
沉迷於

　　addict 是動詞，表「使沉溺、使上癮」，本片語後面通常接不良的習慣或嗜好，寫成 **be addicted to + N/Ving** 的形式。

Ⓐ I haven't seen Nick for a long time.
Ⓑ How come? Aren't you living together?
Ⓐ He's become **addicted to** video games, and he hasn't left his room for a whole week.

Ⓐ 我很久沒看到尼克了。
Ⓑ 怎麼會？你們不是住在一起嗎？
Ⓐ 他開始沉迷於電動，已經整整一個星期沒離開房間了。

|片語| Phrase 393　　　　　　　　　　　　　MP3 393

aim at
以…為目的

相關補充
aim for
致力於

　　aim 可以當名詞「目標」或動詞「瞄準、致力於」，當動詞使用時通常搭配 **at**，如對話中的 **aim at winning the championship**；另外還有 **aim A at B** 的用法，表示「把 A 對準 B」。

Ⓐ Where is Mia?
Ⓑ She's out for training.
Ⓐ Training? For the marathon next month?
Ⓑ Yeah. She's **aiming at** winning the championship, and she's doing all she can.

Ⓐ 蜜亞在哪裡？
Ⓑ 她出門訓練了。
Ⓐ 訓練？是為了下個月的馬拉松賽嗎？
Ⓑ 是啊，她以奪得冠軍為目標，正竭盡全力做準備。

|片語| Phrase 394　　　　　　　　　　　　　MP3 394

相關補充
anymore
（不）再

any longer
（不）再、再也（不）

　　any longer 為副詞片語，表「再也不」，意思與 **anymore** 相同，多用於疑問句或否定句，所以經常會以 **not...any longer** 的形式出現。**any** 在此為副詞，表「少許、若干」。

Ⓐ I can't wait **any longer**. When is the next train?
Ⓑ I am sorry for the delay. The next train should arrive within two minutes.
Ⓐ OK.

Ⓐ 我無法再等了，下班火車什麼時候會抵達？
Ⓑ 對於誤點我感到抱歉。下班車應該兩分鐘內會到。
Ⓐ 好。

|片語| **Phrase 395** 💬   🔊 **MP3 395**

appeal to
吸引、訴諸

同義表達
attract
吸引

動詞 **appeal** 是「呼籲、懇求」的意思，常接 **to + sb.**，表向某人提出熱切、衷心的懇求。**appeal** 常見的解釋還包括「有吸引力」，寫作 **sth. appeal to sb.**（某事物吸引某人）。

Ⓐ Your birthday is just around the corner. Do you want anything?
Ⓑ How about going on a vacation together?
Ⓐ Sure. Is Miami **appealing to** you?
Ⓑ A trip to Miami? Sounds like a great idea.

Ⓐ 你的生日就快到了，有想要什麼禮物嗎？
Ⓑ 一起去度假好不好？
Ⓐ 當然好。你覺得邁阿密吸引人嗎？
Ⓑ 邁阿密之旅？聽來是個好主意。

|片語| **Phrase 396** 💬   🔊 **MP3 396**

相關補充
except
除…之外

aside from
除了…之外

aside/apart from 同義，但美式英文中以 **aside from** 更常見。**aside** 有「離開」之意，因此包含 **aside** 的片語都有「離開、拿開」的意思。

Ⓐ **Aside from** cash, is there any other payment option?
Ⓑ We also accept credit cards.
Ⓐ Then I will pay with my credit card.
Ⓑ OK. The total is $5,800.

Ⓐ 除現金外，有其他付款方式嗎？
Ⓑ 我們也接受信用卡。
Ⓐ 那我用信用卡付帳。
Ⓑ 好的，總共是五千八百元。

|片語| Phrase 397 　　　MP3 397

at a discount
打折扣

同義表達
on sale
廉售中

discount 可當名詞或動詞，當動詞時，表示「將…打折」，當名詞時常與百分比連用，例如 **10% discount**，代表打九折，而非一折。

Ⓐ Good morning. How may I help you?
Ⓑ Do you have any plane tickets **at a discount**?
Ⓐ Yes. The ticket to Bali is now only 6,666 NT dollars.

Ⓐ 早安，我可以為您做些什麼？
Ⓑ 請問有打折的機票嗎？
Ⓐ 有的，去峇里島的機票現在只要新台幣 6,666 元。

|片語| Phrase 398 　　　MP3 398

相關補充
spare time
空閒時間

at leisure
有空的

at leisure 可以用 **at one's leisure** 或 **in one's free time** 取代。leisure 可當名詞「閒暇」或形容詞「空閒的」。

Ⓐ What do you do when you are **at leisure**?
Ⓑ I enjoy reading, and sometimes I go to the movies. How about you?
Ⓐ I love movies, too. Let's go to a movie sometime this week together.

Ⓐ 你在閒暇時會做什麼？
Ⓑ 我喜歡閱讀，有時也會去看電影，你呢？
Ⓐ 我也喜歡電影。本週找個時間一起去看電影吧？

| 片語 | Phrase 399 🗨   🔊 MP3 399

at times
偶爾

同義表達
on occasion
偶爾

    at times 為副詞片語，放句首或句尾皆可。包含 **time** 這個單字的英文片語很多，如 **all the time**（一直）、**at all times**（隨時）、**at a time**（每次、曾經）等。

Ⓐ What do you do on the weekend?
Ⓑ I play basketball, and I also go to the movies **at times**.
Ⓐ Great. Do you want to see *The Martian* with me this Saturday?

- -

Ⓐ 你週末都做些什麼？
Ⓑ 我打籃球，偶爾也會去看電影。
Ⓐ 太棒了，這週六你想和我去看《絕地救援》嗎？

| 片語 | Phrase 400 🗨   🔊 MP3 400

同義表達
concentrate on
專注於

be absorbed in
專心於

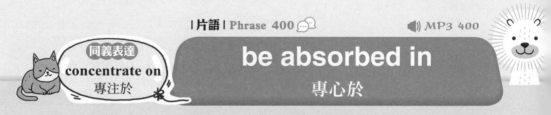

    absorb 有「吸收、使全神貫注」等意思，這裡是取「使全神貫注」之意。**absorbed** 為過去分詞，能使動詞轉為形容詞。

Ⓐ It's lunch time. Where's Frank?
Ⓑ I think he **is absorbed in** making models again.
Ⓐ He's been all nuts about this lately, right?
Ⓑ Indeed he is.

- -

Ⓐ 午餐時間到了，法蘭克人呢？
Ⓑ 應該又專注於他的模型製作吧。
Ⓐ 他最近很迷這個，對吧？
Ⓑ 的確是。

| 片語 | Phrase 401    MP3 401

be abundant in
富含…

相關補充
be full of
充滿的

abundant 為形容詞，意思為「大量的、豐富的」，若欲描述「富含…」，後面接 **in + sth.**，或是用 **be rich in sth.** 也可以。

Ⓐ What will you do on Independence Day?
Ⓑ I'm going to Yellowstone National Park.
Ⓐ Sounds great. It **is abundant in** natural resources and wildlife.
Ⓑ I know. I'm looking forward to this trip.

Ⓐ 你獨立紀念日要做什麼？
Ⓑ 我要去黃石公園。
Ⓐ 聽起來很棒。它擁有豐富的天然資源和野生生物。
Ⓑ 沒錯，我很期待這趟旅行。

Nature & Wildlife

| 片語 | Phrase 402    MP3 402

相關補充
convince of
使確信

be confident of
對…有信心、確信

be confident of 為「確信、有把握」之意。用法有兩種，除了此處的 **of + sth.** 之外，還可以用 **be confident + that** 子句表示。

Ⓐ Who do you think will win the game?
Ⓑ I **am confident of** Nadal. He is my favorite.
Ⓐ How about Federer?
Ⓑ He is also great, but he's not the best.

NADAL

Ⓐ 你覺得誰會贏得這場比賽？
Ⓑ 我對納達爾有信心，他是我的最愛。
Ⓐ 那費德勒呢？
Ⓑ 他也很棒，但不是最棒的。

|片語| **Phrase 403** 💬 　　　　🔊 MP3 403

be famous for
因⋯有名

同義表達
be known for
以⋯著稱

　　所指的是以正面形象廣為人知；若是因負面傳聞而著名，則用 **notorious**（惡名昭彰的）。另外，如果把本片語的 **for** 改成 **as**，便表示「以⋯身分而著名」。

Ⓐ Lady Gaga is going to give some concerts in Taiwan!
Ⓑ Who is Lady Gaga?
Ⓐ Come on! She **is famous for** great songs and her sense of fashion!

Ⓐ 女神卡卡要在台灣開演唱會了！
Ⓑ 誰是女神卡卡？
Ⓐ 拜託！她以好歌和時尚感著名。

|片語| **Phrase 404** 💬 　　　　🔊 MP3 404

相關補充
on the house
免費招待

be free of charge
免費

　　這裡的 **charge** 為名詞，指的是「費用」，通常用以表示服務或是店家的收費。**free of** 表示「免除⋯的」，合起來便表示「免費」。此片語也可以寫成 **free of cost**。

Free of charge

Ⓐ Congratulations! You are the 100th customer today! And everything will **be free of charge** for you today!
Ⓑ I guess it's my lucky day!

Ⓐ 恭喜！您是今天的第一百位客人！今天消費金額全免！
Ⓑ 我今天真走運啊！

| 片語 | Phrase 405 💬 　　　　　🔊 MP3 405

be known to
為…所熟知

相關補充
well-known
有名的

known 是 know 的過去分詞，或也能看成形容詞「著名的」，它的片語意思取決於接的介係詞為何，例如 as 表示「以…身分著名」，for 則點出「以…特色出名」。

Ⓐ Who do you think we can invite for the speech next month?
Ⓑ How about Jiang Xun? He **is known to** many art lovers for his works.
Ⓐ It's a good idea.

Ⓐ 你覺得我們下個月可以請誰來演講？
Ⓑ 蔣勳怎麼樣？他的作品為許多藝術愛好者所熟知。
Ⓐ 好主意。

| 片語 | Phrase 406 💬 　　　　　🔊 MP3 406

相關補充
used to
過去經常

be used to
習慣

很多人分不清 be used to（習慣於）與 used to（過去經常）的差別。sb. + used to + V 指的是「過去的習慣（現在已經不那麼做）」；sb. + be used to + N/Ving 則表示「很熟悉於某事」的習慣。

Ⓐ Are you in the habit of exercising?
Ⓑ Yes, I **am used to** jogging in the morning.
Ⓐ Me, too! Maybe we can go jogging together sometime.

Ⓐ 你有運動的習慣嗎？
Ⓑ 是的，我習慣在早上慢跑。
Ⓐ 我也是！或許我們改天可以一起跑。

|片語| Phrase 407

MP3 407

believe in
信任、信仰

相關補充
trust
信任

believe 和 **believe in** 都翻作「相信」，然而單純用 **believe** 是指接受某人說的話是正確的，而 **believe in** 則表示認為某事物存在、接受某信念、信任某人 / 事物，或者指信仰神明等。

Ⓐ Do you **believe in** ghosts?
Ⓑ Not really. How about you?
Ⓐ I believe there might be a world beyond our knowledge.
Ⓑ So you watch ghosthunting shows, right?

Ⓐ 你相信有鬼嗎？
Ⓑ 不怎麼相信，那你呢？
Ⓐ 我相信也許有我們不理解的世界。
Ⓑ 所以你會看捉鬼節目，對吧？

|片語| Phrase 408

相關補充
belongings
攜帶物品

MP3 408

belong to
屬於

belong to 後面若加人，意思是指「屬於某人」；加上事物或組織，則表示「屬於某個團體或組織」；另外一個片語 **belong in** 是指「放在、居於」的意思，其後要接地方。

Ⓐ Excuse me. Do you recognize the bag over there?
Ⓑ No, I don't think it **belongs to** any of us.
Ⓐ Then we should give the unattended bag to the station staff.

Ⓐ 不好意思。你認得那個包包嗎？
Ⓑ 不，我想它不屬於我們任何一個人。
Ⓐ 那我們應該將無人所屬的包包交給車站職員。

|片語| Phrase 409 　　　　　　　　MP3 409

between A and B
在 A 和 B 之間

相關補充
in-between
中間的

between 和 among 都有「在…之間」的意思，但一般來說，between 多用於指稱兩者之間，三者（含）以上則用 among。among 另有變體 amongst，此為英式用法。

Ⓐ Honey, which do you like better **between** this blue shirt **and** that striped one?
Ⓑ I'd go with the striped one.
Ⓐ Are you sure? But that one might make me look fat.

Ⓐ 親愛的，這件藍襯衫和那件條紋衫，你比較喜歡哪件？
Ⓑ 我會選條紋衫。
Ⓐ 你確定嗎？但那件會讓我看起來很胖。

|片語| Phrase 410 　　　　　　　　MP3 410

相關補充
make it
完成

break through
突破、克服

break（打破）搭配 through（通過），便產生「突破、克服」之意，通常接某種障礙或困難，有時不接受詞；此外，這個片語還能指「強行穿過」，或指太陽或月亮從雲層後露出等。

Ⓐ When is the Taroko Gorge marathon?
Ⓑ It's next Saturday, and I'm worried that I can't make it through the whole race.
Ⓐ Don't worry. I believe you can certainly **break through** your limitations during it.

Ⓐ 太魯閣峽谷馬拉松是什麼時候？
Ⓑ 下週六，我擔心無法跑完全程。
Ⓐ 別擔心。我相信你一定可以突破極限，征服它的。

|片語| Phrase 411 💬 　　　　🔊 MP3 411

by accident
偶然地、意外地

反義表達
on purpose
故意地

by accident 表示「偶然地、意外地」的意思，也可以用 **by chance** 替換。**by accident of** 則為「憑藉…機遇」之意，例如 **by accident of birth**（出生的機運，並非你選擇的結果）。

Ⓐ How do you know Sean?
Ⓑ I met him **by accident** at the World Car Exhibition.
Ⓐ Really? I didn't know you liked cars.

Ⓐ 你和尚恩怎麼認識的？
Ⓑ 我在世界汽車大展上偶然遇見他。
Ⓐ 真的嗎？我都不知道你喜歡汽車。

|片語| Phrase 412 💬 　　　　🔊 MP3 412

相關補充
come around
改變立場

change one's mind
某人改變主意

若想要進一步說明改變的事項，只須在片語後面加 **about + Ving** 即可，例如 **change my mind about signing the contract**，表示「原本打算簽約，但後來改變心意，決定不簽了。」

Ⓐ Are you sure you don't want to order our latest magazines?
Ⓑ No, thank you.
Ⓐ Then, you can always give me a call if you **change your mind**.

Ⓐ 你確定不想訂購我們最新一期的雜誌嗎？
Ⓑ 不用了，謝謝。
Ⓐ 那麼，若你改變心意，可隨時打電話給我。

|片語| Phrase 413 💬　　　　　🔊 MP3 413

check in
辦理登記

相關補充
check out
結帳離開

　　check in 在旅館或機場常用，指「到達並辦理登記」，也就是住宿登記或登機報到。另外，**check sb. in** 就是替某人辦理登記手續，**check sth. in** 則表示將某物品託運。

Ⓐ Good morning. How can I help you?
Ⓑ I would like a double room.
Ⓐ It's 200 dollars. I will need your passport to check in.
Ⓑ Here you are.

Ⓐ 早安。我能幫您什麼呢？
Ⓑ 我想要一間雙人房。
Ⓐ 雙人房是兩百元。我需要您的護照以登記入住。
Ⓑ 在這裡。

|片語| Phrase 414 💬　　　　　🔊 MP3 414

同義表達
bump into
巧遇

come across
偶然遇見

　　come across 在這裡是指「偶然遇見」某人，和 **bump into**、**run across** 等片語同義。本片語還能指「碰巧發現」某事物。

Ⓐ You know what? I came across Josh Brolin yesterday afternoon!
Ⓑ Are you serious?
Ⓐ Absolutely! I also took a picture with him.
Ⓑ How lucky you are!

Ⓐ 你知道嗎？我昨天下午遇到喬許‧布洛林了！
Ⓑ 你是說真的嗎？
Ⓐ 當然是！我還跟他合照。
Ⓑ 你也太幸運了吧！

| 片語 | Phrase 415 🗨 MP3 415

come back
回來、恢復流行

相關補充
in fashion
合於時尚

　　come back 指「回來、返回」，可衍生為時尚的「再度流行」，還能夠表示「記起」，用法為 **sth. come back to sb.**（某人記起某事物），要記得此時主詞為 **sth.**，受詞為 **sb.**。

Ⓐ Look at my lace skirt. Isn't it beautiful?
Ⓑ It's a bit too long. Short skirts are in fashion, aren't they?
Ⓐ Come on! Long skirts just **came back** this season.

Ⓐ 看看我的蕾絲裙，很漂亮吧？
Ⓑ 有點太長了。短裙才時尚，不是嗎？
Ⓐ 拜託！長裙本季再度恢復流行了。

| 片語 | Phrase 416 🗨 MP3 416

相關補充
come off it
別胡扯了

come off
進展、進行

　　最基本的字義為「從某物上脫離」。口語用法中，還能表示某事的「進展」，後面搭配副詞，如 **come off well**（進展順利）、**come off badly**（進行得很糟糕）。

Ⓐ When is your painting exhibition?
Ⓑ It's next Tuesday.
Ⓐ I believe it will **come off** very well.
Ⓑ Thank you.

Ⓐ 你的畫展在什麼時候？
Ⓑ 下週二。
Ⓐ 我相信會非常成功的。
Ⓑ 謝謝你。

|片語| Phrase 417 💬　　　　　🔊 MP3 417

come out
出版

相關補充
publish
出版

　　come out 有很多含意，除了字面上的「出來」，也有「出版、發行」等解釋。在現代，**come out** 還可以表示「出櫃」（來自 **come out of the closet**），意思是承認自己是同性戀者。

Ⓐ Where are you going?
Ⓑ The bookstore. Allen's new book is **coming out** today!
Ⓐ Really? Let me join you. I want to take a look at his great work, too.

BOOK store

- -

Ⓐ 你要去哪裡？
Ⓑ 書局。亞倫的新書今天出版！
Ⓐ 真的嗎？我跟你一起去，我也想看看他的大作。

|片語| Phrase 418 💬　　　　　🔊 MP3 418

同義表達
come to pass
實現

come true
實現、成真

　　sth. come true 是指「某種預測或希望成為事實」的意思。此處的 **come** 等於 **become**（變成）；**true** 為形容詞，做主詞補語（修飾 **sth.**），千萬不可以因為放在動詞 **come** 後面，就改為 **truly**。

Ⓐ Congratulations. You've won the contest.
Ⓑ Yes! What is the prize?
Ⓐ 10,000 dollars and a free ticket to Paris.
Ⓑ My dream has finally **come true**!

- -

Ⓐ 恭喜你贏得競賽。
Ⓑ 太好了！獎品是什麼？
Ⓐ 一萬元獎金和飛往巴黎的免費機票。
Ⓑ 我的夢想終於成真了！

|片語| **Phrase 419** 💬　　　　　　🔊 MP3 419

consist of
由…組成

相關補充
comprise
由…構成

英文中可指「組成」的用法不少，例如 **A + consist of / comprise + B**（A 由 B 組成）。也可以用被動形表示，寫成 **A + be made up of / be composed of + B**。

🅐 Do you want to accompany me to the Taipei Fine Arts Museum?
🅑 It depends. Is there any new exhibition?
🅐 Yes, there is one. It **consists of** over 100 creative drawings by local artists.

🅐 你想陪我去台北美術館嗎？
🅑 看情況。有什麼新展覽嗎？
🅐 是有一個，它展出了一百多件當地藝術家的創意畫作。

|片語| **Phrase 420** 💬　　　　　　🔊 MP3 420

反義表達
keep up with
趕上

drop behind
落後

S + drop behind + sb./sth. 表示「落在…之後」，**behind** 也可以代換為 **back**，意思不變，但 **drop back** 除了「落後」之外，還能表示「掉回（原處）」，如 **sth. drop back to the floor**（某物掉回地上）。

🅐 The Thunder have **dropped** two points **behind**.
🅑 Don't worry. There are three minutes left.
🅐 Come on! What can they do in three minutes?

🅐 雷霆隊已經落後兩分了。
🅑 別擔心，還剩三分鐘。
🅐 拜託！他們能在三分鐘內做什麼？

|片語| Phrase 421 🔊 MP3 421

drop off
打瞌睡、減少

反義表達
stay awake
保持清醒

drop off 有許多解釋，口語中，可以指「打瞌睡」，且 **drop sb. off** 還可表「讓某人下車」（自行下車用 **get off**）。

Ⓐ What do you think about the movie?
Ⓑ I have absolutely no idea.
Ⓐ Why?
Ⓑ Because I **dropped off** and missed most of it.

Ⓐ 你覺得這部電影怎麼樣？
Ⓑ 我完全沒有想法。
Ⓐ 為什麼？
Ⓑ 因為我睡著了，大部分的情節都沒看到。

|片語| Phrase 422 🔊 MP3 422

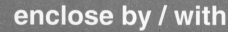
相關補充
surround
圍繞

enclose by / with
圍繞

enclose 當及物動詞，作「圍住、圈起」解釋，常用被動式，寫成 **be enclosed by/with sth.**（被某物包圍）。

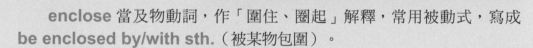

Ⓐ The bay is **enclosed by** the azure ocean. It's so beautiful!
Ⓑ Indeed it is.
Ⓐ And it's so romantic, too.
Ⓑ I'm glad you like it.

Ⓐ 海灣被蔚藍的海懷抱著，真美！
Ⓑ 的確很美。
Ⓐ 也很浪漫。
Ⓑ 我很高興你喜歡。

|片語| **Phrase 423**  　　　　MP3 423

escape from
逃離、逃脫

同義表達
get away
逃脫

escape 當「逃脫、逃離」時，逃離的對象可以是人或事物。escape 可以當及物或不及物動詞使用，在這個片語是作不及物動詞。

🅐 I just can't figure out how the magician **escaped from** the cage.
🅑 Me, neither. It's a solid iron cage.
🅐 He must have played some trick!
🅑 Of course.

🅐 我就是想不透那個魔術師是怎麼從籠子裡逃脫的。
🅑 我也不知道，那可是個堅固的鐵籠。
🅐 他一定有玩些把戲！
🅑 那是一定的。

|片語| **Phrase 424**  　　　　MP3 424

相關補充
whenever
每當

every time
每次、無論何時

every time 翻為「每次、無論何時」，原本後面會接 when，等於 whenever，用來連接兩個子句，但 when 大多會省略。

🅐 What's the name of this song? It's very nice.
🅑 It's "Sing Me to Sleep", my favorite song.
🅐 **Every time** I ride in your car, you always listen to this song.

🅐 這首歌叫什麼名字？很好聽。
🅑 這是我最喜歡的歌，《唱首歌伴我入眠》。
🅐 每次搭你的車，你都在聽這首歌。

|片語| Phrase 425　　　　　　MP3 425

fade out
漸弱、淡出

相關補充
fade away
變弱

　　fade 是不及物動詞，表「逐漸消失」，**fade out** 可以指電影／電視畫面中，影像逐漸變淡，或是聲音漸漸減弱等。

Ⓐ Did you shed tears at the end of the movie?

Ⓑ I did. It was so touching, especially when the music **faded out**.

Ⓐ I know. Then the man drew his last breath.

Ⓐ 電影結束時，你有哭嗎？

Ⓑ 我有，真的很感人，尤其是當音樂漸弱的時候。

Ⓐ 我懂，接著那男人也嚥下了最後一口氣。

|片語| Phrase 426　　　　　　MP3 426

相關補充
sleepy
想睡的

fall asleep
睡著

　　fall asleep 為固定的用法，表示「睡著」。這裡的 **fall** 強調「狀態的改變」（類似 **turn**、**grow**、**go** 等動詞的用法），相關的常見片語如 **fall sick**（生病）、**fall in love**（戀愛了）等。

Ⓐ Sorry I **fell asleep** during the movie.

Ⓑ That's OK. The movie was boring, and you were really tired.

Ⓐ I still am. Maybe we should call it a day.

Ⓐ 抱歉，我看電影時睡著了。

Ⓑ 沒關係。電影很無聊，而你也很累了。

Ⓐ 我還是滿累的，今天就到此為止吧。

Let's Acquire English Phrases via Pictures.

|片語| **Phrase 427** 💬 🔊 MP3 427

feel like
想要

相關補充
would like
想要

feel like 除了常見的「感覺像是…、摸起來像…」以外，**sb. + feel like + N/Ving** 在口語中也很常見，表示「想要」之意。加上否定詞就能表達「不太想要」（**don't feel like**）。

Ⓐ What are you going to do this weekend?
Ⓑ I **feel like** going to the movies. How about you?
Ⓐ I don't have any particular plans.
Ⓑ Then, do you want to go with me?

Ⓐ 你這週末要做什麼？
Ⓑ 我想去看電影，你呢？
Ⓐ 我沒有什麼特別的計劃。
Ⓑ 那你要和我一起去嗎？

|片語| **Phrase 428** 💬 🔊 MP3 428

同義表達
for instance
例如

for example
例如

文章中常會看到轉折語 **for example**，放句首、句中和句尾皆可，也可替換為 **for instance**。包含 **example** 的片語還有 **give an example**（舉個例子）、**set an example**（樹立榜樣）等。

Ⓐ What kind of sports do you like?
Ⓑ I prefer outdoor activities; **for example**, rock-climbing.
Ⓐ Cool!

Ⓐ 你喜歡什麼運動？
Ⓑ 我喜歡戶外活動，如攀岩。
Ⓐ 酷！

|片語| Phrase 429 　　　　　　　　　🔊 MP3 429

for fun
為了好玩、鬧著玩地

相關補充
have fun
玩得開心

　　for fun 是指為了得到樂趣，而去做某件事情，並非出於認真、嚴肅的心態，也可以寫成 **in fun**。

Ⓐ I heard that you're learning Japanese. Is it **for fun** or for work?
Ⓑ It's just for pleasure.
Ⓐ How long have you been learning it?
Ⓑ I've been learning Japanese for a year.

Ⓐ 聽說你在學日文，是消遣還是為了工作？
Ⓑ 只是消遣。
Ⓐ 你學多久了？
Ⓑ 我學一年了。

|片語| Phrase 430 　　　　　　🔊 MP3 430

同義表達
hurry up
趕緊

get a move on
趕快

　　本片語為口語用法，常見於祈使句，以催促別人快一點。move 在此處為名詞，為「採取行動」之意。與 move 相關的片語還包括 **move on/off**（出發）、**move out**（搬出）等。

Ⓐ If you don't **get a move on**, we're going to miss the movie.
Ⓑ OK. Let me grab my purse.
Ⓐ Don't forget your membership card with you.

Ⓐ 如果你不快點，我們將會錯過電影。
Ⓑ 好，讓我拿個皮包。
Ⓐ 別忘了帶會員卡。

|片語| **Phrase 431** 🗨️　　　🔊 MP3 431

同義表達
lose one's way
迷路

get lost
迷路、迷失

get lost 為不及物動詞片語，所以不可接受詞。**lost** 是形容詞，動詞為 **lose**。若用 **lose** 表示「迷路」時，可用 **lose one's way** 或 **lose oneself + in/on/at + (place)** 的句型。

Ⓐ Excuse me, I think I **got lost** somehow. Where is the SOGO Department Store?
Ⓑ Don't worry, you're almost there. It's just two blocks away.
Ⓐ Thank you so much.

Ⓐ 不好意思，我好像迷路了。請問 SOGO 百貨在哪裡？
Ⓑ 別擔心，你快到了，就在兩條街外。
Ⓐ 非常感謝你。

|片語| **Phrase 432** 🗨️　　　🔊 MP3 432

相關補充
obtain
獲得

get out of
從…獲得、離開

get A out of B 指「從 B 獲得 A」。中間若沒有名詞斷開，則表示「逃避、離開」，口語上的 *"Get out of here!"*（滾出去！）就來自於此。

Ⓐ Do you enjoy playing basketball?
Ⓑ Of course. I **get** so much **out of** it.
Ⓐ Like what?
Ⓑ Like learning to build teamwork while strengthening my body.

Ⓐ 你喜歡打籃球嗎？
Ⓑ 當然。我從中獲益良多。
Ⓐ 像是？
Ⓑ 像是在強健體魄的同時，學習團隊合作。

|片語| **Phrase 433**  MP3 433

get through
通過

同義表達
pass through
通過

get through 表示「通過」的意思，可能是具體的通過一個空間，也能指如法案在國會中通過、通過考試，或從困難中挺過等情境。

A Open your bag, please.
B OK. Is there anything wrong?
A Ma'am, I am sorry. Any liquid over 100ml isn't allowed to **get through**.
B Uh, oh. What should I do now?

A 請打開你的袋子。
B 好的，有什麼問題嗎？
A 女士，很抱歉。超過一百毫升的液體不准通過。
B 噢…，我現在應該怎麼辦？

|片語| **Phrase 434**  MP3 434

同義表達
have fun
玩得開心

have a good time
玩得開心、過得愉快

本片語通常用作他人出遊前的祝福語，可用 **have fun** 替換。此片語中的 **good** 為形容詞，可以換成 **nice**、**pleasant** 和 **wonderful** 等，反義表達為 **have a bad time**（過得很不愉快）。

A Isn't it nice to be here?
B Yes, it is. I'm with my daughter. She loves the merry-go-round here.
A That's great. Well, I have to go now. **Have a good time**!

A 這裡是不是很棒？
B 是啊，我和女兒一起來，她很喜愛這裡的旋轉木馬。
A 那真棒。嗯，我得走了，祝你們玩得開心！

|片語| **Phrase 435**  　　 MP3 435

have a habit of
有…的習慣

相關補充
be used to
習慣於

　　本片語用法為 **have a habit of + Ving**，也可寫成 **be in the habit of + Ving**。**used to** 則表示「過去習慣（而現在不再）」，別搞混囉！

Ⓐ What do you usually do on weekends?
Ⓑ I **have a habit of** going hiking every Saturday morning.
Ⓐ Cool! Where do you usually go?
Ⓑ Xiangshan. It's near my place.

Ⓐ 你週末通常都做些什麼？
Ⓑ 我習慣每週六早上健行。
Ⓐ 酷！你通常都去哪裡？
Ⓑ 象山，在我家附近。

|片語| **Phrase 436** 　　 MP3 436

同義表達
get the grab on
勝過

have an advantage over
勝過

　　advantage 為「有利條件、優點、優勢」之意，和它相反的單字是 **disadvantage**。介係詞 **over** 具有「在…之上、優於」的含意，因此 **have an advantage over** 便指「勝過」。

Ⓐ You know a lot about dinosaurs, right?
Ⓑ Kind of. I am quite interested in dinosaurs. Why?
Ⓐ I'm wondering if the T-rex **had an advantage over** any other species.

Ⓐ 你很瞭解恐龍，對吧？
Ⓑ 算是，我對恐龍滿有興趣的，怎麼了？
Ⓐ 我在想暴龍能否擊敗其它品種。

|片語| Phrase 437 　　　　　　　MP3 437

have an eye for
對⋯有鑑賞力

相關補充
out of taste
沒品味

這個片語是形容「對⋯很有鑑賞力、對⋯眼光獨到」，如果 **for** 改成 **to**，意為「著眼於、打算」；若改成 **on**，則成了「注意、監視」的意思。**have good taste in sth.** 也可指「對⋯很有品味」。

Ⓐ Which tie goes better with the blue shirt?
Ⓑ Just get the one you like.
Ⓐ Come on. You really **have an eye for** clothes. Help me out!
Ⓑ OK. The yellow one is better.

Ⓐ 哪條領帶比較搭那件藍襯衫？
Ⓑ 就搭你喜歡的那條。
Ⓐ 拜託，你對服裝真的很有眼光，幫幫我吧！
Ⓑ 好吧。黃色比較好看。

|片語| Phrase 438 　　　　　　　MP3 438

相關補充
breathtaking
驚人的

hold one's breath
屏息以待

hold one's breath 指屏住呼吸，可能是暫時閉氣，也可能表示「屏息而待」。口語上的 **"Don't hold your breath."** 是在寬慰對方，不需要為了尚未發生的事，而緊張得屏息以待。

Ⓐ How was the circus performance today?
Ⓑ Awesome! We **held our breath** while a man put his head in a lion's mouth.
Ⓐ Sounds exciting.

Ⓐ 今天的馬戲團表演如何？
Ⓑ 很棒！當男人把頭放進獅子的嘴裡時，我們都屏住氣息。
Ⓐ 聽起來很刺激。

|片語| **Phrase 439** 🗨️ 🔊 MP3 439

hundreds of
數以百計、許多

相關補充
millions of
數以百萬計

hundred（百）、thousand（千）等量詞前若有數字時，皆不加 **s**，如：**one hundred**（一百）、**two thousand**（兩千）。但若要表示「數以…計」時，必須加 **s**。在此 **hundreds of** 引申為「許多」。

Ⓐ Where do you want to go today?
Ⓑ Can we go to Q Square?
Ⓐ It's the first day of their anniversary sale. There will be **hundreds of** people there.
Ⓑ But there will be great sales as well.

Ⓐ 你今天想去哪裡？
Ⓑ 我們可以去京站時尚廣場嗎？
Ⓐ 今天是週年慶的第一天，那裡一定擠爆了。
Ⓑ 但也會有大量的折扣。

|片語| **Phrase 440** 🗨️ 🔊 MP3 440

反義表達
out of danger
脫離危險

in danger of
處於…危險中

in danger（在危險中）可單獨使用，加了 **of + N/Ving**，便表示「有…的危險」。另外，**dangerous**（危險的）不等於 **in danger**，不能互相代換，因為 **dangerous** 是說某人／事物具有危險性。

Ⓐ Come on! Not again!
Ⓑ Calm down. It's just a game.
Ⓐ How can I calm down? Jeremy Lin is **in danger of** losing the championship for the whole team.

Ⓐ 拜託！不會又來了吧！
Ⓑ 冷靜一點，不過是場比賽罷了。
Ⓐ 我怎麼能冷靜？林書豪正處於讓全隊失去冠軍的危機中。

|片語| Phrase 441　　　　　　　　　🔊 MP3 441

in harmony with
與⋯協調、與⋯一致

相關補充
accordance
一致

　　harmony 表「和諧、一致」，既可指音韻上的和諧，也可表示人和人之間的和睦、融洽。**in harmony** 可單獨使用，或加上 **with** 再接受詞。**out of harmony with** 則表示「不一致、不協調」。

Ⓐ Would you please turn that off? It's killing me!
Ⓑ What's wrong? Don't you like the music?
Ⓐ Not at all. The drums are not **in harmony with** the Chinese flutes.

Ⓐ 你可以把那個關掉嗎？快讓我煩死了！
Ⓑ 怎麼了？你不喜歡這個音樂嗎？
Ⓐ 一點也不，鼓和中國竹笛不協調。

|片語| Phrase 442　　　　　　　　　🔊 MP3 442

同義表達
particularly
特別、尤其

in particular
特別是、尤其是

　　in particular 常會出現於寫作中，等於 particularly，意為「尤其是、特別是」，目的是為了想加重強調某件事。

Ⓐ What sports do you like?
Ⓑ All kinds of sports, rock-climbing **in particular**.
Ⓐ Cool! Can I go with you sometime?
Ⓑ Sure. How about this Saturday?

Ⓐ 你喜歡什麼運動？
Ⓑ 各種運動都喜歡，尤其是攀岩。
Ⓐ 酷！我可以找時間和你一起去嗎？
Ⓑ 當然好，這個星期六如何？

|片語| Phrase 443　　　　　　　　　MP3 443

indulge in
沉迷於

相關補充
indulgent
放縱的

本片語可以用 **indulge oneself in** 替換，後方再接沉迷的事物即可。此外，還有 **indulge oneself with + sth.** 的用法，表示「享受某事物」，如 **indulge myself in good food**（享用美食）。

A. Where is Joe?
B. Where else can he be since Diablo 3 was released just two days ago?
A. Don't tell me he has **indulged** himself **in** it!

A. 喬在哪裡？
B. 既然兩天前《暗黑三》發售了，他還能在哪裡？
A. 別跟我說他在沉迷那個！

|片語| Phrase 444　　　　　　　　　MP3 444

相關補充
side by side
並駕齊驅

keep abreast of
不落人後、與⋯並駕齊驅

動詞 **keep** 可改用 **stay**，意思不變。**abreast** 為副詞，為「並列、並排、並肩」的意思，本片語也可以寫成 **keep abreast with**。

A. Who do you think will win the MVP award for this season?
B. I'm not sure. Maybe Curry or Lebron.
A. You are right. You really **keep abreast of** the sports news.

A. 你認為誰將贏得本季的最有價值球員？
B. 我不確定，柯瑞或雷霸龍吧。
A. 沒錯，你總跟得上體育新聞。

|片語| Phrase 445 ◯ 　　　　　　🔊 MP3 445

同義表達
strike down
擊倒

knock out
擊倒、打敗

　　若將片語寫成 **knockout** 時，可當形容詞，意為「擊倒對手的」；也可以作為名詞，意為「擊倒、讓人留下深刻印象的人事物」。

Ⓐ Nice punch!
Ⓑ What are you watching? A boxing match?
Ⓐ Yes. Johnson **knocked out** his opponent in the last minute of the round and won!
Ⓑ Wow. It sounds like it was exciting.

Ⓐ 好拳！
Ⓑ 你在看什麼？拳擊賽嗎？
Ⓐ 沒錯。強森在最後一分鐘擊倒對手，贏得比賽！
Ⓑ 哇。比賽聽起來很刺激。

|片語| Phrase 446 ◯ 　　　　　　🔊 MP3 446

相關補充
obey
服從

listen to
傾聽、聽從

　　listen 是不及物動詞，指「聽」或「聽從」，通常搭配介係詞 **to**，例如 **listen to music**（聽音樂）。**listen** 和 **hear** 經常被搞混，**listen** 強調的是「聽」的動作，而 **hear** 是「聽到」，強調被動的接收。

Ⓐ What's wrong with you? You look upset.
Ⓑ I'm having the biggest dilemma ever. I don't know which dress to buy.
Ⓐ **Listen to** your heart. It will tell you the best way to go.

Ⓐ 你怎麼了？看起來很苦惱的樣子。
Ⓑ 我正面臨史上最大的困境，不知該買哪件洋裝。
Ⓐ 傾聽你的心，它會告訴你怎麼做最好。

Let's Acquire English Phrases via Pictures.

|片語| **Phrase 447** 💬　　　　🔊 MP3 447

live on
以…為主食、靠…過活

相關補充
subsist
維持生活

因為字義的關係，所以 **live on** 後面能接的名詞較多元（如 **rice** 米、**salary** 薪水），但 **feed on**（以…為食）就只能接食物。

Ⓐ Do you know there are more than millions of dust mites in our bed? They **live** and prosper **on** dead skin from humans and hair.

Ⓑ What? Yuk! I really should stop you from watching the Discovery Channel.

Ⓐ 你知道我們床上有超過數百萬隻塵蟎嗎？他們以人類的皮屑和毛髮為主食生存繁衍！

Ⓑ 什麼？真噁！我真不該再讓你看探索頻道了。

|片語| **Phrase 448** 💬　　　　🔊 MP3 448

相關補充
look for trouble
找麻煩

look for
尋找

look for 指「尋找」，和 **find** 的差別在於：**look for** 是強調尋找的「動作」，而 **find** 的中文是「找到、發現」，是尋找這個動作的結果。

Ⓐ Good morning. What can I do for you?

Ⓑ I am **looking for** a birthday gift for my daughter.

Ⓐ How about this? A cute, pink bag.

Ⓑ She will love this.

Ⓐ 早安。我可以為您做些什麼呢？

Ⓑ 我在找送給女兒的生日禮物。

Ⓐ 這個怎麼樣？一個可愛的粉紅色提袋。

Ⓑ 她一定會喜歡的。

| 片語 | Phrase 449 💬   🔊 MP3 449

make a living
謀生

這裡的 **living** 是名詞，指「生計」。片語中的 **make** 可改用 **earn** 或 **gain** 取代，意思不變。如果片語後接 **(by) + Ving** 是指「做…維生」；接 **as + N** 則表示「從事…行業維生」。

Ⓐ Have you read Mr. Hall's autobiography?
Ⓑ Not yet. I heard it's worth reading.
Ⓐ Totally. Do you know he used to **make a living** by recycling garbage?
Ⓑ Then, how did he become a billionaire?

Ⓐ 你讀過霍爾先生的自傳嗎？
Ⓑ 還沒，聽說很值得一讀。
Ⓐ 沒錯。你知道他曾靠回收垃圾謀生嗎？
Ⓑ 那他是怎麼變成億萬富翁的？

| 片語 | Phrase 450 💬   🔊 MP3 450

make...into...
把…改變成…

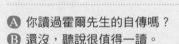

make...into... 是指將原料、物質等，經過加工而製成某物，後面接的是成品。常用被動式，寫法是 **A be made into B**（**A** 被製成 **B**）。

Ⓐ What are you reading?
Ⓑ A spy novel, *Red Sparrow*.
Ⓐ I've heard of it. It's so good that it was also **made into** a film.
Ⓑ Really? I don't want to miss that one.

Ⓐ 你在讀什麼？
Ⓑ 間諜小說《紅雀》。
Ⓐ 我有聽過。聽說因為小說很棒，所以還被拍成電影。
Ⓑ 真的嗎？那我絕對不能錯過。

|片語| Phrase 451

🔊 MP3 451

most of
大多數、大部分

相關補充
mostly
多數地

most of 的用法如下：**1.** most of + 代名詞（如 **most of them**）。**2.** most of + the/these/those/one's + N（如 **most of my books**）。本片語表達的是某一群體中的大部分，有限定範圍。

Ⓐ I don't want to go shopping at all!
Ⓑ It's the anniversary sale, and most items are 70% off!
Ⓐ But **most of** the items on sale aren't things I need.

Ⓐ 我一點也不想去逛街！
Ⓑ 現在是週年慶期間，大部分商品都打三折！
Ⓐ 但大部分打折的商品都不是我需要的。

|片語| Phrase 452

🔊 MP3 452

相關補充
don't mention it
不客氣

never mind
別介意、沒關係

面對他人的道歉時，可以用 never mind 表示「沒關係」。口語上還有 "Never you mind." 的用法，意思為「不關你的事」，口氣雖然比 "None of your business." 好一點，但還是有點衝。

Ⓐ Excuse me. This is my seat.
Ⓑ I am sorry. I didn't think it was taken.
Ⓐ **Never mind**.
Ⓑ Let me take my bags away.

Ⓐ 不好意思，這是我的座位。
Ⓑ 抱歉，我以為沒人坐。
Ⓐ 沒關係。
Ⓑ 那我把我的包包拿走。

|片語| Phrase 453 　　　　　　　　MP3 453

no wonder
難怪

相關補充
wondering
疑惑的

no wonder 為副詞片語，通常放在句首，後面接完整子句。**wonder** 當動詞時有「想知道」的意思，當名詞則表示「奇觀、奇蹟」。

Ⓐ I just got back from a nice vacation in Hawaii.
Ⓑ **No wonder** you are so tanned and energetic!
Ⓐ Yes, it was a fantastic holiday!

Ⓐ 我剛從夏威夷度假回來。
Ⓑ 難怪你膚色健美又活力十足！
Ⓐ 是啊，真是個美好的假期！

|片語| Phrase 454 　　　　　　　　MP3 454

反義表達
on duty
上班

off duty
下班、未當班

off 是「離開、離去」的意思；**duty** 指「自身認為應盡的義務」，與 **duty** 相關的片語有 **relieve one of one's duties**（解雇某人）、**shirk one's duty**（怠忽職守）。

Ⓐ Hi, I'd like to get a refund on this handbag.
Ⓑ I'm sorry, but I'm **off duty** now. Do you mind going to aisle 7?
Ⓐ OK. Thank you.

Ⓐ 你好，我要退這個手提包。
Ⓑ 很抱歉，但我已經下班了。您介意至七號走道嗎？
Ⓐ 好的，謝謝。

| 片語 | Phrase 455 💬   🔊 MP3 455

on earth
究竟、到底

同義表達
in hell
究竟

口語中，**on earth** 常放在疑問詞（**what, when, where, why, who, how**）的後面，以加強疑問句的語氣。另外，像 **in the world**、**the hell**、**the devil** 等也有相同的用法。

Ⓐ Shoes again? What **on earth** do you need more shoes for?
Ⓑ A pretty woman can never have enough shoes.
Ⓐ Yes, especially when she is a centipede.

Ⓐ 又買鞋？你究竟為何需要那麼多雙鞋？
Ⓑ 一個美女不可能擁有足夠的鞋子。
Ⓐ 是啊，尤其當她是隻蜈蚣的時候。

| 片語 | Phrase 456 💬   🔊 MP3 456

相關補充
by train
搭火車

on foot
步行

想要表示「藉由何種交通工具」時，一般用介係詞 **by**，例如 **go to school by bus**（搭公車上學），只有「步行」的講法比較特殊，固定搭配 **on**。

Ⓐ Where are you going?
Ⓑ SOGO Department Store.
Ⓐ Are you going **on foot**?
Ⓑ Yeah. My car isn't running again.

Ⓐ 你要去哪裡？
Ⓑ 太平洋 SOGO 百貨。
Ⓐ 你要走路去嗎？
Ⓑ 是啊，我的車又壞了。

|片語| Phrase 457 　　　　　　　 (((MP3 457

on sale
出售的、特價中的

相關補充
for sale
待售

on sale 指某商品目前「銷售中」或「特價」，因此主詞不可為店家，如要說某商家正在打折，必須用 have a sale。

A We are looking for a 3-D TV.
B We happen to have some pretty great models **on sale**.
A Can I take a look at them?
B Sure. This way, please.

A 我們在找 3D 電視。
B 我們碰巧有些不錯的產品正在特價。
A 我可以看一下嗎？
B 當然可以，這邊請。

|片語| Phrase 458 　　　　 (((MP3 458

owing to
由於

同義表達
thanks to
由於

owing to 和 because of、due to、thanks to 一樣，都是介係詞片語，因為此處的 to 為介係詞，所以其後須接名詞或動名詞。

A The shipment will not be on schedule **owing to** the bad weather.
B When will it arrive?
A Next Tuesday as long as the weather improves.

A 由於天候不佳，貨運將無法準時抵達。
B 貨品何時會到？
A 如果天氣好轉的話，下週二會到。

Let's Acquire English Phrases via Pictures.

|片語| **Phrase 459** 💬 　　　🔊 MP3 459

pass off...as
把⋯冒充為⋯

> 相關補充
> **fake**
> 偽造、冒充

　　pass off A as B 是「把 **A** 冒充為 **B**」的意思，其中 **A** 和 **B** 可為人或物。要注意 **pass off** 表示「消失」，如 **the color passed off**（顏色消失了）。

Ⓐ That guy tried to **pass off** that fake Gucci bag **as** a real one.
Ⓑ Good thing you noticed it was a fake.
Ⓐ It wasn't too hard to see that.
Ⓑ You're so good at spotting fakes.

Ⓐ 那個男人試圖用仿古馳包以假亂真。
Ⓑ 幸好你有注意到那是假貨。
Ⓐ 並不難看出來。
Ⓑ 在辨認假貨上，你真的很厲害。

|片語| **Phrase 460** 💬 　　　🔊 MP3 460

> 相關補充
> **big deal**
> 至關重要的事

prevent from
阻止、預防

　　本片語可以指「阻止」某人去做某事，或是「預防」某事的發生，**prevent** 和 **from** 之間是想要阻止的對象，**from** 後面通常接動名詞，其中，**prevent** 也可以用 **keep** 和 **stop** 來代換。

Ⓐ You should put on your sunglasses.
Ⓑ I don't have mine with me. It's no big deal.
Ⓐ Yes, it is. Sunglasses can **prevent** your eyes **from** getting hurt by the sunlight.

Ⓐ 你應該戴上你的太陽眼鏡。
Ⓑ 我的沒帶在身上，這沒什麼關係。
Ⓐ 有關係。太陽眼鏡可預防你的眼睛遭陽光傷害。

|片語| Phrase 461 　MP3 461

provide with
提供、供給

同義表達
supply with
供給

本片語的用法為 **provide sb. with sth.**。**provide** 和 **supply** 都有「供給」之意，差別在於，**provide** 是指「先準備或供應必須的物品」；**supply** 則是指「為某人或地區補充不足或必要的東西」。

Ⓐ It's my first time here. Can you recommend some interesting places to go?
Ⓑ You can go to the information center first. They will **provide** you **with** a local map and a bus schedule.

Ⓐ 這是我第一次來這裡。你可以推薦我一些有趣的景點嗎？
Ⓑ 你可以先去遊客服務中心，他們會提供你當地地圖和公車時刻表。

|片語| Phrase 462 　MP3 462

同義表達
mention
提及

refer to
提到、稱呼

refer 是動詞，有「提及、查閱」等意思，通常搭配 **to**。**refer to** 也可當「稱呼」，像對話中是用 **refer to A as B**（把 A 稱呼為 B）。

Ⓐ Where is your next stop on your trip?
Ⓑ New York.
Ⓐ Isn't New York also **referred to** as The Big Apple?
Ⓑ Correct!

Ⓐ 你旅程的下一站是哪裡？
Ⓑ 紐約。
Ⓐ 紐約不也被稱作「大蘋果」嗎？
Ⓑ 沒錯！

| 片語 | Phrase 463 💬　　　　　🔊 MP3 463

ride on
乘坐

相關補充
mount
騎上

ride 用於較小的交通工具上，如機車、腳踏車、馬等；**drive** 則為駕駛較大的車輛；飛行器用 **fly**；駕駛船隻的動詞則為 **sail**。

Ⓐ What's your best experience ever?
Ⓑ It might be **riding on** horseback ten years ago.
Ⓐ Wow. How old were you at that time?
Ⓑ I was six then, and my dad rode with me.

Ⓐ 你最棒的經驗是什麼？
Ⓑ 可能是十年前的騎馬吧。
Ⓐ 哇，你當時幾歲？
Ⓑ 我那時六歲，我爸爸和我一起騎。

| 片語 | Phrase 464 💬　　　　　🔊 MP3 464

相關補充
hunt out
找出

search for
搜尋、搜查

「搜尋某物」的講法為 **search for + sth.**。其他與 **search** 相關的片語有 **search out**（找出）、**in search of**（尋求）等。

Ⓐ Ma'am, how can I help you?
Ⓑ I'm **searching for** a birthday present for my boyfriend.
Ⓐ How about a tie?
Ⓑ Well, it will look perfect on him.

Ⓐ 小姐，需要幫忙嗎？
Ⓑ 我正在找送給男朋友的生日禮物。
Ⓐ 送條領帶如何？
Ⓑ 嗯，他繫起來會很好看。

| 片語 | Phrase 465 🗨️ 　　　　　　　🔊 MP3 465

see off

為…送行

相關補充
see out
熬過

　　see sb. off 指「為某人送行」。若想表達「送某人去某處」，則用 **walk sb. to +** 地方，如 **walk you to the door**（送你到門口）。

Ⓐ Where are you going?
Ⓑ To the airport.
Ⓐ The airport? Are you going on a vacation?
Ⓑ No, Girls' Generation are leaving today. I want to **see** them **off**.

Ⓐ 你要去哪裡？
Ⓑ 機場。
Ⓐ 機場？你要去度假嗎？
Ⓑ 不是，少女時代今天離台，我想去幫她們送機。

| 片語 | Phrase 466 🗨️ 　　　　　　　🔊 MP3 466

相關補充
seek after
探索

seek out

找到

　　seek 較常用於尋找抽象的事物（如 **seek an opinion** 尋求意見），動詞三態為 **seek**、**sought**、**sought**，與這個動詞相關的片語如 **seek to**（嘗試、試圖）、**be not far to seek**（近在眼前）。

Ⓐ Here you are! I've been trying to **seek** you **out** for a long time now.
Ⓑ I've been waiting for you for two hours.
Ⓐ It's not my fault. There are so many people here.

Ⓐ 你在這裡！我找你找了好久。
Ⓑ 我已經等了你兩個小時了。
Ⓐ 不能怪我，這裡的人太多了。

|片語| **Phrase 467**  MP3 467

set off
出發、動身

同義表達
hit the road
上路

當「出發」解釋時，**set off** 與 **set out** 同義，可互相替換，但兩者皆為不及物動詞片語，因此，若想加上地點，必須寫成 **sb. + set off/out for + 地點**，如 **She set off for Paris.**（她出發去巴黎）。

Ⓐ If we want to catch the 7:00 train, we should **set off** now.
Ⓑ That means we only have 10 minutes left to get to the station.
Ⓐ I don't think we can make it in 10 minutes.

Ⓐ 如果我們想搭七點的火車，現在就得出發。
Ⓑ 也就是說，我們要在十分鐘內抵達火車站。
Ⓐ 我不覺得十分鐘內到得了。

|片語| **Phrase 468**  MP3 468

相關補充
handshake
握手

shake hands with
與…握手

本片語用法為 **shake hands with + sb.**，因為握手涉及雙方，一定有兩隻手，所以 **hands** 必須用複數，也可以用 **shake sb. by the hand** 取代。

Ⓐ You know what? The greatest thing ever happened today!
Ⓑ What was it?
Ⓐ I met Adele in the airport, and she even **shook hands with** me!

Ⓐ 你知道嗎？今天發生了我生命中最棒的事！
Ⓑ 是什麼？
Ⓐ 我在機場遇到愛黛兒，她甚至和我握手！

|片語| Phrase 469 💬　　　　　🔊 MP3 469

take a nap
打盹、小睡

相關補充
doze off
打瞌睡

同樣表達「睡」，**nap** 指在白天的小睡片刻；不自主地打瞌睡常用 **doze off** 或 **nod off**；**sleep** 則指長時間的睡眠。

Ⓐ It will be a long journey. What are you going to do while we are on the train?

Ⓑ Read a book, maybe. What about you?

Ⓐ If it's OK with you, I'd like to **take a nap**.

Ⓑ Of course. Go ahead.

Ⓐ 這會是個長途旅行。我們坐火車的時候，你要做什麼？

Ⓑ 也許看書吧，你呢？

Ⓐ 如果你不介意，我想睡一下。

Ⓑ 當然不介意，儘管睡吧。

|片語| Phrase 470 💬　　　　　🔊 MP3 470

相關補充
think about
考慮

think of
認為、想到

think of 可以作「認為、考慮、想到」等解釋，在下面對話中是指「認為」的意思，英文中的 **think of A as B**，即「把 A 視為 B」。

Ⓐ What did you **think of** *Iron Man*?

Ⓑ It's definitely the best movie to come out in the past six months.

Ⓐ I couldn't agree more. Robert Downey Jr. totally pulled it off again!

Ⓐ 你覺得《鋼鐵人》怎麼樣？

Ⓑ 絕對是近六個月來最棒的一部電影。

Ⓐ 我很同意。小勞勃道尼再一次完美表現！

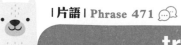

|片語| Phrase 471 🗨️　　　　🔊 MP3 471

try on
試穿、試用

相關補充
trial run
試車、試航

　　try on 是外出逛街時最常用到的片語，意即「試穿」，不但可以用在試穿衣服、褲子、鞋子上，也包括帽子或各種配件。

Ⓐ Did you find anything you like?
Ⓑ Yes, I would like to take a look at the pink dress.
Ⓐ You can **try** it **on** if you like.
Ⓑ That would be great.

Ⓐ 您有看到喜歡的東西嗎？
Ⓑ 有，我想看一下那件粉紅色洋裝。
Ⓐ 如果您想的話可以試穿。
Ⓑ 那就太好了。

|片語| Phrase 472 🗨️　　　　🔊 MP3 472

同義表達
run out
被耗盡

use up
用完、筋疲力盡

　　use up 指「用完、耗盡」，可以是物品、金錢等用完或花光，也能表達抽象的耗盡體力、精力等。**use up** 當「筋疲力盡」時，屬口語用法，常用被動式表示，如果說 **"I'm used up."**，意思是「我累壞了」。

Ⓐ We are about to **use up** all the money.
Ⓑ Really? But we are just on the half way in our journey.
Ⓐ Don't worry. We can cash our traveler's checks.

Ⓐ 我們快花完所有的錢了。
Ⓑ 真的嗎？但我們的旅程只走到一半而已。
Ⓐ 別擔心，我們可以兌現旅行支票。

|片語| Phrase 473  　　　　MP3 473

wake up
醒來

相關補充
awaken
喚醒

wake up 當及物動詞時，指「喚醒」，如 wake sb. up（叫醒某人），若當不及物動詞，則指「醒來」，寫成 sb. wake up。

Ⓐ Why do you keep yawning all the time?
Ⓑ I **woke up** at three this morning. Now I'm very sleepy.
Ⓐ Three? Why?
Ⓑ I had to watch an important game.

Ⓐ 你為什麼一直打哈欠？
Ⓑ 我今天早上三點就起床了，現在很睏。
Ⓐ 三點？為什麼？
Ⓑ 我得看場重要比賽。

|片語| Phrase 474 　　　　MP3 474

相關補充
prefer
寧可

would rather
寧願、（與其…）倒不如

本片語後直接加動詞，表示「寧願做某事」，若想做比較，則用
would rather A than B（寧願 A 也不願 B），**A、B** 詞性與時態須一致。

Ⓐ What are you going to do today?
Ⓑ I **would rather** stay home and watch TV.
Ⓐ Are you sure? It's the weekend!
Ⓑ I really want to get some rest after the final exam.

Ⓐ 你今天要做什麼？
Ⓑ 我寧願待在家裡看電視。
Ⓐ 你確定嗎？今天是週末耶！
Ⓑ 我真的想在期末考後好好休息一下。

NOTE

Part

5

人際互動你我他

一直被人際關係夾得喘不過氣？
面對戀愛對象，總是愛在心裡口難開？
想成功破冰、晉升人氣王，
就從這些片語開始吧！

Getting Along with People Isn't Easy.

| 片語 | Phrase 475 🗨 MP3 475

arrive at
到達、抵達

同義表達
reach
到達

arrive at 表「抵達」，後接地點。**come** 和 **arrive** 都有抵達某處的意思，但 **come** 強調到達的進程或動作；**arrive** 則強調抵達目的地的結果。前者涉及動作，後者則以結果為主。

Ⓐ When will Grandma **arrive at** the airport tomorrow?
Ⓑ Five thirty in the morning.
Ⓐ I'm thinking about picking her up at the MRT station.

Ⓐ 奶奶明天什麼時候會抵達機場？
Ⓑ 早上五點半。
Ⓐ 我想去捷運站接她。

| 片語 | Phrase 476 🗨 MP3 476

相關補充
greet
問候、招呼

ask after
問候、探問

ask after + sb. 用來詢問他人的狀況。**inquire after** 也能用來詢問人的近況，但也有「問人以取得某些消息」的意思。

Ⓐ Karen dropped by and **asked after** you this afternoon.
Ⓑ Really? How is she?
Ⓐ She just came back from her honeymoon in Paris. This is a souvenir she bought for us.

Ⓐ 凱倫今天下午有來，她有問候你。
Ⓑ 真的嗎？她還好嗎？
Ⓐ 她剛從巴黎度蜜月回來，這是她買給我們的紀念品。

|片語| Phrase 477　　　　　　　MP3 477

at a distance
有相當距離

同義表達
from afar
從遠處

　　無論是空間、時間或關係的間隔，都可以用 **distance** 這個字。本片語若接 **of** + 時間，表示「相隔…」，如 **at a distance of 10 years**（相隔十年）。此外，**keep sb. at a distance** 指「與某人保持距離」。

Ⓐ Do you see the girl over there?
Ⓑ Which girl? I can't see very well **at a distance**.
Ⓐ I think she's our high school classmate, Jessica.

- -

Ⓐ 你看到那邊的那個女生了嗎？
Ⓑ 哪一個女生？距離有點遠，我看不太清楚。
Ⓐ 我覺得那是我們的高中同學潔西卡。

|片語| Phrase 478　　　　　　　MP3 478

相關補充
not at all
一點也不

at all
根本、絲毫

　　at all 通常用於否定句中，表示「一點都不」的意思，能加強語氣；用於疑問句則指「究竟、到底」。此外，口語中的 **"Not at all."** 用於回覆他人的感謝之詞，意思等於 **"You're welcome."**（不客氣）。

Ⓐ You don't care about me **at all**.
Ⓑ Why do you say that?
Ⓐ If you cared about me, you would remember my birthday.

- -

Ⓐ 你一點都不關心我。
Ⓑ 為什麼這麼說？
Ⓐ 如果你關心我，就會記得我的生日。

Let's Acquire English Phrases via Pictures.

🔊 MP3 479

at heart
本質上、內心裡

相關補充
naturally
天生地

at heart 為副詞片語，通常放在句尾修飾全句，表示一個人真實的內在。與 **heart** 相關的片語有 **at the bottom of one's heart**（在某人的內心深處）、**pour one's heart out**（傾吐心事）。

Ⓐ David, I know you are not really bad **at heart**. Why did you hit John?
Ⓑ He's been very mean to my little sister.
Ⓐ But you can always turn to me for help. Violence cannot solve problems.

Ⓐ 大衛，我知道你本質上並不壞。為什麼你要打約翰？
Ⓑ 他一直對我妹妹很壞。
Ⓐ 但是你可以來找我幫忙啊。暴力不能解決問題。

🔊 MP3 480

相關補充
use at will
任意使用

at one's disposal
供某人任意使用

disposal 具有「控制、（自由）處置權」的意思，因此，**at one's disposal** 便形容某物品可供某個人任意使用。本片語在句中常與 **put** 連用，即 **put...at one's disposal**（把…交給某人自由處置）。

Ⓐ Welcome. Please make yourself at home.
Ⓑ Thank you for having me here during my business trip.
Ⓐ Not at all. There are towels **at your disposal** in the cabinet.

Ⓐ 歡迎，請把這裡當自己家。
Ⓑ 謝謝你讓我出差時住在這裡。
Ⓐ 不客氣。櫃子裡有毛巾，你可以隨意使用。

Part 5 / 人際互動你我他

|片語| Phrase 481 　　　　MP3 481

be ashamed of
因…感到羞愧

相關補充
abashed
羞慚的

本片語後面加名詞或動名詞。**ashamed** 與 **shameful** 的中文字義都是「丟臉的」，但意思卻完全不同。**ashamed** 表示人「感到羞愧」；**shameful** 則用來形容事情或行為「可恥」，必須區分清楚。

A You should **be ashamed of** yourself for hitting your sister.
B But she used my laptop without my permission!
A She's little. Can't you be more tolerant?

Ⓐ 你該為了打你的妹妹而感到羞愧。
Ⓑ 但是她沒經過我的允許，就用了我的筆記型電腦！
Ⓐ 她還小，你不能多容忍她一點嗎？

|片語| Phrase 482 　　　　MP3 482

相關補充
in relation to
關於

be bound up with
與…有密切關係

bound 為 **bind**（綁）的過去分詞，在此處作為形容詞，指「被縛住的、受束縛的」。同樣用來表示「有關係」的片語還有 **have something to do with**、**be in connection with**、**relate to** 等。

A Where is Andrew? I thought he was coming for dinner, too.
B He **is bound up with** his girlfriend.
A That's too bad. I didn't know he valued love over friendship.

Ⓐ 安德魯人呢？我以為他也要來吃晚餐。
Ⓑ 他跟女友黏在一起。
Ⓐ 太糟了，我不知道他重色輕友。

|片語| **Phrase 483**

🔊 MP3 483

be crazy about
對…狂熱、醉心於…

相關補充
enthusiastic
熱情的

crazy 可以用來形容一個人行為或想法缺乏理性，也就是「瘋狂的」，因此，當人 **be crazy about + sth.**，表示對某物極為狂熱，類似的說法有 **be keen on**（熱愛）、**be a big fan of sth.**（是…的迷）。

Ⓐ Wow! It's a Hello Kitty bag! Thank you!
Ⓑ I'm glad you like it.
Ⓐ Like it? Are you kidding me? I **am crazy about** it! Thank you so much.

Ⓐ 哇！是個凱蒂貓的袋子！謝謝你！
Ⓑ 我很高興你喜歡。
Ⓐ 喜歡？你開玩笑嗎？我愛死它了！真的很謝謝你。

|片語| **Phrase 484**

🔊 MP3 484

相關補充
doom
注定

be destined to
命中注定要…

destine 是動詞「命定」，除了用 **be destined to + V**，亦有 **be destined for + N** 的用法。另外，**fate** 和 **destiny**（**destine** 的名詞）都指「命運」，但 **fate** 偏向「宿命」，有無法改變的意味。

Ⓐ Look at Sam and May. They **are destined to** be with each other.
Ⓑ Looking at them makes me want to get married, too. Will you marry me?
Ⓐ Are you out of your mind?

Ⓐ 你看山姆和梅，他們是命中注定的一對。
Ⓑ 看著他們讓我也想結婚了。你願意嫁給我嗎？
Ⓐ 你瘋了嗎？

|片語| Phrase 485 💬　　　　　　　🔊 MP3 485

be different from
與…不同

反義表達
the same as
和…一樣

　　英文中「與…不同」的用法，以 **be different from** 最普遍，介係詞可以替換為 **to** 或 **than**（**be different to/than + sth.**）。

Ⓐ I never knew that you had a twin brother.
Ⓑ Yes, I do, but we **are** quite **different from** each other.
Ⓐ In what ways?
Ⓑ We have different hobbies and interests.

Ⓐ 我從來不知道你有個孿生兄弟。
Ⓑ 對啊，但我們很不一樣。
Ⓐ 怎麼說？
Ⓑ 我們的嗜好和興趣都不同。

|片語| Phrase 486 💬　　　　　　🔊 MP3 486

相關補充
zealous
熱情的

be eager for
渴望

　　be eager for sth. 指「渴望得到某物」。**eager** 和 **anxious** 皆表示「渴望的」，其差別在於 **eager** 是「因想得到某物，而感到非常興奮或熱心」；**anxious** 則強調「唯恐受到挫折，而感到不安、焦躁」。

Ⓐ Did you see David? He **is eager for** your love.
Ⓑ What are you talking about?
Ⓐ Can't you see? He's been trying to flirt with you all night.

Ⓐ 你看大衛，他很渴望你的愛。
Ⓑ 你在說什麼？
Ⓐ 你看不出來嗎？他一整晚都想和你調情。

| 片語 | Phrase 487 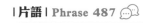　　　　　　　　🔊 MP3 487

be engaged to
和…訂婚

相關補充
engage in
忙於

engage 除了「訂婚」以外，還有「（電話）佔線中、忙於」等意思。本片語的同義表達有 **engage oneself to**（與…訂婚）。

Ⓐ Have you heard the news? Amanda is going to **be engaged to** Robert!
Ⓑ What surprising news!
Ⓐ Not to me. Robert has had a crush on Amanda ever since they first met.

Ⓐ 你聽說了嗎？亞曼達要和羅伯特訂婚了！
Ⓑ 真是驚人的消息！
Ⓐ 對我來說不是。打從他們第一次見面，羅伯特就很迷戀亞曼達。

| 片語 | Phrase 488 　　　　　　　🔊 MP3 488

相關補充
envious
嫉妒的

be jealous of
嫉妒

envious 表示「羨慕他人有、你沒有的東西」；jealous 的情緒更負面，怕對方影響到你。例如，某同事既漂亮又聰明，你會 envious；但若那位正妹與你男友調情，你就會 jealous 了。

Ⓐ Look at Charlotte and Eric. How happy they are!
Ⓑ But I think she deserves a better guy.
Ⓐ Come on! You're just **being jealous of** Eric. I know you like her, too.

Ⓐ 你看夏綠蒂和艾瑞克，他們真幸福！
Ⓑ 但我認為夏綠蒂值得更好的人。
Ⓐ 拜託！你只是嫉妒艾瑞克，我知道你也喜歡她。

|片語| Phrase 489 　　　　　　　　　　🔊 MP3 489

be junior to
比⋯年幼

反義表達
be senior to
比⋯年長

junior 表示「年紀較輕的」。應注意的是，**junior to** 加受格（**me**、**him**、**her** 等）；同義詞 **younger than** 則加主格（**I**、**he**、**she** 等）。

Ⓐ Is that your older brother over there?
Ⓑ No, he's my younger brother, Tom.
Ⓐ He **is junior to** you? He looks at least two years older than you.
Ⓑ Ha-ha. He's a bit old for his age.

Ⓐ 那邊那位是你的哥哥嗎？
Ⓑ 不，那是我弟弟，湯姆。
Ⓐ 他比你小？他看起來至少比你大兩歲。
Ⓑ 哈哈，他看起來比實際年齡成熟。

|片語| Phrase 490 　　　　　　　　　　🔊 MP3 490

相關補充
grumpy
性情乖戾的

bear the brunt of
首當其衝

本片語的用法為 **sb. + bear the brunt of + N**，此處的 **sb.** 為「受到衝擊之人」。**bear** 可以用 **take** 替換，意思不變。**brunt** 為名詞，意思是「衝擊、撞擊」，與 **impact**、**strike** 同義。

Ⓐ Are you all right? You look terrible.
Ⓑ Mr. Brown was in a bad mood. I was the one to **bear the brunt of** it.
Ⓐ Oh, poor you.

Ⓐ 還好嗎？你看起來很糟。
Ⓑ 布朗先生心情不好，我是首當其衝的人。
Ⓐ 喔，你真可憐。

|片語| **Phrase 491**  MP3 491

beat around the bush
拐彎抹角

相關補充
flat out
直截了當地

beat around the bush 的由來是，從前獵人打獵時，會拍打灌木叢周圍，好讓動物受驚嚇而跑出來，後來就用來形容人說話不直截了當、拐彎抹角或旁敲側擊。**around** 可以用 **about** 代換。

Ⓐ Don't **beat around the bush**! Just tell me where Jack is!
Ⓑ I promised not to tell. I'm sorry.
Ⓐ OK. Then I'll have to tell Linda about how you cheated on her last month.

Ⓐ 別拐彎抹角了！快跟我說傑克在哪裡！
Ⓑ 我答應他不能說，很抱歉。
Ⓐ 好吧，那我只好跟琳達說你上個月背著她偷吃。

|片語| **Phrase 492**  MP3 492

同義表達
soon
不久

before long
不久之後

before long 表示「不久之後」，可用於過去式或未來式；**long before** 則指「很久以前」，只能搭配過去式，如 **I knew him long before I knew you.**（遠在認識你之前，我就已經認識他了。）

Ⓐ Look at our little Tommy. He is so adorable, isn't he?
Ⓑ Indeed he is. And he will be a grown-up **before long** and leave us for college.
Ⓐ Come on. He is just a baby now.

Ⓐ 看看我們的小湯米，他真可愛，不是嗎？
Ⓑ 他將在不久後成年，離開我們去念大學。
Ⓐ 拜託，他現在還只是個嬰兒。

|片語| Phrase 493　MP3 493

beside oneself with

（因強烈情緒而）無法自制

相關補充
distraught
心煩意亂的

　　beside oneself 形容一個人處於某種情緒，通常會接 **with + N**，這裡的 **N** 可以是正面或負面的情緒，如喜悅、悲傷、憤怒、擔心等。

Ⓐ What's wrong with Eason?
Ⓑ He is **beside himself with** anger and cannot speak right now.
Ⓐ What happened?
Ⓑ Pete went out with his girlfriend last night.

Ⓐ 伊森怎麼了？
Ⓑ 他很生氣，現在沒辦法說話。
Ⓐ 發生什麼事了？
Ⓑ 彼特昨晚和他女友出去了。

|片語| Phrase 494　MP3 494

同義表達
flaunt
炫耀

boast of

誇耀

　　介係詞 **of** 可換成 **about**（**boast of/about**），後面接名詞或動名詞（誇耀的人事物）。若後面接子句時，片語改為「**boast + that** 子句」。**boast** 的衍生字彙有 **boastful**（自誇的）、**boaster**（自誇者）。

Ⓐ Why didn't you tell me that you won the championship?
Ⓑ I don't like to **boast of** the things I do.
Ⓐ You are such a humble person.

Ⓐ 你為什麼沒跟我說你贏得冠軍？
Ⓑ 我不喜歡誇耀曾做過的事。
Ⓐ 你真是個謙虛的人。

| 片語 | Phrase 495 💬　　　　🔊 MP3 495

bow the, neck to
向…低頭、屈服於

同義表達
succumb to
屈服

本片語的用法為 **S + bow the/one's neck to + sb.**，bow 為動詞，表示「屈服、鞠躬」。與 **bow** 相關的片語有 **bow down**（屈服）、**make one's bow**（行禮鞠躬）、**take a bow**（上前謝幕）。

Ⓐ What's wrong with you and Vivian?
Ⓑ She saw me with a girl in my arms and she was outraged.
Ⓐ So, just **bow your neck to** her and promise her you won't do it again.

Ⓐ 你和薇薇安怎麼了？
Ⓑ 她看見我抱著一個女生，她氣炸了。
Ⓐ 那就向她低頭，承諾你以後不會再這麼做了。

| 片語 | Phrase 496 💬　　　　🔊 MP3 496

相關補充
ring a bell
引起回憶

bring back
使憶起、再掀風潮

bring 的過去式與過去分詞為 **brought**。當 **bring back** 的受詞為代名詞時，受詞要放在 **back** 的前面。本片語除了直接加上受詞之外，還可以用 **bring back memories of sth.**（使人回憶起…）來表達。

Ⓐ Look at this! It's the bracelet you gave me ten years ago.
Ⓑ Right! It rang a bell when I saw it.
Ⓐ It **brought back** the old days when we first met.

Ⓐ 你看！這是你十年前送我的手鐲。
Ⓑ 沒錯！我一看到就想起來了。
Ⓐ 它讓我想起我們初識的那段日子。

|片語| Phrase 497　　　　　　　　　MP3 497

bring up
養育、撫養

同義表達
raise
養育

bring up 當「養育」解釋時，與 **raise** 和 **breed** 同義，可寫成 **bring up sb.** 或 **bring sb. up**。另一方面，這個片語還能用來表示「提出（話題、意見）、嘔吐」。

Ⓐ It's a nice picture. Are they your grandparents?
Ⓑ Yes, I was **brought up** by them after my parents died in a car accident.
Ⓐ Oh, I am sorry to hear that.

Ⓐ 這張照片拍得真好。他們是你的祖父母嗎？
Ⓑ 是的，自從我雙親車禍身亡後，就賴他們撫養我長大。
Ⓐ 噢，我很遺憾聽到這些。

|片語| Phrase 498　　　　　　MP3 498

同義表達
strengthen
加強

build up
建立、加強

build up 有「建立、加強、打造」等解釋。在當「增強、加強」的時候，大多指加強某一種力量，例如體力等。

Ⓐ What has Jack been doing?
Ⓑ He is trying to **build up** his own business and thus is quite occupied these days.
Ⓐ Really? What is his business?
Ⓑ He runs a pet grooming shop downtown.

Ⓐ 傑克在忙什麼？
Ⓑ 他正試著創業，所以最近很忙。
Ⓐ 真的嗎？是做什麼生意？
Ⓑ 他在市區經營一間寵物美容坊。

Let's Acquire English Phrases via Pictures.

|片語| **Phrase 499** 🗨 　　　🔊 MP3 499

by chance
偶然地、意外地

同義表達
by accident
偶然地

　　本片語和 **by accident** 同義，都指「偶然地」。另外，有個相像的片語 **by any chance**，意思是「萬一、也許」，可別弄混了。

Ⓐ Maggie and I ran into Karen **by chance** yesterday!
Ⓑ Really? How is she?
Ⓐ She's going to get married next month.
Ⓑ Wow! What great news!

Ⓐ 瑪姬和我昨天巧遇凱倫！
Ⓑ 真的嗎？她過得好嗎？
Ⓐ 她下個月就要結婚。
Ⓑ 哇！真是個好消息！

|片語| **Phrase 500** 🗨 　　　🔊 MP3 500

同義表達
on one's own
獨自

by oneself
獨自、單獨地

　　by oneself 有兩個意思，第一個為強調某事由某人獨立完成，不假他人之手，如 **do it by myself**（我獨力完成）；第二個單純表示獨自一人，此時意同 **alone**，如 **live here by myself**（我一個人住）。

Ⓐ Do you mind walking me home? I don't want to walk home **by myself**.
Ⓑ Sure, and maybe we can have a drink before going home.
Ⓐ That's a good idea.

Ⓐ 你介意送我回家嗎？我不想一個人走回去。
Ⓑ 當然好，也許我們回家前可以喝點飲料。
Ⓐ 好主意。

| 片語 | Phrase 501 💬　　　　　🔊 MP3 501

call up
徵召入伍、打電話

相關補充
enlist
從軍

除了此處的「徵召入伍、打電話」（ **call sb. up** ）之外，**call up** 還能表示「回想」，但此時的受詞必須放在 **up** 之後（ **call up sth.** ）。

Ⓐ Are you coming to Ian's party this Friday?
Ⓑ A party? For what?
Ⓐ Ian has been **called up** for military service. He's leaving next Monday.
Ⓑ What a surprise!

Ⓐ 你這週五要來伊恩的派對嗎？
Ⓑ 派對？什麼派對？
Ⓐ 伊恩要去當兵了，他下週一入伍。
Ⓑ 真是出乎意料！

| 片語 | Phrase 502 💬　　　　　🔊 MP3 502

相關補充
pay sb. a visit
探望

care about
關心、在乎

care 可以當名詞或動詞，當動詞時又可當及物和不及物，比較常見的用法有在此的 **care about**（在乎、關心）和 **care for**（照顧）。

Ⓐ I hope you are better now.
Ⓑ Thanks. I'm so glad that someone still **cares about** me.
Ⓐ What are you talking about? Jeff has been worried about you a lot.

Ⓐ 我希望你有好一點了。
Ⓑ 謝謝，我很高興還有人關心我。
Ⓐ 你在說什麼？傑夫一直很擔心你。

|片語| **Phrase 503**  MP3 503

catch a glimpse of
瞥見

相關補充
glance over
簡略閱讀

　　glimpse 可當動詞或名詞，表目光稍微掃過、不經意地掃視到，也就是「瞥見、看一眼」，搭配動詞可為 **catch**、**have** 或 **get**。**glance** 也有相同的意思，但較常當不及物動詞，常與 **at** 連用。

Ⓐ Did you go to Jason's Bar last night?
Ⓑ No, I was at home.
Ⓐ Really? I thought I **caught a glimpse of** you and Mandy.
Ⓑ Mandy was with a guy? Are you sure?

Ⓐ 你昨晚有去傑森酒吧嗎？
Ⓑ 沒有，我在家裡。
Ⓐ 真的嗎？我以為我瞥見了你和曼蒂。
Ⓑ 曼蒂和一個男生在一起？你確定嗎？

|片語| **Phrase 504** 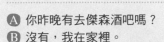 MP3 504

相關補充
clear off
擺脫

clear the air
化解誤會、冰釋前嫌

　　clear the air 指藉著坦率的談論，來消除或澄清誤會與猜疑，也可以按字面解釋，表示「使室內空氣新鮮」。

Ⓐ I'm glad that you've **cleared the air** with Kate.
Ⓑ Me, too.
Ⓐ It was awful to see you two acting so cold towards each other.

Ⓐ 我很高興你和凱特誤會冰釋了。
Ⓑ 我也是。
Ⓐ 看著你們對彼此如此冷淡，真的很難受。

|片語| Phrase 505 ◎ 🔊 MP3 505

come from
來自於、源自

相關補充
originate in
發源自

本片語搭配現在式 **do** 使用時，是在詢問出生地或國籍；若用過去式 **did** 詢問，則在問「從何處過來的」（單純問出發點）。

Ⓐ Where do you **come from**?
Ⓑ I come from Nantou.
Ⓐ So it's true what they say about all beauties coming from Nantou.
Ⓑ I am flattered.

Ⓐ 你來自何處？
Ⓑ 我來自南投。
Ⓐ 所以「美女都是從南投來的」說法，一點也沒錯。
Ⓑ 過獎了。

|片語| Phrase 506 ◎ 🔊 MP3 506

相關補充
persuade
說服

convince of
使確信

本片語常見的型態為 **convince sb. of sth.**，表示「使某人相信某事」。convince 與 persuade 的字義雖然相近，但 convince 是指「讓對方相信真實性」，persuade 則在「說服人進行某種行動」。

Ⓐ I'd like to ask you a favor.
Ⓑ Sure. What is it?
Ⓐ Sarah thinks I'm cheating on her. Please **convince** her **of** my innocence.

Ⓐ 我想請你幫個忙。
Ⓑ 好啊，什麼忙？
Ⓐ 莎拉認為我背著她偷吃，請讓她相信我是清白的。

| 片語 | Phrase 507 💬 ◀)) MP3 507

correspond with
與…通信、符合

相關補充
correspondence
信件

correspond 有「符合、一致」或「和…通信」等含意，當「符合、一致」解釋時，介係詞用 **to** 或 **with** 皆可。在以下對話中，是指「和…通信」，用法為 **correspond with sb.**（和某人通信）。

Ⓐ My grandfather **corresponded with** Mrs.
   Miller until she died.
Ⓑ How long was that?
Ⓐ It must have been over twenty years.
Ⓑ They must have been very good friends.

Ⓐ 我的祖父到米勒太太死前都有與她通信。
Ⓑ 那是多久？
Ⓐ 一定有超過二十年。
Ⓑ 他們一定是很好的朋友。

| 片語 | Phrase 508 💬 ◀)) MP3 508

同義表達
rely on
依賴

count on
依賴

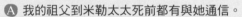

count on 的受詞只能放在 **on** 之後，可以當「依賴、指望」，這時與 **depend on**、**rely on** 同義，此處的 **on** 可以用 **upon** 代換。

Ⓐ Don't worry. You can always **count on** me.
Ⓑ Thank you. You're the best sister ever!
Ⓐ It's what big sisters are supposed to do
   - help their little brothers.
Ⓑ Then, can you lend me 50 more dollars?

Ⓐ 別擔心，你永遠能倚靠我。
Ⓑ 謝謝你，你是我最棒的姐姐！
Ⓐ 身為姐姐，本來就應該幫助弟弟的。
Ⓑ 那你可以再借我五十元美金嗎？

| 片語 | Phrase 509 💬 　　　　　🔊 MP3 509

相關補充
shelter
庇護、藏匿

cover up
掩飾

　　cover 為及物動詞，表「覆蓋」，後面直接加受詞；**cover up** 為「掩飾」，若要表達「替某人掩飾」，加上 **for + sb.** 即可。

Ⓐ Tim, come over here now.
Ⓑ Why are you in such a hurry, Mom?
Ⓐ Didn't you **cover up** for your brother when he broke the vase?
Ⓑ I'm sorry, but he threatened to hit me.

Ⓐ 提姆，過來這裡。
Ⓑ 媽，為什麼這麼急？
Ⓐ 你有沒有在你哥哥打破花瓶時替他掩飾？
Ⓑ 對不起，但他威脅要打我。

| 片語 | Phrase 510 💬 　　　　　🔊 MP3 510

同義表達
interrupt
打斷

cut in
插嘴、超車

　　cut in 為不及物動詞，作「插嘴」解釋時，是指「打斷別人正在進行的談話」，後面可加 **on + sb./sth.**（打斷某人 / 某事）；若指「超車」，則表示「在車輛行駛過程中，搶在前頭，攔住別人的去路」。

Ⓐ I don't like the way you talk to me.
Ⓑ What's wrong?
Ⓐ You always **cut in** while I'm trying to finish what I'm saying.

Ⓐ 我不喜歡你跟我說話的方式。
Ⓑ 怎麼了？
Ⓐ 你總在我試著說完話前插嘴。

|片語| Phrase 511 　　　　　　　　MP3 511

dawn on
開始明白、突然意識到

相關補充
tumble to
突然發現

dawn 的原意是「黎明、破曉」，為名詞；在這裡當動詞，為「明白、頓悟」的意思。用法為 **sth. + dawn on + sb.**，**on** 可用 **upon** 代替，要注意主詞是 **sth.**，介係詞後接 **sb.**，別搞錯順序了。

Ⓐ It **dawned on** me that Aaron has been cheating on me.
Ⓑ Why do you say so?
Ⓐ I found the love emails he sent to Cindy. They've been dating for a year.

Ⓐ 我突然發現亞倫一直背著我偷吃。
Ⓑ 你為何這麼說？
Ⓐ 我發現他寄給辛蒂的電子情書，他們已經約會一年了。

|片語| Phrase 512 　　　　　　　　MP3 512

相關補充
mean
卑鄙的

dirty work
卑鄙行為、苦差事

此片語前要加 **do** 或 **does** 當動詞，用法為 **S + do/does + dirty work (+ to sb.)**。**dirty** 和 **filthy** 都有「骯髒」的意思，但 **dirty** 指「被汙染物弄髒」，而 **filthy** 則強調「髒到令人憎惡的地步」。

Ⓐ What Henry did to you is nothing less than **dirty work**.
Ⓑ Thank you for taking my side.
Ⓐ I am just telling the truth. He can't date your girlfriend behind your back!

Ⓐ 亨利對你做的事真的很卑鄙。
Ⓑ 謝謝你站在我這邊。
Ⓐ 我只是說實話，他不能背著你和你女友約會！

|片語| Phrase 513  🔊 MP3 513

do nothing but
只能

相關補充
merely
只是、僅

這裡的 **but** 是副詞，後面接原形動詞，寫作 **S + do nothing but + V**。片語 **cannot choose but**（別無選擇）也是接原形動詞。

Ⓐ What's wrong with you and Anne? She is so angry with you.
Ⓑ I stood her up last Saturday.
Ⓐ Oops. It seems you can **do nothing but** apologize to her.

Ⓐ 你跟安妮怎麼了嗎？她很生你的氣。
Ⓑ 我上週六放了她鴿子。
Ⓐ 糟糕，看起來你只能向她道歉了。

|片語| Phrase 514 🔊 MP3 514

相關補充
dressed-up
精心打扮的

dress up
裝扮、盛裝

dress up 當「裝扮、盛裝」解釋時，指為演戲等所做的刻意打扮。**dress** 在此為不及物動詞，所以受詞必須接在 **up** 之後。相關用語：**dress code**（服裝規定）、**dress sb. down**（【口】責罵）。

Ⓐ Why are you **dressing up**?
Ⓑ I'm going to Michelle's birthday party.
Ⓐ Isn't that a beach party?
Ⓑ I think it's a good way to impress her.

Ⓐ 你為何盛裝打扮？
Ⓑ 我要去參加蜜雪兒的生日派對。
Ⓐ 那不是場海灘派對嗎？
Ⓑ 我覺得這是個讓她印象深刻的好方法。

|片語| **Phrase 515** 💬　　　🔊 MP3 515

drop by
順道拜訪

相關補充
call on
拜訪

　　drop by 指「順道拜訪」，此處所講的是「前往某地的途中，順道去另一個地方拜訪，讓對方感到驚喜」之意，相關片語有 **drop by the wayside**（脫隊休息、落後他人）。

Ⓐ Rita lives in this neighborhood.
Ⓑ Really? Do you want to **drop by**?
Ⓐ Good idea. Let me give her a ring first.
Ⓑ And tell her to get some cold drinks ready for us!

Ⓐ 瑞塔住在這附近。
Ⓑ 真的嗎？你想順道去拜訪她嗎？
Ⓐ 好主意，先讓我打個電話給她。
Ⓑ 請她幫我們準備些冷飲吧！

|片語| **Phrase 516** 💬　　　🔊 MP3 516

相關補充
pay a visit to
拜訪

drop in
突然來訪

　　drop 在這裡指「訪問」。若要標出明確的地點，需搭配介係詞 **at**（**drop in at**）；拜訪某人則用 **on**（**drop in on + sb.**）。

Ⓐ Sorry about just **dropping in**.
Ⓑ Not at all. It's nice to see you. Would you like tea or coffee?
Ⓐ Tea, please.
Ⓑ OK.

Ⓐ 突然來訪真抱歉。
Ⓑ 一點也不，很高興看見你。想喝茶還是咖啡？
Ⓐ 請給我茶吧。
Ⓑ 好的。

|片語| Phrase 517 💬　　　　　🔊)) MP3 517

drop sb. a line
寫信給某人

相關補充
letterform
信箋

drop sb. a line 是指給某個人寫信（通常是短信）或留言的便條，而非正式的書信。**drop** 在這裡為「寫」的意思，**line** 則指「短信」。

Ⓐ Have a great life in Melbourne!
Ⓑ I will try my best to survive there.
Ⓐ Don't forget to **drop me a line** sometime.
Ⓑ I will.

Ⓐ 祝你在墨爾本生活順利！
Ⓑ 我會盡力在那裡生存的。
Ⓐ 別忘了偶爾寫封信給我。
Ⓑ 我會的。

|片語| Phrase 518 💬　　　　　🔊)) MP3 518

同義表達
make a living
謀生

earn one's living
謀生

earn one's living 中的所有格可以改成不定冠詞 a，寫成 **earn a living**，與 **make a living** 意思相同，動詞也可以用 **get**、**gain** 代替。

Ⓐ I think it's time for Lucas to **earn his** own **living**.
Ⓑ Isn't it too soon for him?
Ⓐ I don't think so. I started supporting my family at the age of eighteen.

Ⓐ 是時候讓盧卡斯自力更生了。
Ⓑ 對他來說會不會太快了？
Ⓐ 我不覺得，我十八歲就開始賺錢養家了。

Let's Acquire English Phrases via Pictures.

🔊 MP3 519

eat in / out
在家 / 在外吃飯

同義表達
dine out
外出用餐

eat in/out 作「在家 / 在外吃飯」的意思解時，為不及物動詞，受詞不可以接在 **in/out** 的前面。動詞 **eat** 可用 **dine** 替換。

Ⓐ Let's **eat out** tonight!
Ⓑ What's the event?
Ⓐ Don't you remember? It's our anniversary today!
Ⓑ Oh, I got so busy that it slipped my mind.

Ⓐ 今晚出去吃飯吧！
Ⓑ 有什麼大事嗎？
Ⓐ 你忘了嗎？今天是我們的週年紀念日！
Ⓑ 噢，我忙到忘了。

 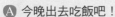

🔊 MP3 520

相關補充
donate to
捐贈

endow with
捐贈、賦予

本片語若作「賦予」解釋時，通常表示「與生俱來的特質」，多採被動式，用法為 **sb. + be + endowed with + sth.**。

Ⓐ Have you heard the news? Mr. Harris passed away last Sunday, and he **endowed** the church **with** his house.
Ⓑ May he rest in peace. He was such a decent man.

Ⓐ 你聽說了嗎？哈里斯先生上週日過世了，而且他把房子捐給教會。
Ⓑ 願他安息。他真的是個好人。

|片語| Phrase 521 🗨 　　　　　　🔊 MP3 521

even if
即使

同義表達
even though
即使

雖然 **even if** 和 **even though** 皆含「儘管」的意思，使用時機仍有差異：**even if** 是「即使、就算」，後面的敘述不一定是真實的狀況，可能是尚未發生的事，但 **even though** 通常接已經發生或既定的事實。

Ⓐ Kelly told me no matter what you do, she won't forgive you.
Ⓑ Really? **Even if** I promise I won't make the same mistake again?
Ⓐ She won't. You'd better forget about her.

Ⓐ 凱莉跟我說不管你做什麼，她都不會原諒你的。
Ⓑ 真的嗎？即便是我保證不會重蹈覆轍？
Ⓐ 對，你最好忘了她。

|片語| Phrase 522 🗨 　　　　　🔊 MP3 522

相關補充
face the music
面對事實

face up to
勇敢面對

face up to 後面所接的受詞必須是有關困難、痛苦的詞語，例如 **difficulties**（困難）。由 **face** 所衍生的詞語還有 **face off**（對峙）、**face to face**（面對面）、**face-lift**（拉皮）、**faceless**（無個性的）等。

Ⓐ Why can't you **face up to** the fact?
Ⓑ What fact?
Ⓐ The fact that you are no longer with Peggy.
Ⓑ We are just taking a break.

Ⓐ 你為何不能面對事實？
Ⓑ 什麼事實？
Ⓐ 你和佩姬分手的事實。
Ⓑ 我們只是暫時冷靜一下。

|片語| Phrase 523  📱 　　　🔊 MP3 523

fall in love with
和⋯墜入愛河

相關補充
crush
迷戀

fall in love 表示「墜入愛河」，可以單獨使用，若要提及對象的話，再接 **with sb.**；**fall out of love** 則為反義，表示「不再愛了」。

Ⓐ You look glorious today. Did anything good happen to you?
Ⓑ I **fell in love with** Emma, and she said she would go out with me.
Ⓐ Congratulations!

Ⓐ 你氣色真好，發生了什麼好事嗎？
Ⓑ 我與艾瑪墜入愛河，她說她願意跟我約會。
Ⓐ 恭喜你！

|片語| Phrase 524 📱 　　　🔊 MP3 524

相關補充
distantly
遙遠地

far away
遙遠地

far away 為副詞片語，指「遠處」。若在它的後面加上 **from** + 地點，表示離某地方很遙遠，或是遠離某地方的意思。

Ⓐ It's hard to say goodbye.
Ⓑ It's hard for me, too. But I have to pursue my dream.
Ⓐ Tokyo is so **far away** from here.
Ⓑ I know. But we can talk online every day.

Ⓐ 跟你說再見好難。
Ⓑ 我也是，但我必須追求夢想。
Ⓐ 東京離這裡好遠。
Ⓑ 我知道，但我們可以每天上線聊天。

| 片語 | Phrase 525 　　　　　　　　　 MP3 525

feed on
以…為食

相關補充
feed with
以…餵食

feed on 通常指「給動物餵食」的意思，若要指「人以什麼為主食、以什麼維生」就要用 **live on**，兩者的差別要弄清楚。

A Can you take care of my pet snake while I'm away on business?
B Uhm, I guess so. What does it **feed on**?
A Just feed it with some mice I have in a cage.
B Forget it. Find somebody else!

A 我出差時，可以幫忙照顧我的寵物蛇嗎？
B 嗯…應該可以吧，牠吃什麼？
A 餵牠吃籠子裡的老鼠就可以了。
B 算了，你另請高明吧！

| 片語 | Phrase 526 　　　　　　　　　 MP3 526

相關補充
unhappy
不開心的

feel bad
心情不好、感到抱歉

feel bad 多用在口語上，反義片語為 **feel good**（心情好）。相關片語還有 **feel in bones**（憑直覺）、**feel free to**（隨意）等。

A Are you alright?
B Not really.
A What's wrong?
B I **feel bad** about not being able to make you happy.

A 你還好嗎？
B 不好。
A 怎麼了？
B 無法讓你開心，我也感到很沮喪。

Let's Acquire English Phrases via Pictures.

|片語| Phrase 527  MP3 527

find out
發現、揭露

相關補充
uncover
揭露

find 為「發現、找到」，指的是尋找的結果，也可以指偶然的發現或找到；然而，若是費了一番心思才找出物品或查明真相，通常用 **find out**。意思相近的 **look for** 則強調「尋找」的動作。

Ⓐ Do you think we should tell her the truth?
Ⓑ No. I think it's better for her to **find out** herself.
Ⓐ It sounds so cruel.
Ⓑ We have no other option.

Ⓐ 你認為我們該告訴她實情嗎？
Ⓑ 不，我覺得讓她自己發現會比較好。
Ⓐ 那也太殘忍了吧。
Ⓑ 我們別無選擇。

|片語| Phrase 528  MP3 528

相關補充
in spite of
儘管

for all that
儘管如此

for all that 為副詞片語，通常置於句中，**that** 後接子句，與 **even though**、**even so** 的用法相同。表示「儘管」的詞彙和片語還有 **despite** 與 **in spite of**，前者可接名詞或 **that** 子句，後者只能接名詞。

Ⓐ **For all that** I have done, I still can't win Jessica's heart.
Ⓑ At least you've tried.
Ⓐ You're right. I will never regret it, though, because I gave it a shot.

Ⓐ 儘管我做了這麼多，還是無法贏得潔西卡的心。
Ⓑ 至少你試過了。
Ⓐ 你說得沒錯。我不會後悔，因為我努力過。

|片語| Phrase 529 ◎ MP3 529

frown on / upon
皺眉、表示不滿

同義表達
frown at
對…表示不滿

本片語的用法為 **sb. + frown upon + sth.**，介係詞 **upon** 可用 **on** 替換。同樣表示「皺眉」，**frown** 是由於「不贊成、困惑或思索而皺起眉頭」；**scowl** 則是因「發脾氣或不高興而皺眉」。

Ⓐ I don't think Dad is going to let you drive his car to school.
Ⓑ Really? But he didn't say no.
Ⓐ But I know he frowns upon it.

Ⓐ 我不覺得老爸會讓你開他的車去上學。
Ⓑ 真的嗎？但他沒說不准。
Ⓐ 但我知道他皺眉表示不悅。

|片語| Phrase 530 ◎ MP3 530

相關補充
acquaintance
熟人

get acquainted with
與某人結識

acquainted 為形容詞，指「認識的、瞭解的」，延伸用法為 **make sb. acquainted with sth.**（使某人瞭解某事），也可以寫成 **acquaint sb. with sth.**，但此時的 **acquaint** 為動詞用法。

Ⓐ How did you get acquainted with Lily?
Ⓑ We met at Joy's party last week, and we hit it off.
Ⓐ She's a nice girl.

Ⓐ 你怎麼認識莉莉的？
Ⓑ 我們上週在喬伊的派對上認識，而且一拍即合。
Ⓐ 她是個很好的女孩。

Let's Acquire English Phrases via Pictures.

🔊 MP3 531

get along
和睦相處

同義表達
get on
進展

get along 可以用在表達人跟人之間相處的和睦，或是一件事的「進行、進展」等。注意看下面對話，如果想用 **get along** 說明和誰相處得好，後面必須接 **with + sb.**。

Ⓐ Vivian and I never **get along** with each other.
Ⓑ Why is that? She seems nice.
Ⓐ She stole my boyfriend.
Ⓑ Now that makes sense.

Ⓐ 薇薇安和我向來處不好。
Ⓑ 為什麼？她看起來人還不錯。
Ⓐ 她搶了我男友。
Ⓑ 現在我懂了。

🔊 MP3 532

相關補充
worsen
惡化

get better / worse
漸漸好轉 / 惡化

get 具有像 **become**、**turn**、**fall** 和 **go** 等此類動詞的功用，表達「使成為或處於（某種狀態）」的意思。如果 **get** 接形容詞比較級，可表示「漸漸進入某種狀態」，本片語常用於指身體狀況的康復 / 惡化。

Ⓐ Have you heard about Oscar and the car accident?
Ⓑ A car accident? Is he all right?
Ⓐ He is **getting** a lot **better** now.

Ⓐ 你聽說奧斯卡出車禍的事了嗎？
Ⓑ 車禍？他還好嗎？
Ⓐ 他現在好很多了。

|片語| Phrase 533 ◯ 　　　　🔊 MP3 533

get even with
向⋯報復

相關補充
revenge
報仇

get even with + sb. 表示「向某人報復」的意思。even 有「平等、相等」的意思，所以此句的意思為「與某人扯平」，即「報復」之意。與 even 相關的片語還有 get an even break（與他人擁有相同機會）。

Ⓐ I swear I'll **get even with** Paul for what he has done to me.
Ⓑ Calm down. Just let it go.
Ⓐ No way. He went way over the line.

Ⓐ 我發誓，我會為了保羅對我所做的事向他報復。
Ⓑ 冷靜一點，算了吧。
Ⓐ 不可能，他太過分了。

|片語| Phrase 534 ◯ 　　　　🔊 MP3 534

相關補充
tied up with
密切聯繫

get in touch with
和⋯保持聯絡

本片語中的 touch 指的是「聯繫」，可能是寫信或打電話等方式，反義片語為 get out of touch（失去聯繫）。

Ⓐ Who was it on the phone?
Ⓑ It was Rachel.
Ⓐ Rachel who?
Ⓑ My friend back in college. We **get in touch with** each other all the time.

Ⓐ 你剛在跟誰講電話？
Ⓑ 是瑞秋。
Ⓐ 哪一位瑞秋？
Ⓑ 我大學時代的朋友，我們一直有保持聯絡。

| 片語 | **Phrase 535** 🗨 　　　　🔊 *MP3 535*

get over
克服、恢復

相關補充
overcome
克服

　　除了字面上「穿過、越過」的解釋之外，本片語也可以當「克服（困難、恐懼或創傷等）」，以及「從⋯恢復過來」，例如生病後痊癒，或是結束一段關係後，生活恢復常態等情形。

Ⓐ You have to face the fact that you and Anne are finished.
Ⓑ I know, but I still have feelings for her.
Ⓐ You have to find a way to **get over** her.
Ⓑ I'll try.

Ⓐ 你必須面對你和安妮已經分手的事實。
Ⓑ 我知道，但我仍對她有感覺。
Ⓐ 你必須找到忘了她的方法。
Ⓑ 我會努力。

| 片語 | **Phrase 536** 🗨 　　　　🔊 *MP3 536*

相關補充
spill the beans
洩露秘密

give away
洩露、贈送

　　give away 為及物動詞片語，所以受詞可以放在 **give** 與 **away** 之間，也可以放在 **give away** 之後，意思相近的片語還有 **let the cat out of the bag**、**give the show away**（露出馬腳）。

Ⓐ I believe Frank and Sandy are having an affair.
Ⓑ Don't gossip.
Ⓐ Come on! It's obvious. Their behavior totally **gives** it **away**.

Ⓐ 我覺得法蘭克和珊蒂有一腿。
Ⓑ 別八卦。
Ⓐ 拜託！很明顯，他們的行為透露一切。

| 片語 | Phrase 537 🗨 　　　　　　　🔊 MP3 537

give birth to
生孩子、生產

相關補充
in labor
分娩中

　　give birth 是「生產」的意思，要說生下某人，只要在後面接上 **to + sb.** 即可，也可以用動詞 **bear** 來指生小孩，例如 **bear two children**（生了兩個孩子），**breed** 也指「繁衍、生產」，但通常用於動物。

Ⓐ Eva **gave birth to** a lovely girl last night!
Ⓑ Really? That's so great!
Ⓐ It is. Do you want to visit her and the baby this afternoon?
Ⓑ Maybe later. She will need a lot of rest.

Ⓐ 伊娃昨晚生了個可愛的女孩！
Ⓑ 真的嗎？太棒了！
Ⓐ 是啊，你今天下午想去探望她和寶寶嗎？
Ⓑ 晚一點吧，她需要休息。

| 片語 | Phrase 538 🗨 　　　　　　　🔊 MP3 538

同義表達
emit
散發

give off
散發、發出

　　give off 用來形容光線或熱量等的釋放，例如太陽發出光和熱、食物放久而發臭、物體發出某種味道等。與 **give** 相關的片語還有 **give sth. the thumbs up/down**（贊成 / 不贊成某事）。

Ⓐ Thank you for the flowers.
Ⓑ Do you like them?
Ⓐ Of course I do. Roses are my favorite. They **give off** a graceful scent.

Ⓐ 謝謝你的花。
Ⓑ 你喜歡嗎？
Ⓐ 當然喜歡。玫瑰散發出高雅的香味，是我的最愛。

|片語| Phrase 539  　　　　MP3 539

give regards to
向…問候

同義表達
send regards to
問候

　　本片語的用法為 **give one's regards to + sb.**。**regard** 在此指「問候」，因為問候別人不會只有簡單的一句，所以 **regard** 要加 **s**。

Ⓐ Hi, nice to see you here.
Ⓑ Hi, Uncle Chen. Long time no see.
Ⓐ It has been. Can you **give** my **regards to** your father?
Ⓑ No problem.

Ⓐ 嗨，很高興在這裡看到你。
Ⓑ 嗨，陳叔叔，好久不見。
Ⓐ 沒錯。可以代我向令尊問好嗎？
Ⓑ 沒問題。

|片語| Phrase 540 　　　　MP3 540

相關補充
give up the ghost
死亡

give up
放棄

　　give up 常當「放棄」，從這可以衍生出「戒絕、停止」的意思，如 **give up smoking**（戒菸）。介係詞 **up** 的後面接名詞或動名詞。

Ⓐ You never **give up**, do you?
Ⓑ I believe a person is responsible for his or her own success.
Ⓐ But Vivian still doesn't talk to you.
Ⓑ Don't worry. Patience wears out stones.

Ⓐ 你不會放棄的，對吧？
Ⓑ 我相信一個人的成敗應自己負責。
Ⓐ 但薇薇安還是不跟你說話。
Ⓑ 沒關係，滴水穿石。

|片語| Phrase 541 🗨 　　　　　　🔊 MP3 541

go by
（時間）流逝、依照

同義表達
pass by
流逝

go by 有兩個字義，當「時間流逝」解釋時，等同於 pass by，此時 by 為副詞；但若當「依照」的意思解時，by 為介係詞，例如 go by the rules（遵守規則）。

Ⓐ As time **goes by**, the kids grow more and more into adults.
Ⓑ Yes, they do, and I'm so proud of them.
Ⓐ I can still remember them crawling on the floor.

Ⓐ 隨時光流逝，孩子們逐漸長大成人了。
Ⓑ 沒錯，他們是長大了。我非常以他們為榮。
Ⓐ 我還記得他們在地上爬行的樣子。

|片語| Phrase 542 🗨 　　　　　　🔊 MP3 542

同義表達
go crazy
發瘋

go mad
發狂、發瘋

這裡的 go 有「變成」的含義，可以用 run 或 become 代替。發瘋還有兩種非正式的說法：**go nuts** 和 **go bananas**。

Ⓐ Are you all right?
Ⓑ No, not at all.
Ⓐ What's wrong?
Ⓑ I'm worried about my friend. She's under so much pressure – I think she will **go mad**.

Ⓐ 你還好嗎？
Ⓑ 不，一點都不好。
Ⓐ 怎麼了？
Ⓑ 我很擔心我的朋友。她壓力太大，我覺得她會發瘋。

| 片語 | Phrase 543 🔊 MP3 543

hang up
掛斷電話

反義表達
hang on
別掛斷、稍等

想要表達掛斷誰的電話，就在片語後面加上 **on + sb.**。與電話相關的用語還有 **hold on**（不要掛斷）、**put through**（轉接）等。

Ⓐ Did you just **hang up** on Mom?
Ⓑ I did. I really couldn't stand her nagging anymore.
Ⓐ But it was extremely rude.
Ⓑ I know. I'll call back and apologize.

Ⓐ 你剛是掛斷媽的電話嗎？
Ⓑ 是啊，我真的再也受不了她的嘮叨了。
Ⓐ 但這很沒禮貌。
Ⓑ 我知道，我會回電跟她道歉。

| 片語 | Phrase 544 🔊 MP3 544

相關補充
stomachache
肚子痛

have a headache
頭痛

在身體的部位後加上 **-ache** 表示該處疼痛，如 **toothache**（牙痛）。**pain** 也表示疼痛，但 **ache** 是指一般的身體疼痛；**pain** 還能表示全身且長時間的痛苦，也能形容內心的悲傷。

Ⓐ You look pale. Do you want to take a rest?
Ⓑ Thank you. I just **have a headache**.
Ⓐ Let me get you some aspirin.
Ⓑ Thank you. It's very nice of you.

Ⓐ 你看起來很蒼白，想休息一下嗎？
Ⓑ 謝謝你，我只是頭痛。
Ⓐ 讓我拿些阿斯匹靈給你。
Ⓑ 謝謝你，你人真好。

|片語| **Phrase 545** 💬　　　　　　　🔊 **MP3 545**

hear from
得到消息、收到信

相關補充
hear about
得知

　　hear from + sb. 的用法大致分成兩種，一是從某人那裡聽到什麼事，另一種是接到對方來信或電話等，即得知對方的消息。此片語的重點在於收到消息，不在意媒介為何，後面通常接人，但其實也可以接地方。

Ⓐ I haven't **heard from** Wendy since we graduated.
Ⓑ Really? You were very close back then.
Ⓐ We were, but I guess she's very busy with her graduate school work now.

Ⓐ 自從畢業後，我就沒有溫蒂的消息了。
Ⓑ 真的嗎？你們那時候感情那麼好。
Ⓐ 那時候的確是，但她現在應該忙於研究所課業吧。

|片語| **Phrase 546** 💬　　　　　　🔊 **MP3 546**

相關補充
get into a fight
吵架

hold one's ground
堅守立場

　　ground 在這裡是指「立場」，**hold** 則為「維持、撐住」，本片語便表示堅守自己的立場，**hold** 也可以用 **stand** 代換。

Ⓐ What's wrong with Gina and Jim?
Ⓑ They got into a fight yesterday.
Ⓐ What happened?
Ⓑ It's about their wedding. Gina **held her ground**, and Jim didn't give in, either.

Ⓐ 吉娜和吉姆怎麼了？
Ⓑ 他們昨天吵了一架。
Ⓐ 怎麼回事？
Ⓑ 是關於他們的婚禮。吉娜堅持己見，吉姆也不肯讓步。

|片語| Phrase 547 💬　　　　🔊 MP3 547

in fact
事實上、其實

相關補充
actually
實際上

　　in fact 在日常情境或文章中都很常見，通常用來補述一件事情。**fact** 有「事實、真相」的意思，與其相關的片語有 **fact of life**（生活中的嚴酷現實）、**get down to the facts**（回到正題）等。

Ⓐ I haven't seen you with Andy for a while. Is he all right?
Ⓑ **In fact**, we broke up.
Ⓐ What? Why?
Ⓑ He cheated on me.

Ⓐ 我好久沒看到安迪跟你一起出現了，他還好嗎？
Ⓑ 其實我們分手了。
Ⓐ 什麼？為什麼？
Ⓑ 他對我不忠。

|片語| Phrase 548 💬　　　　🔊 MP3 548

反義表達
in back of
在⋯後面

in front of
在⋯前面

　　in front of 是「在⋯前面」，若 **front** 前多了 **the**，意思會差很多，指「某空間內部的前面」，例如：**She's standing in the front of the classroom.**（她站在教室前面），指的是教室內部空間的前方。

Ⓐ Just come to my place before five. This is my address.
Ⓑ OK.
Ⓐ And there is a big apple tree **in front of** my house. It should be easy.

Ⓐ 在五點以前到我家來，這是我的住址。
Ⓑ 好的。
Ⓐ 我家前面有棵大蘋果樹，應該很好找。

|片語| Phrase 549 🗨️　　　　　🔊 MP3 549

in good / bad health
健康狀況佳 / 差

相關補充
in shape
健康良好

本片語的用法為 **sb. + be in good/bad health**。**in shape** 也有「處於健康情況」的意思，反義表達為 **in poor health**、**in bad shape**。

A Long time no see. How is your grandmother?
B As usual, she is **in good health**.
A That's great. Send her my regards.
B Sure.

A 好久不見，你祖母還好嗎？
B 如往常般，她的健康狀況良好。
A 那真是太好了，替我向她問好。
B 沒問題。

|片語| Phrase 550 🗨️　　　　　🔊 MP3 550

相關補充
memorize
記住

in memory of
用以紀念…

本片語的用法為 **S + V + in memory of + sb.**，後面通常接的是已經去世的人，例如民族英雄、戰爭中犧牲的人等。

A What a beautiful medal!
B Thank you. My father's colleagues gave that to him **in memory of** his devotion.
A That is so sweet.
B Indeed it is.

A 真是個漂亮的獎牌！
B 謝謝你。父親的同事為感念他的付出，送了那個給他。
A 真是太貼心了。
B 的確是的。

| 片語 | Phrase 551   MP3 551

in need
在危急中、在危難中

相關補充
needless
不需要的

need 可當動詞或名詞,表示「需要」。若要點出需求的物品,使用 **in need of + N** 的形式即可。有句知名的成語就引用了這個片語:**A friend in need is a friend indeed.**(患難見真情)。

Ⓐ Ken asked me to lend him some money today.
Ⓑ Again? Please tell me that you refused it.
Ⓐ How can I turn my back on a friend **in need**?

Ⓐ 肯今天要我借他一些錢。
Ⓑ 又借?請告訴我你拒絕他了。
Ⓐ 我怎能背棄在危難中的朋友呢?

| 片語 | Phrase 552   MP3 552

相關補充
early in June
六月上旬

in the middle of
在⋯中央、在⋯中旬

in the middle of 可修飾時間或地點,屬副詞片語。與 **middle** 相關的片語還有 **be caught in the middle**(夾在兩方之間)。

Ⓐ When is your flight back to Japan?
Ⓑ **In the middle of** June.
Ⓐ Isn't that just two weeks from now? I will miss you so much.

Ⓐ 你回日本的班機是什麼時候?
Ⓑ 六月中旬。
Ⓐ 那不就是兩週後?我會很想你的。

|片語| Phrase 553 📢 MP3 553

interfere with
干涉、干預

同義表達
intervene in
干涉

interfere 為動詞，可指「妨礙」或「干涉」，當前者解釋時，介係詞習慣用 **with**；若作後者解釋，則用 **in** 或 **with** 兩種皆可。

Ⓐ Don't <u>interfere with</u> my child-disciplining!
Ⓑ What do you mean?
Ⓐ Just don't tell David not to worry about it when I ask him to clean up his room.
Ⓑ I'm sorry. It won't happen again.

Ⓐ 別干涉我管教孩子！
Ⓑ 什麼意思？
Ⓐ 當我叫大衛整理房間的時候，不要跟他說別擔心。
Ⓑ 對不起。不會再發生了。

|片語| Phrase 554 📢 MP3 554

相關補充
make a joke
開玩笑

joke around
開玩笑、鬧著玩

本片語中的 **joke** 並非名詞，而是當動詞「開玩笑」，加上副詞 **around**，便形成了「開玩笑、鬧著玩」的意思。另外，**joke** 當名詞時的片語有 **play a joke/trick on sb.**（戲弄某人）。

Ⓐ I heard Jerry tried to ask you out.
Ⓑ No, he's always <u>joking around</u>. This must be another one of his jokes.
Ⓐ I think he really likes you, though. I saw him staring at you for a long time last night.

Ⓐ 我聽說傑瑞想約你出去。
Ⓑ 不，他總是愛開玩笑，這一定又是他開的另一個玩笑。
Ⓐ 但我覺得他是真心的，我昨晚看他盯著你看了好久。

Let's Acquire English Phrases via Pictures.

| 片語 | **Phrase 555** 💬 🔊 MP3 555

just the same
相同、同樣

相關補充
the same as
與⋯⋯一樣

just the same 可當形容詞片語或副詞片語。**just** 當形容詞時,指「正直的、正當的」;當副詞時,則有「正巧、剛才、僅」等意思。

Ⓐ Is that your twin sister?
Ⓑ Yes, she is.
Ⓐ You look **just the same**!
Ⓑ Actually not. My parents always say we are quite different.

Ⓐ 那是你的雙胞胎姐姐嗎?
Ⓑ 沒錯。
Ⓐ 你們長得一模一樣!
Ⓑ 事實上沒有,我父母總說我們很不一樣。

| 片語 | **Phrase 556** 💬 🔊 MP3 556

同義表達
carry on
繼續

keep on
繼續做⋯

用 **keep on** 表達「繼續做某事」時,有 **keep on + Ving** 與 **keep on with + sth.** 兩種形式,且不像 **go on + to V** 可表示從一件事轉換到另一件事,**keep on** 只能持續做同一件事。

Ⓐ Sweetheart, never give up. Just **keep on** trying.
Ⓑ There is no point in trying so hard.
Ⓐ But you'll get better and better! Maybe you can win next time.

Ⓐ 親愛的,別放棄,繼續加油。
Ⓑ 這麼努力根本就沒有用。
Ⓐ 但是你會越來越棒!也許下次你就贏了。

|片語| Phrase 557　　　　　　　　🔊 MP3 557

keep one's temper
控制脾氣

相關補充
out of temper
發脾氣

　　temper 指「脾氣、情緒」，與 temper 相關的片語有 **a hot temper**（急性子）、**get into a bad temper**（發怒）、**in a temper**（生氣中）等。

🅐 You should try to **keep your temper**.
🅑 I know, but that guy was being ridiculous!
🅐 He did nothing but ask me for directions, and you yelled at him.
🅑 He was trying to hit on you!

🅐 你該試著控制你的脾氣。
🅑 我知道，但那男的太誇張了！
🅐 他不過就是跟我問路，你就對他大吼。
🅑 他正試著跟你搭訕！

|片語| Phrase 558　　　　　　　　🔊 MP3 558

相關補充
attentively
專心地

lend an / one's ear to
注意聽、諦聽

　　lend 是「借出」的意思，借一隻耳朵給別人，那就表示別人希望你能注意聽他說話，用這種方式思考比較容易記住這則片語。

🅐 Sally is feeling depressed now.
🅑 I know. I tried to make her feel better yesterday by **lending an ear to** her.
🅐 Did she tell you what is bothering her?
🅑 She's unhappy in her job and marriage.

🅐 莎莉現在很沮喪。
🅑 我知道。昨天我聽她說話，試著讓她好過一些。
🅐 她有說她在煩惱什麼嗎？
🅑 她對於工作和婚姻感到不滿意。

|片語| **Phrase 559** 💬　　　　🔊 MP3 559

let...be
不要管

相關補充
let alone
更不用說

本片語的用法為 **let** + 受格 + **be**。**let** 為使役動詞，和 **make**、**have** 一樣有「讓、使」的意思，所以後面必須接原形動詞 **be**。

Ⓐ What's wrong with Peggy?
Ⓑ **Let** her **be**.
Ⓐ How can you say that? It's really mean.
Ⓑ Is it? She gets angry with everyone about everything, anyway.

Ⓐ 佩姬怎麼了？
Ⓑ 別管她。
Ⓐ 你怎麼這樣說？這樣說真的很壞。
Ⓑ 有嗎？反正她對任何事、任何人都會發火。

|片語| **Phrase 560** 💬　　　　🔊 MP3 560

同義表達
get up to
達到

live up to
達到、實踐

live up to 後面常搭配 **one's expectation**，特指「遵守諾言或原則、達成期望或理想」。**live** 在這裡等於 **maintain**（維持），而不作「生活」解。**up to** 的意思是「達到、高達」，另有「忙於某種活動」之意。

Ⓐ I can never **live up to** Dad's expectations.
Ⓑ He might be a little too harsh, but he loves you a lot.
Ⓐ If he does love me so much, how can he make me do things I don't like?

Ⓐ 我不可能達成爸爸的期望。
Ⓑ 他或許有點太嚴格，但他很愛你。
Ⓐ 如果他真的愛我，怎麼能逼我做我不想做的事？

|片語| Phrase 561 ◯   ◀))) MP3 561

long for
渴望

同義表達
hunger for
渴望

long 在這裡當動詞「渴望」，常接比較難達到的目標。**long** 可以接名詞或動詞，但是用法有差異：**long + to V** 表示「渴望做某事」，而 **long + for sth./sb.** 則指「渴望某事物 / 思念某人」。

Ⓐ Jasmine gave birth to a baby last night.
Ⓑ Really? A boy or a girl?
Ⓐ A cute little girl.
Ⓑ They must be happy. They have **longed for** a baby for a long time.

Ⓐ 潔絲敏昨天晚上生了個寶寶。
Ⓑ 真的嗎？是男孩還是女孩？
Ⓐ 一個可愛的小女孩。
Ⓑ 他們一定很開心，他們一直很期待能有個孩子。

|片語| Phrase 562 ◯   ◀))) MP3 562

同義表達
take care of
照顧

look after
照顧、留心

look 是「觀看」，**after** 是「在後方」，「從後方觀看」就有了「關照、照顧」的意思，意思與常見的 **take care of** 相同。

Ⓐ Can you watch the kids tomorrow night?
Ⓑ I can't. I have an important meeting tomorrow.
Ⓐ What can we do?
Ⓑ Don't worry. I'll have Irene **look after** them.

Ⓐ 你明晚可以照顧孩子們嗎？
Ⓑ 不行，我明天有個重要的會議。
Ⓐ 那我們要怎麼辦？
Ⓑ 別擔心，我會讓艾琳照顧他們。

Let's Acquire English Phrases via Pictures.

|片語| **Phrase 563** 🗨 　　　　🔊 MP3 563

look at
注視

相關補充
glare at
怒視

look at 是指對目標做短暫的視線停留。**watch** 也有「看」的意思，但它注視的是「動態目標」，且已經觀察了一段時間。

Ⓐ Do you know the guy over there?
Ⓑ Yes. Why are you asking?
Ⓐ He has been **looking at** me ever since he entered the room.
Ⓑ He must have a crush on you.

Ⓐ 你認識那邊那個男生嗎？
Ⓑ 認識啊，為何這麼問？
Ⓐ 自從他進門後，就一直看著我。
Ⓑ 他一定是煞到你了。

|片語| **Phrase 564** 🗨 　　　　🔊 MP3 564

同義表達
get mad
發脾氣

lose one's temper
發脾氣

lose one's temper 的反義詞為 **keep one's temper**（不發怒）。**temper** 可當「情緒」，也可當「怒氣」，需由上下文來判定。另補充 **sb. + have a quick temper** 的用法，表示「性情急躁」的意思。

Ⓐ I've never seen you being so angry.
Ⓑ I'm sorry I **lost my temper**. I hope I didn't scare you.
Ⓐ Actually you did, kind of. I really don't like you shouting at people.

Ⓐ 我從來沒見過你這麼生氣。
Ⓑ 很抱歉我發了脾氣，希望沒有嚇到你。
Ⓐ 其實有一點，我真的不喜歡你對人大吼。

|片語| Phrase 565　　　　　　　　　🔊 MP3 565

make believe
假裝、想像

相關補充
disguise
偽裝

make 是使役動詞,所以後面省略了不定詞 **to**,直接加 **believe**。此片語通常後面接 **that** 子句(**that** 可省略)。

Ⓐ Our little Jacob seems to be really lonely.
Ⓑ Why do you say that?
Ⓐ I saw him talking to his teddy bear and **making believe** that it was talking to him.
Ⓑ Come on. All kids do that!

Ⓐ 我們的小雅各好像非常寂寞。
Ⓑ 為何這麼說?
Ⓐ 我看到他跟他的泰迪熊說話,並想像它與他聊天。
Ⓑ 拜託,小孩子都這樣的!

|片語| Phrase 566　　　　　　　　🔊 MP3 566

相關補充
carry out
完成

make good
履行、成功、達成

make good 指「在某件事上能夠勝任愉快,順利達到目標」。後面若有受詞,就要加 **in** 或 **on**,用法為 **make good in/on + sth.**。

Ⓐ I heard you've broken up with Mark.
Ⓑ It's true.
Ⓐ What's wrong with you two?
Ⓑ I'm just tired of him. He never **makes good** on any of his promises.

Ⓐ 聽說你和馬克分手了。
Ⓑ 沒錯。
Ⓐ 你們兩個怎麼了?
Ⓑ 我只是厭倦他了,他從未履行他的承諾。

|片語| Phrase 567  　　　　MP3 567

mistake A for B
把 A 誤認為 B

同義表達
take A for B
誤認 A 為 B

mistake 在此為動詞，表「把…誤認為」，**mistake A for B** 即「把 A 誤認成 B」，也可以用被動語態表示：**B be mistaken for A**。

Ⓐ Are you and your sister twins?
Ⓑ No, she is two years older than I.
Ⓐ Wow, but you look so alike!
Ⓑ Yes, and people sometimes **mistake me for her**.

Ⓐ 你跟你姐姐是雙胞胎嗎？
Ⓑ 不，她比我大兩歲。
Ⓐ 哇，但你們長得好像！
Ⓑ 是啊，大家有時會把我誤認成她。

|片語| Phrase 568 　　　　MP3 568

相關補充
close to
靠近

near by
在附近

near by 是副詞片語，若將兩個字合在一起，寫成 **nearby**，則可當形容詞或副詞，前者意為「附近的」，後者則表示「在附近」。

Ⓐ It's time for lunch. Do you want to have something together?
Ⓑ Sure. I know a great place **near by** my house.
Ⓐ Great! Let's go.

Ⓐ 該吃午餐了，你想一起吃點東西嗎？
Ⓑ 當然好，我知道我家附近有間很棒的店。
Ⓐ 太好了！走吧。

|片語| Phrase 569 　　　　　　　　　　　　 MP3 569

neither...nor...
既非…也非…

相關補充
neither
兩者都不

本片語和 **either A or B**（不是 A 就是 B）、**not only A but also B**（不僅 A 而且 B）這三個用法的 A 與 B 必須是文法作用、詞性等相同的單字、片語或子句；此外，後面接的動詞必須與 B 一致。

Ⓐ Can you set me up with Daniel?
Ⓑ Why me? I'm **neither** his brother **nor** a close friend.
Ⓐ But he looks up to you a lot.
Ⓑ Are you kidding me?

Ⓐ 你可以撮合我跟丹尼爾嗎？
Ⓑ 為什麼找我？我既不是他的兄弟，也不是他的好友。
Ⓐ 但是他很尊敬你。
Ⓑ 你在跟我開玩笑嗎？

|片語| Phrase 570 　　　　　　　　　　　　 MP3 570

同義表達
not anymore
不再

no longer
不再

no longer 通常放 be 動詞與助動詞後，或一般動詞前。注意，因為 **no longer** 已具否定意味，因此不可搭配其他否定字，否則就只能換成 **not...any longer**。

Ⓐ Can you tell Roger not to ask me out anymore? I'm **no longer** in love with him.
Ⓑ Are you finished with him for good?
Ⓐ Absolutely, especially after he cheated on me like that.

Ⓐ 你可以請羅傑別再約我了嗎？我不再愛他了。
Ⓑ 你和他已經完全結束了嗎？
Ⓐ 當然，特別是在他那樣背叛我之後。

Let's Acquire English Phrases via Pictures.

|片語| **Phrase 571** 💬 🔊 MP3 571

no matter what
不論、無論什麼

相關補充
matter
重要性

no matter 為連接詞片語，後接疑問詞，等於該疑問詞加 **ever**，如 **no matter what = whatever**、**no matter who = whoever** 等。

Ⓐ Sweetheart, you need to cheer up.
Ⓑ No. I'm such a big loser.
Ⓐ Stop saying that. **No matter what**, we all love you and stand by you.
Ⓑ Thank you, Dad.

Ⓐ 親愛的，你得振作起來。
Ⓑ 不，我真是個沒用的人。
Ⓐ 別這麼說。無論如何，我們都愛你、支持你。
Ⓑ 謝謝你，爸。

|片語| **Phrase 572** 💬 🔊 MP3 572

同義表達
not a bit
一點也不

not at all
一點也不、毫不

not at all 可以相連或分開使用。若分開使用，就屬於 **not...at all**（一點也不…）的句型，如對話中的 **It's not heavy at all.**。另外，如果直接說 **Not at all.** 也可以用來回應，表示「別客氣」。

Ⓐ Thank you so much for carrying the box.
Ⓑ Don't mention it. It's **not** heavy **at all**.
Ⓐ It was for me, and I really don't know what I would have done without your help.

Ⓐ 非常感謝你幫我搬箱子。
Ⓑ 不客氣，它一點也不重。
Ⓐ 對我來說很重。沒有你的幫忙，我真不知道該怎麼辦。

|片語| **Phrase 573** 💬　　　🔊 MP3 573

on condition that
只要、以…為條件

同義表達
providing that
以…為條件

英文中有很多連接詞只用在條件句（非假設語氣）中，**on condition that**（只要、以…為條件）便是其中之一，其引導的子句均為現在式。

Ⓐ I would only marry you **on condition that** we don't live with your mother.
Ⓑ It's impossible. My mom won't stand for me leaving her behind.
Ⓐ See! It's why I say no. You mama's boy!

Ⓐ 只要不與你媽同住，我就和你結婚。
Ⓑ 不可能，我媽經不起我留她一個人。
Ⓐ 瞧！這就是我說不的原因，你這個媽寶！

|片語| **Phrase 574** 💬　　　🔊 MP3 574

同義表達
by design
故意地

on purpose
故意地

purpose 為名詞，意為「目的、意圖」。**on purpose** 通常置於句尾，用來修飾動詞，另外，要表示「故意地」，可用副詞 **purposely**。

Ⓐ Did you bump into that girl **on purpose**?
Ⓑ Gosh! How did you know that?
Ⓐ I've figured out your tricks. Is that your way to pick up girls?
Ⓑ Yes, but I only bump into pretty girls.

Ⓐ 你是故意巧遇那個女孩的嗎？
Ⓑ 我的天啊！你怎麼知道？
Ⓐ 我已經看透你的伎倆，你就是這樣跟女生搭訕的嗎？
Ⓑ 是的，但我只會巧遇漂亮女孩。

Let's Acquire English Phrases via Pictures.

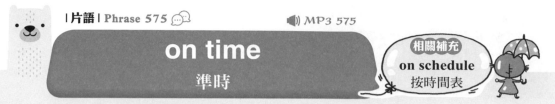

|片語| **Phrase 575** 💬　　　🔊 MP3 575

on time
準時

相關補充
on schedule
按時間表

on time，指「不早不晚，正好在指定或約定的時間做某事」，可作形容詞片語或副詞片語，要注意別和 **in time**（及時）混淆了。

Ⓐ Remember we're meeting Aunt Lauren.
Ⓑ Is it today?
Ⓐ Yes. Don't be late again.
Ⓑ Sure. I'll be there on time.

Ⓐ 記得我們和蘿倫阿姨有約。
Ⓑ 是今天嗎？
Ⓐ 是的，別又遲到了。
Ⓑ 沒問題，我會準時到達。

|片語| **Phrase 576** 💬　　　🔊 MP3 576

相關補充
pass out
昏倒

pass away
去世

相較於直接用動詞 **die**（死亡），用 **pass away** 來表達「死亡」顯得委婉多了，也可以用 **pass on**、**pass over** 等片語替換。

Ⓐ How is Bella doing?
Ⓑ Terrible. She is heartbroken from her father **passing away**.
Ⓐ Hmm...It must be really hard for her.

Ⓐ 貝拉還好嗎？
Ⓑ 糟透了，她父親的離世讓她心碎。
Ⓐ 嗯…她一定很難過。

|片語| **Phrase 577** 🗨 　　　　　🔊 MP3 577

pay back
償還、報復

相關補充
give sth. back
送還

pay back 可以指「償還（金錢或債務等）」，亦可表示「報復」，如果有接受詞，通常會放在 **pay** 和 **back** 的中間。

Ⓐ When are you going to **pay** me **back**?
Ⓑ What are you talking about? I owe you nothing.
Ⓐ It's not true. You borrowed five dollars from me last Friday!

Ⓐ 你打算什麼時候還我錢？
Ⓑ 你在說什麼？我什麼也沒欠你。
Ⓐ 才不是那樣，你上週五跟我借了五塊錢！

|片語| **Phrase 578** 🗨 　　　　　🔊 MP3 578

相關補充
get into
學會

pick up
拾起、搭載、學到

除了「撿起某物」的意思之外，**pick up** 還能用來表示「學到」，此時指的是「知識、利益等的獲得」；另外也有「用汽車接某人」的意思，用法為 **pick sb. up**。相關片語還有 **pick up on**（瞭解到、注意到）。

Ⓐ My son must be a genius!
Ⓑ Why do you say that?
Ⓐ He always **picks up** what I teach him in a second!

Ⓐ 我的兒子一定是個天才！
Ⓑ 你為何這麼說？
Ⓐ 他總能馬上學會我教的東西！

| 片語 | Phrase 579 🗨 　　　　　🔊 MP3 579

point at
指向、指著

相關補充
point out
指出

point（指向）可作及物和不及物動詞，這兩種用法稍有不同。及物動詞的用法為 **point sth. at sb.**（拿某物指向某人，其中 **sth.** 為某個物品）；不及物的用法則為 **point at sth./sb.**（用手指著物或人）。

Ⓐ I don't like you **pointing** your finger **at** me like this.
Ⓑ I'm just trying to attract your attention.
Ⓐ But it's kind of rude.
Ⓑ My apologies. No more finger pointing.

- - - - - - - - - - - - - - - - - - - -

Ⓐ 我不喜歡你像這樣用手指著我。
Ⓑ 我只是試著吸引你的注意。
Ⓐ 但這樣有點無禮。
Ⓑ 對不起，我不會再用手指指你了。

| 片語 | Phrase 580 🗨 　　　　　🔊 MP3 580

同義表達
reach out
伸出

put out
伸出、熄滅

put out 在此處為「伸出」的意思，不過，其實 **put out** 還能表示「撲滅（火）」，如 **put out a fire**（滅火）。除此之外，**put sb. out** 還有「把某人趕出去」的意思。

Ⓐ Joe called last night. And he asked us for a loan. Do you want to give him one?
Ⓑ Sure, I'm always willing to **put out** a helping hand for my friends.
Ⓐ It's very kind of you.

- - - - - - - - - - - - - - - - - - - -

Ⓐ 喬昨晚打電話來。他向我們借錢，你想借嗎？
Ⓑ 當然，我一向樂意對朋友伸出援手。
Ⓐ 你人真好。

|片語| Phrase 581  MP3 581

queer one's pitch
破壞某人的計劃

相關補充
blow it
將…搞砸

　　queer one's pitch 屬英式的非正式用語，也可寫成 **queer the pitch for sb.**，queer 在此為動詞，表「破壞」。

A I thought William is your best friend.
B He used to be until he **queered my pitch**.
A What do you mean?
B He asked Grace out even though he knew
　 I liked her.

A 我以為威廉是你最要好的朋友。
B 在他破壞我的計劃前是的。
A 你的意思是？
B 即使他知道我喜歡葛蕾絲，還是約她出去了。

|片語| Phrase 582  MP3 582

相關補充
a great many
很多

quite a few
相當多

　　a few 的原意為「幾個、一些」，加上 **quite**（相當、頗）之後，意思為「相當多」，後面只能加可數的普通名詞。**quite a little** 的意思與 **quite a few** 相同，但後面只能接不可數或抽象名詞。

A I'd like to ask Miranda out.
B There are **quite a few** men interested in
　 her. It'll be a tough competition.
A So what? That doesn't mean that I won't
　 win her heart over all those other guys.

A 我想約米蘭達出去。
B 相當多男人對她有興趣，這會是場硬仗。
A 那又如何？這並不代表我無法打敗其他男人、贏得她的心。

|片語| **Phrase 583**  MP3 583

remind...of...
提醒、使想起

相關補充
remember
想起

本片語的用法為 **remind sb. of sth.**（使人想起某事）；若後面接的為動詞，則有 **remind sb. to V**（提醒某人做某事）的用法。另一個近義詞 **recall** 表示「盡力去想起某事」，與 **remind** 並不完全同義。

A. This photo always **reminds** me **of** the good old days in high school.
B. Right. It's one of my best memories, too.
A. Maybe we should organize a class reunion sometime.

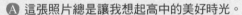

A. 這張照片總是讓我想起高中的美好時光。
B. 沒錯，那也是我最美好的回憶之一。
A. 也許我們該找個時間辦同學會。

|片語| **Phrase 584**  MP3 584

相關補充
substitute for
替代

replace with
以…代替

replace A with B 表示「用 B 取代 A」，也可用 **substitute**（代替），但要注意 A 與 B 的順序，用法為 **substitute B for A**（使 B 取代 A）。

A. Can you come over tonight?
B. Sure. What is it?
A. Can you **replace** my hard drive **with** a new one?
B. No problem.

A. 你今晚可以過來一趟嗎？
B. 當然可以，怎麼了？
A. 你可以幫我更換新硬碟嗎？
B. 沒問題。

| 片語 | Phrase 585 💬))) MP3 585

run across
偶然遇到、穿過

同義表達
bump into
遇見

run across 為不及物動詞片語，所以受詞只能放在 across 後面。包含 run 的片語還有 run amuck（胡作非為）、run down（壞掉）。

Ⓐ How do you know Eric?
Ⓑ We ran across each other at a Christmas party.
Ⓐ You two make a cute couple.
Ⓑ Thank you so much.

Ⓐ 你怎麼認識艾瑞克的？
Ⓑ 我們是在一場耶誕派對上偶然遇到的。
Ⓐ 你們兩個是很搭的一對。
Ⓑ 非常謝謝你。

| 片語 | Phrase 586 💬))) MP3 586

同義表達
up to now
到目前為止

so far
到目前為止

so far 為副詞片語，通常放在句首或句尾來修飾全句，由於「到目前為止」表示「從過去到現在的一段期間」，所以有 so far 通常與現在完成式連用，也可以和 up to now、until now 互換。

Ⓐ How are your wedding preparations going?
Ⓑ So far so good.
Ⓐ Good to hear that. If you need any help, just let me know.

Ⓐ 你的婚禮籌備得如何了？
Ⓑ 到目前為止一切順利。
Ⓐ 真是個好消息。如果需要幫忙，儘管告訴我。

|片語| **Phrase 587** 💬　　　　🔊 MP3 587

step by step
逐漸地、一步一步地

同義表達
stage by stage
逐步地

step by step 是副詞片語，通常放在句尾。此片語也可以寫成 **step-by-step**，不過詞性就變成形容詞，意思為「按部就班的」。

Ⓐ I really don't understand.
Ⓑ Don't worry. I can show you how to do it **step by step**.
Ⓐ It's so nice of you. Computers always give me a headache.

- -

Ⓐ 我真的不懂。
Ⓑ 別擔心，我可以一步步教你如何操作。
Ⓐ 你人真好，電腦是我的罩門。

|片語| **Phrase 588** 💬　　　　🔊 MP3 588

相關補充
go through
經歷

suffer from
受…所苦

suffer 通常指「因疾病所承受的不舒服」，若所患的疾病是暫時性的，如感冒、頭痛、胃痛等，則用進行式表示。

Ⓐ I want to pay a visit to Mrs. Green.
Ⓑ What happened to her?
Ⓐ Her son died in a car accident last week.
Ⓑ She must be **suffering from** great pain right now.

- -

Ⓐ 我想去探問格林太太。
Ⓑ 她怎麼了嗎？
Ⓐ 她的兒子上星期死於一場車禍。
Ⓑ 她現在一定難受無比。

|片語| Phrase 589 💬　　　　　　🔊 MP3 589

take advantage of
利用、佔便宜

相關補充
make use of
利用

　　這個片語後面若接事物，表把握住機會或好處，並善加利用去達成目的。然而，**take advantage of** 如果接人，常具有利用某人弱點或缺點加以欺騙，也就是「佔人便宜」。

Ⓐ Can I borrow your car tonight?
Ⓑ Sure. Where are you going?
Ⓐ Nicole asked me to drive her to a party.
Ⓑ You know she is just **taking advantage of** you, don't you?

Ⓐ 我今晚可以跟你借車嗎？
Ⓑ 當然可以，你要去哪裡？
Ⓐ 妮可要我載她去參加派對。
Ⓑ 你知道她只是在利用你吧？

|片語| Phrase 590 💬　　　　　　🔊 MP3 590

同義表達
resemble
相似

take after
像、和…相似

　　take after 指「一個人的相貌、行為或性格與父母或近親相似」，與 **look like** 的差別在於，**look like** 可指人或物，但僅指外表上相似。

Ⓐ Don't you think little Johnny **takes after** his father?
Ⓑ Totally! He is just like a clone of his dad.
Ⓐ Interesting! It's a perfect example of "Like father, like son."

Ⓐ 你不覺得小約翰跟他父親很像嗎？
Ⓑ 超像！他就像他爸爸的複製人一樣。
Ⓐ 真有趣！是「有其父必有其子」的最佳案例。

|片語| **Phrase 591**  MP3 591

take away
拿走、帶走

相關補充
take away from
從…拿走

本片語除了「拿走」物品之外，還能表示把人「帶走」。要注意，**take away** 是單純的「拿走」，**put away** 則有「收起來」之意。

Ⓐ Why is Jamie crying?
Ⓑ Her brother, Mark, **took away** the train she was playing with.
Ⓐ Why didn't you stop him?
Ⓑ The train is actually Mark's.

Ⓐ 為什麼潔米在哭？
Ⓑ 她哥哥馬克把她正在玩的火車拿走了。
Ⓐ 那你為什麼不阻止他？
Ⓑ 因為那其實是馬克的火車。

|片語| **Phrase 592**  MP3 592

同義表達
look after
照顧

take care of
照顧、處理

take care of 如果接人或生物，表示「照顧並避免其受到傷害」；後面若接問題、任務或情況時，則表示「會設法處理它」。若單獨使用 **Take care.**（祈使句形式），還能指告別時所說的「保重！」。

Ⓐ Thank you for **taking care of** Sue for me.
Ⓑ Anytime. We had a great time together.
Ⓐ I'm glad that she didn't make any trouble.
Ⓑ Not at all. I do like her a lot.

Ⓐ 謝謝你幫我照顧蘇。
Ⓑ 我隨時都願意幫忙，我們相處得很愉快。
Ⓐ 我很高興她沒給你造成什麼麻煩。
Ⓑ 一點也不，我真的很喜歡她。

|片語| Phrase 593 💬　　　　🔊 MP3 593

take it for granted
視為理所當然

相關補充
deserve
應得

　　本片語中的 **it** 為虛受詞，真受詞可用 **that** 子句帶出來；若受詞為名詞時，可直接將其放在 **it** 的位置，即 **take sth. for granted**。

Ⓐ What's wrong between you and Clara?
Ⓑ We had a fight and broke up.
Ⓐ Why was that?
Ⓑ She always **takes** my love and care **for granted**. I can't take it anymore.

Ⓐ 你和克拉拉怎麼了？
Ⓑ 我們吵了一架分手了。
Ⓐ 怎麼會這樣？
Ⓑ 她總是把我的愛和關心視為理所當然，我再也受不了了。

|片語| Phrase 594 💬　　　　🔊 MP3 594

相關補充
take on oneself
承擔

take on
承擔、穿上

　　take on 可以指「承擔」某種責任、工作或任務，受詞為事物，當受詞為代名詞的時候，可放在 **take** 與 **on** 的中間。

Ⓐ Put on your coat before you leave.
Ⓑ Mom, I'm already 32. I can **take on** responsibilities and make my own decisions.
Ⓐ Since you'll always be my baby, I can't stop caring about you.

Ⓐ 離開前先穿上外套。
Ⓑ 媽，我已經三十二歲了。我可以承擔責任、自己做決定。
Ⓐ 因為你永遠都是我的孩子，我沒辦法不管你。

|片語| Phrase 595  🔊 MP3 595

take turns
輪流

相關補充
by turns
輪流地

turn 在此為名詞，指「依次輪流時的機會」，常見的說法如 It's my turn.（輪到我了）。後面若想接動詞，以描述做的事情，可接 to + V 或 Ving，例如 Let's take turns driving.（我們輪流開車吧）。

Ⓐ Honey, can you stop fighting over the toys?
Ⓑ But Cathy took away my train again!
Ⓐ I know you both love the train very much. Can't you **take turns** playing with it?

- -

Ⓐ 親愛的，你們可以不要再搶玩具了嗎？
Ⓑ 但是凱西又搶了我的火車！
Ⓐ 我知道你們都很喜歡那台火車，你們不能輪流玩嗎？

|片語| Phrase 596 🔊 MP3 596

相關補充
distinguish from
辨別

tell from
分辨、區分

tell A from B 意指「分辨 A 與 B」，除此之外，tell from 還有「判斷」的意思，此時用法為 tell from sth.（從某事物判斷出來）。

Ⓐ How do you know that Rick was lying?
Ⓑ I could **tell from** the way he blinked.
Ⓐ Wow! Amazing!
Ⓑ I have known him ever since we were five. I know him too well.

- -

Ⓐ 你怎麼知道瑞克在說謊？
Ⓑ 我可以從他眨眼的方式看出來。
Ⓐ 哇！真神奇！
Ⓑ 我們從五歲就認識，我太瞭解他了。

|片語| **Phrase 597** 　　　　　　　MP3 597

turn a deaf ear to
充耳不聞

相關補充
ignore
忽視

deaf 為形容詞，意指「聾的」，用聾的耳朵面對人或事，表示不願聽對方說話，或忽略某事的意思，受詞放在 **to** 後面即可。

Ⓐ Can you find some time and talk to May?
Ⓑ Sure. Is she all right?
Ⓐ She has been angry with me and has **turned a deaf ear to** me for several days.
Ⓑ That's too bad. What did you do exactly?

Ⓐ 你可以找時間和梅談談嗎？
Ⓑ 可以啊，她還好吧？
Ⓐ 她一直在生我的氣，已對我充耳不聞好幾天。
Ⓑ 真糟糕，你到底做了什麼？

|片語| **Phrase 598** 　　　　　　　MP3 598

相關補充
refuse
拒絕

turn down
拒絕、轉小聲

turn down 意思很多，可表字面上的「下降」，或生活中常用的「調低（音量）」，常見的意思還有「拒絕」，相當於動詞 **reject**。

Ⓐ Why are you so upset?
Ⓑ It's Claire. She **turned** me **down** again.
Ⓐ She doesn't like you.
Ⓑ I believe that's just for now. Eventually, she'll know I'm the one for her.

Ⓐ 你為何如此沮喪？
Ⓑ 因為克萊兒。她又拒絕我了。
Ⓐ 她不喜歡你。
Ⓑ 那只是暫時的，她終究會知道我才是最適合她的人。

Let's Acquire English Phrases via Pictures.

|片語| **Phrase 599** 💬   🔊 *MP3 599*

up to you
由你決定

相關補充
settle on
選定

　　使用 **up to you** 的時候要注意語氣，若使用冷漠的語氣講這句，會產生「隨便你！」的涵義。受詞 **you** 也可以換成別人，例如 **It's up to Mr. Lin to make the decision.** 表示林先生才是負責下決定的人。

Ⓐ Do you think I should attend Lynn's party?
Ⓑ It's **up to you**.
Ⓐ Come on. Can you give me some advice?
Ⓑ If I were you, I would definitely not go.

Ⓐ 你覺得我該去琳恩的派對嗎？
Ⓑ 你自己決定吧。
Ⓐ 拜託，你可以給我點建議嗎？
Ⓑ 如果我是你，我絕對不會去。

|片語| **Phrase 600** 💬   🔊 *MP3 600*

同義表達
come off
順利進行

work out
順利進行、健身

　　此處的 **work out** 表示「順利進行」，本片語還有「健身」的意思，如 **I work out every day.**（我每天健身），這幾種皆為不及物的用法。

Ⓐ I'm sorry that your relationship with Owen didn't **work out**.
Ⓑ That's OK. It's his loss.
Ⓐ It definitely is.
Ⓑ I'm certain I'll meet my Mr. Right soon.

Ⓐ 很遺憾你和歐文之間沒有結果。
Ⓑ 沒關係，這是他的損失。
Ⓐ 一定是的。
Ⓑ 我肯定很快就會遇見我的白馬王子。

NOTE

NOTE

NOTE

NOTE

國家圖書館出版品預行編目資料

片語有圖超好記！超越天生語感的最強圖記法 / 張翔 著.
-- 初版. -- 新北市：知識工場出版 采舍國際有限公司發
行, 2018.12　面；　公分. --（Excellent ; 88）
ISBN 978-986-271-833-9（平裝）

1.英語　　2.慣用語

805.123　　　　　　　　　　　　106012206

知識工場 · Excellent 88

片語有圖超好記！
超越天生語感的最強圖記法

出 版 者／全球華文聯合出版平台 · 知識工場
作　　者／張翔　　　　　　　印 行 者／知識工場
出版總監／王寶玲　　　　　　英文編輯／何牧蓉
總 編 輯／歐綾纖　　　　　　特約編輯／薛詩怡
　　　　　　　　　　　　　　美術設計／蔡瑪麗

郵撥帳號／50017206 采舍國際有限公司（郵撥購買，請另付一成郵資）
台灣出版中心／新北市中和區中山路2段366巷10號10樓
電話／（02）2248-7896
傳真／（02）2248-7758
ISBN-13／978-986-271-833-9
出版日期／2018年12月初版

全球華文市場總代理／采舍國際
地址／新北市中和區中山路2段366巷10號3樓
電話／（02）8245-8786
傳真／（02）8245-8718

港澳地區總經銷／和平圖書
地址／香港柴灣嘉業街12號百樂門大廈17樓
電話／（852）2804-6687
傳真／（852）2804-6409

全系列書系特約展示
新絲路網路書店
地址／新北市中和區中山路2段366巷10號10樓
電話／（02）8245-9896
傳真／（02）8245-8819
網址／www.silkbook.com

本書爲名師張翔及出版社編輯小組精心編著覆核，如仍有疏漏，請各位先進不吝指正。來函請寄
mujung@mail.book4u.com.tw，若經查證無誤，我們將有精美小禮物贈送！

知識工場
Knowledge is everything！